사드 전집 1

D. A. F. 드 사드
사제와 죽어가는 자의 대화

성귀수 옮김

KB066965

workroom

일러두기

이 책은 D. A. F. 드 사드(Donatien Alphonse François de Sade)의 아래 글들을 한국어로 옮긴 것이다.

　「사제와 죽어가는 자의 대화(Dialogue entre un prêtre et un moribond)」
　「무도회에서 첫눈에 반해버린 C 모(某) 양에게(À Mademoiselle de C***, dont
　　　l'auteur était devenu amoureux au bal)」
　「L 양을 위한 연가(Chanson, pour Mademoiselle de L)」
　「L 양의 초상(Portrait de Mademoiselle de L)」
　「독서 노트 제4권 혹은 수상록(Quatrième cahier de notes ou réflexions)」
　「철학적 신년 인사(Étrennes philosophiques, lettre à Mademoiselle de Rousset)」
　「어느 문인의 잡문집(Le Portefeuille d'un homme de lettres)」
　「신에 대한 사색(Pensée sur Dieu)」
　「진실(La Vérité)」

번역 대본으로는 『사드 후작 전집, 결정판(Œuvres complètes du Marquis de Sade, édition définitive)』 7권(XIII-XIV)과 8권(XV-XVI)(세르클 뒤 리브르 프레시외[Cercle du Livre précieux], 1967), 『사드 후작 전집(Œuvres complètes du Marquis de Sade)』 1권(포베르[Pauvert], 1986)을 기본으로 삼고 『사드 작품집(Sade, Œuvres)』 1권('비블리오테크 드 라 플레이아드[Bibliothèque de la Pléiade]', 갈리마르 출판사[Éditions Gallimard], 1998)을 참고했다.

원문의 이탤릭체는 십자표로 구분했다.

원주는 굵게, 옮긴이 주는 가늘게 처리했다.

사제와 죽어가는 자의 대화

D. A. F. de Sade

DIALOGUE ENTRE UN PRÊTRE ET UN MORIBOND

차례

D. A. F. 드 사드
Donatien Alphonse François de Sade
1740. 6. 2.-1814. 12. 2.

도나시앵 알퐁스 프랑수아 드 사드. 그는 유서 깊은 프로방스 지방 대귀족 가문의 자제로 태어나 장래가 촉망받는 군인으로 청소년기를 보냈다. 그러나 20대 초반에 들어서면서, 욕망을 주체하지 못하는 불같은 기질과 극단을 탐하는 상상력으로 인해 사회로부터 격리가 요망되는 이단아의 삶을 살게 된다. 평생 두 번의 사형선고와 15년의 감옥살이, 14년의 정신병원 수감 생활을 거치면서, 최소 열한 곳 이상의 감금 시설을 전전했다. 이는 프랑스대혁명을 통한 구체제의 충격적인 붕괴와 피비린내 나는 공포정치, 혁명전쟁 그리고 나폴레옹의 등극과 몰락에 이르는 유럽 최대의 격동기와 그 궤를 같이하는 것이었다. 험난한 삶을 헤쳐가며 그가 써낸 엄청난 분량의 기상천외한 글은 상당수가 압수당하거나 불태워졌고, 그나마 발표한 작품들도 명성보다는 오명으로 그의 운명을 구속했다. 사후에 혜안을 지닌 극소수 작가들이 진가를 알아보았으나, 20세기 초현실주의의 정신 혁명을 만나기 전까지 100여 년간 그는 이상성욕을 발광하는 일개 미치광이 작가로 줄곧 어둠 속에 갇혀 있어야 했다. 필리프 솔레르스는 이렇게 말했다. "18세기를 휩쓴 자유의 파도가 사드를 태어나게 했다. 19세기는 그를 검열하고 잊어버리느라 무진 애를 썼다. 20세기는 야단법석 부정적인 모습으로 그를 드러내는 데 아주 열심이었다. 이제 21세기는 명확한 의미로 그를 고찰하는 일에 매진하게 될 것이다." 오늘날 그의 이름은 문학뿐 아니라 언어학, 철학, 심리학, 사회학, 정치학, 의학, 신학, 예술 등 인간을 논하는 거의 모든 분야의 담론에 등장하고 있다. 이는 그의 독보적 상상력이 펼쳐 보인 전인미답의 세계가 인간의 가장 심오하면서 치명적인 영역의 비밀들을 폭로하고 있다는 방증이다. 그런 뜻에서 '우리 모두가 사드적(sadique)이다'라는 말은 의미심장하다. 아마, 아직까지도, 그는 사람들이 작품을 잘 읽지 않는 작가들 중에서 가장 유명하고, 또한 중요한 작가일 것이다.

사드 전집에 대하여

'글쓰기(écriture)', 사드의 고유한 광기.
—모리스 블랑쇼

현재 우리가 접하는 사드의 각종 글(소설, 희곡, 편지, 일기, 시, 기행문, 그 밖에 소책자로 묶일 만한 산문들)은 일정한 시점에 일목요연하게 집대성된 것이 아니라, 상당 부분 흩어지거나 분실된 상태에서 오랜 세월에 걸친 발굴과 복원 작업을 통해 한 편 한 편 사드의 문헌 목록에 이름을 올린 것들이다. 따라서 그 작업은 아직도 현재진행형일 수밖에 없으며, 고로 그의 작품집에는 엄밀한 의미의 '결정판(édition définitive)'이라는 명칭을 붙일 수 없거나, 붙인다 해도 무의미하다. 질베르 렐리가 1960년대에 사드 전집을 펴내면서 '결정판'이라는 명칭을 붙였으나, 그 이후에도 새롭게 발굴된 글들이 있다는 사실이 대표적 사례다. 우리는 이번 사드 전집을 만들면서 사드가 남긴 글 가운데 현재까지 확인된 소설 작품을 총망라해 싣는 것을 우선의 목표로 삼는다. 여기에 더해 희곡 작품과 기행문, 편지글, 그 밖의 운문과 산문은 부득이 중요도를 기준으로 선별하여 수록함을 밝힌다.

　사드 전집은 다음과 같은 체제로 진행될 것이다. 번역할 텍스트는, 질베르 렐리가 1962년 15권 분량의 사드 전집을 펴낸 이후 1973년까지 모두 세 차례에 걸쳐 매번 8권(I-XVI)짜리 합본형 개정판을 출간한 중에서, 두 번째 개정판본인 세르클 뒤 리브르 프레시외(Cercle du Livre précieux)판 『사드 후작 전집, 결정판(Œuvres complètes du Marquis de Sade, édition définitive)』(1966-7)을 저본으로 삼았다. 여기에, 1990년에서 1998년까지 미셸 들롱의 주도하에 갈리마르 출판사에서 출간된 '비블리오테크 드 라 플레이아드(Bibliothèque de la Pléiade)'판 『사드 작품집(Sade, Œuvres)』과 1986년부터 1991년까지 장자크 포베르와 아니 르 브룅의 주도하에 출간된 '포베르(Pauvert)'판 『사드 후작 전집(Œuvres complètes du Marquis de Sade)』을 부분적으로 참고했다. 그 밖에 1968년 장자크 포베르 사에서 나온 네 권 분량의 『라 누벨[新] 쥐스틴 혹은 미덕의 불행』과 1954년 역시 장자크 포베르 사에서 나온 여섯 권 분량의 『언니 쥘리에트 이야기 혹은 악덕의 번영』을 비롯하여, 개별 작품에 따라 다수의 단행본을 참고했다. 각 권마다 1)해설, 2)작품, 3)자료의 순서로 글이 배열되며, 1권에서는 '부록'으로 「사드와 그의 시대」(작가 연보)와 「작품 연보」를 추가한다. '자료'는 사드 작품에 관한 후대의 평론을 위주로 하되, 그때마다 작품 이해의 수준을 높이는 데 도움이 될 만한 저자 혹은 연구자의 글을 수록한다.

해설
사드와 '글쓰기(écriture)'

가령 극한을 향한 갈증으로 인간의 영혼을 정의할 수 있다면, 그리하여 글을 쓰는 일, 글쓰기의 금지된 욕망으로부터 한없이 인간을 유추하여 극한의 존재 방식에로 나아가는 것이 가능하다면, 사드는 그 길에서 아마도 가장 멀리 나아간 영혼일 것이다. 하여, 나는 감히 말하고 싶다. 사드와 비교할 때, 다른 모든 작가는, 거의 모든 면에서, 푸른 초원을 자유로이 뛰노는 행복한 양 떼를 연상시킨다고.

사드를 읽으며 경험하는 거의 물리적이기까지 한 거북함은 문학적으로는 아주 희귀한 쾌감에 속한다. 인간은 그 '희귀한 쾌감'을 온전히 누리기까지 많은 우여곡절을 겪는다. 우선은, 오로지 거북함뿐인 시절이 있다. 사드는 더도 덜도 말고 그냥 악마, 괴물이며 그의 글은 당장 불살라버려야 할 패악의 물증에 지나지 않는다. 글과 글쓴이의 구분이 없고, 예술과 윤리의 변별도 통하지 않는 그야말로 원시나 다름없는 시절이다. 이런 시절 난무하는 것은 검열과 금지라는 단어이고, 힘을 쓰는 것은 제도와 행정이다. 학자들이 관심을 가지면서부터 이런 답답한 상황에 변화가 일어난다. 사드의 경우는 의학계에서 최초로 손을 내민다. '사디슴(sadisme)'이라는 신조어가 만들어지고,[1] 텍스트에서 느껴지는 거북함에 객관적인 조명이 가해진다. 사람들은 이제 놀라고 경악하는 데서 한 걸음 비켜나 자기를 기겁하게 만든 현상의 정체를 파악하기 시작하며, 사드는 광란을 일삼는 자이기보다 광란의 장면을 연출하는 작가로 인식되기 시작한다. 사드와 사디슴의 관계를 연구한 마르시아 박사[2]는 사드의 서한체 소설 『알린과 발쿠르 혹은 철학소설(Aline et Valcour ou le Roman philosophique)』에 대해 "철학적 관점에서 매우 주목할

11

---

[1] 사디슴이라는 단어는 부아스트(Pierre-Claude-Victor Boiste, 1765-1824)가 편찬한 『프랑스어 대사전(Dictionnaire universel de la langue française)』의 사후 판본(1834년)에 처음 등장한 신조어였다. 그 후 1862년 평론가 생트뵈브가 플로베르의 『살람보』를 평하면서 '사드적'이라는 표현을 썼고, 1886년 정신의학자이자 초창기 섹수올로그(성[性]에 관한 학제 간 학문인 섹수올로지에 종사하는 전문가)인 리하르트 폰 크라프트에빙(Richard von Krafft-Ebing, 1840-1902)이 자신의 명저 『프시코파티아 섹수알리스(Psychopatia Sexualis, 성 정신병)』에서 본격적으로 사디슴을 거론했으며, 1905년 프로이트가 『성욕에 관한 세 편의 에세이』에서 보다 심도 깊게 해석했다.

[2] 본명은 클로드 투르니에(Claude Tournier). 「사드 후작과 사디슴(Le Marquis de Sade et le Sadisme)」(A. 라카사뉴[A. Lacassagne], 『배를 갈라 죽이는 살인자 그리고 사디슴적 범죄[Vacher l'éventreur et les crimes sadiques]』, 리옹-파리[Lyon-Paris], 1899).

3
그는 『사드와 그의 시대(Der Marquis de Sade und seine Zeit)』(1906)라는 저서에서, 사드의 삶과 작품을 그가 산 18세기의 특징과 관련해 체계적으로 분석하기도 했다.

4
샤를 푸리에(Charles Fourier), 『사랑의 신세계. 4운동과 보편적 숙명의 이론(Le Nouveau Monde. La Théorie des quatre mouvements et des destinées générales)』, 포베르, 1967.

5
20세기에 들어와 사드의 존재를, 객관적인 문학 텍스트를 통해, 진지한 의미의 작가로 복권시킨 공신들의 명부를 작성할 때, 그 최상위 자리는 누구보다 기욤 아폴리네르(Guillaume Apollinaire)의 차지일 것이다. 작품보다는 소문과 전설이 판을 친 19세기를 지나 1904년 독일인 의사 이반 블로흐(가명 오이겐 뒤렌)가, 당시까지도 원고가 분실된 것으로 여겨지던 『소돔 120일 혹은 방탕주의 학교』를 출간했지만, 여전히 문학 외적(의학적)인 호기심이 먼저였다. 아폴리네르는 1909년 사드의 주요 소설 작품들을 발췌해 선집 형태의 『사드 후작 작품집』을 펴냈고, 그 서두에 장문의 해설을 첨부했다. 이를 시발점으로 사드에 대한 초현실주의 진영의 관심이 폭발했고, 의학이나 철학의 범주를 벗어나 순수문학의 범주 안에서 사드의 작품 세계에 대한 진지한 논의가 시작되었다. 이 책 19쪽 주 18번 참조.

6
모리스 엔(Maurice Heine, 1884-1940)은 아폴리네르에 이어 사드를 본격적으로 소개하고 그 작가적 위상을 정상화시키는 데 결정적인 공헌을 한 사드 연구의 거장이다. 그는 평생 동안 자신의 모든 것을 바쳐 사드의 원고를 추적하고 복원했으며, 1904년 오이겐 뒤렌에 의해 상당히 부정확한 상태로 출간된 『소돔 120일 혹은 방탕주의 학교』를 1931년 처음으로 정밀한 작업을 거쳐 완벽에 가까운 수준으로 복원, 출간하는 데 성공했다. "사드 후작의 텍스트는 파스칼의 텍스트와 똑같은 존중심을 갖고 다루어야 한다"는 그의 말은 비록 "사드의 글을 파스칼의 글처럼 취급할 필요는 없다"라는 아나톨 프랑스의 악의적 논평에 대한 반박이긴 했지만 당시로서는 어마어마하게 파격적인 주장으로, 20세기를 관통하면서 사드를 둘러싸고 얼마나 중요한 논의들이 이루어질 것인지 일찌감치 통찰했음을 느끼게 해준다.

만한 저서"라고 평했고, 최초의 섹솔로그라 불리는 독일인 의사 이반 블로흐는 사드의 『소돔 120일 혹은 방탕주의 학교(Les 120 journées de Sodome ou l'École du libertinage)』 원고를 발굴해 오이겐 뒤렌이라는 가명으로 세상에 공개했다.[3] 사디슴이라는 보편적 개념이 구체화되면서 사드의 작품에 대한 객관적인 접근이 비로소 가능해지는 식이다. 이와 같은 과정은 철학과 종교의 관점에서도 조심스럽게 이루어진다. 요컨대 사드의 광기를 사회와 종교의 거대 담론과 연계해 변증법적으로 해석하는 방식이다. 이를테면 샤를 푸리에가 "충족되지 못한 욕망과 공격성의 등가(等價) 문제"를 사회적 관점에서 제기하고 나섰을 때, 거기 드러나는 "정념의 응혈 현상에 대한 반작용"이 곧 사디슴에 해당한다는 논지다.[4] 이는 결국 사드라는 한 작가의 사안을 구성원의 열망을 충족시키지 못하는 사회의 문제로 끄집어내서 객관적으로 조망하는 태도다. 플로베르와 공쿠르 형제, 위스망스 등 19세기를 대표하는 작가들은 매우 역설적이게도 "가톨릭의 최종 발언"으로서 사드의 작품을 이해했다. "자연과 육체, 생리적 충동에 대한 거부의 극단"을 보여주는 징후라는 것이다. 사드와 푸리에, 사드와 칸트의 교차 독서를 제안하는 피에르 클로소프스키나 자크 라캉의 해석 방식, 니체와 헤겔을 통해 사드를 이해하고자 하는 철학적 시도 등은 모두 그에 대한 즉물적 거부반응을 넘어 보다 진지한 접근을 가능케 해준다. 그리고 이제 '희귀한 쾌감'에 이르는 궁극적이고도 불가피한, 어쩌면 가장 본질적인 경로라 할, 언어 자체에 대한 관심이 도래한다. 아폴리네르,[5] 모리스 엔,[6] 질베르 렐리[7] 그리고 장자크 포베르[8]는 오늘날 우리가 그 어떤 편견 없이 사드를 하나의 '언어-텍스트'로 향유할 수 있게끔 길을 열어준 장본인들이다. 사드를 사랑하든 증오하든, 심취하든 무시하든, 20세기 이래 그를 입에 올리는 모든 이는 저들에게 빚을 지고 있다 해도 과언이 아닐 것이다. 문학의 전통적 개념을 전복시키고 '글쓰기(écriture)'라는 새로운 관점으로 세계를 바라본 텔켈(Tel Quel) 그룹의 비평가들에게 사드는 무엇보다 하나의 '텍스트'다. 모리스 블랑쇼는 사드의 '글쓰기'를 자연과 신, 인간을 말살하는 부정(否定)의 체험으로 보면서, "'글쓰기'야말로 사드의 고유한 광기"라고 정의한다.[9] 사드의 문장에서 보이는 끊임없는 반복 현상도 "자유를 표명하는 글쓰기의 순환"으로 해석해야 마땅하다는 게 그의 주장이다. 롤랑 바르트 역시 사드를 "언어의 창안자"로 보는 입장이다. 그는 사디슴이 사드의 텍스트에 담긴 "투박한 내용"에 지나지 않는 반면, 보다 중요한 핵심은 그 에피소드와 장면들, 행위와 자세들을 조작하는 문법과 그것들을 표현할 수 있는 언어의 발명에 있음을 간파한다.[10] 『소돔 120일 혹은 방탕주의 학교』에 혼비백산하여 사드를 화형대에 세우는 그야말로 '사디슴적'인 행위와 이처럼 '희귀한 쾌감'을 찾아 텍스트의 켜를 한 겹씩 벗겨 들어가는 독서의 거리는 상상 이상으로 멀다. 이제 시작하는 사드 전작(全作) 번역의 험난한 길은 바로 그런 먼 거리에 대한 쓰라린 자각에서 시작한다.

도나시앵 알퐁스 프랑수아 드 사드는 40대에 접어든 나이에 감옥에서 중요한 글들을 쓰기 시작했다. 오십 줄을 넘어선 다음부터 비로소 그중 일부를 발표했고, 많은 글들이 압수당하여 불태워지거나 분실되는 것을 지켜보면서 숨을 거두었다. 작품의 절반 이상은 사후 100년이 지나서야 세상 빛을 보았고, 그나마 생전에 출간한 작품들도 자신이 쓴 글임을 부인하느라 곤욕을 치르기 일쑤였다. 전집 1권에 담은 「사제와 죽어가는 자의 대화(Dialogue entre un prêtre et un moribond)」를 비롯한 몇몇 편지들, 편지 형식을 빌린 철학 담론인 「철학적 신년 인사(Étrennes philosophiques, lettre à Mademoiselle de Rousset)」, 읽은 책의 내용을 발췌하거나 그로 인한 성찰을 담은 「독서 노트 제4권 혹은 수상록(Quatrième cahier de notes ou réflexions)」, 총 네 권 분량의 서한 소설로 구상되었다가 분실 혹은 분해되고 남은 글의 초안인 「어느 문인의 잡문집(Le

13

7
질베르 렐리(Gilbert Lély, 1904-85)는 20세기 초 초현실주의 그룹과 더불어 중요하게 평가받던 시인으로, 모리스 엔에 이어 사드 연구의 토대를 닦은 인물이다. 사드에 관한 방대한 자료를 수집하여 1952부터 1957년까지 세계 최초의 체계적인 사드 전기를 펴냈으며, 1989년까지 이를 끊임없이 수정하고 보완해 기념비적인 저작(『사드 후작의 생애(Vie du Marquis de Sade)』)으로 완성했다.

8
장자크 포베르(Jean-Jacques Pauvert, 1926-2014)는 20대 초반에 자기 이름을 딴 출판사 '장자크 포베르'를 만들어 사회가 배척하거나 미처 알아보지 못하는 작품들을 발굴해 열정적으로 세상에 소개해왔다. 자연히 그 출간 목록에는 금서가 차지하는 비중이 컸으며, 그로 인해 국가의 강압적 검열 시스템을 상대로 한 법정 투쟁이 빈번했다. 1947년부터 시작된 사드 작품 출간과 그에 따른 소송은 그 대표적 사례인 셈이다. 감옥까지 드나드는 투쟁 끝에 장자크 포베르는 결국 1958년 프랑스 법원으로부터 "사드는 작가로 불릴 자격이 있는 작가임(Sade est un écrivain digne de ce nom)"을 인정한다는 선언과 함께 무죄판결을 얻어냈고, 이는 사드 작품의 출간과 그에 대한 본격적인 연구의 탄탄대로를 연 계기로 평가받고 있다. 1986년에 나오기 시작해 1990년에 이르러 완간된 전기문학의 대작 『살아 있는 사드(Sade vivant)』는 그에게 되마고 상을 안기기도 했다.

9
모리스 블랑쇼(Maurice Blanchot), 『로트레아몽과 사드(Lautréamont et Sade)』, 미뉘 출판사(Les Édition de Minuit), 1949.

10
롤랑 바르트(Roland Barthes), 『사드, 푸리에, 로욜라(Sade, Fourier, Loyola)』, 르 쇠유(Le Seuil), 1971.

Portefeuille d'un homme de lettres)」, 일종의 수상록인「신에 대한 사색(Pensée sur Dieu)」그리고 알렉상드랭 시형으로 작성된「진실(La Vérité)」이라는 시는 그런 작가(혹은 철학자)의 불운한 이력에서 초중반기(결혼할 무렵인 20대 초반부터 바스티유에서 석방될 무렵인 40대 후반까지)의 양상을 단편적으로 보여주는 비교적 짧은 텍스트들이다.

「사제와 죽어가는 자의 대화」가 수록된 원고 뭉치의 마지막 장 여백에는 "1782년 7월 12일 탈고"라는 글이 적혀 있다. 이는 사드가 1778년 결정적으로 뱅센 감옥에 수감된 지 4년째 되는 해이자, 마흔둘 나이에 갓 접어들 무렵 작품이 완성되었음을 말해준다. 저자 생전에는 출간되지 못했고, 19세기 내내 파리의 경매시장을 떠돌던 원고가 1920년 11월 6일 드루오 경매장에서 체계적인 사드 연구의 선구자 모리스 엔에 의해 발견되어, 1926년 스탕달 출판사를 통해 비로소 세상에 정식 소개되었다. 이 작품은 '죽음을 앞둔 사람의 성찰'이라는 철학적, 종교적 테마가 서로 대극을 이루는 양자 간 대화의 연극적 장치를 통해 생동감 있게 펼쳐지는 과정을 보여준다. 유물론과 무신론, 쾌락주의가 혼융된 18세기 무신론적 자유사상(libertinage)을 본격적으로 천착하기 시작하는 사드의 초기 모습이 반영되어 있다. 그런 뜻에서, 비도덕주의가 노골화되는 이후부터 흔적조차 찾아볼 수 없는 이타주의의 도덕적 가치가 아직은 용인되고 있는 장면이 이채롭다. 무엇보다도 중요한 것은, 향후 초지일관하게 펼쳐질 사드의 진면목이 이 길지 않은 작품 속에 씨앗의 형태로 조목조목 포진해 있다는 점이다. 사드의 무신론(athéisme)은 18세기 철학에 만연한 반종교적인 사상들과는 그 격(格)을 달리한다. 특히 백과전서파의 이신론(理神論, déisme)이라든가 자연을 의인화하여 소위 '어머니 대자연(Mother Nature)'으로 떠받드는 범신론(panthéisme)적 사상과는 결코 혼동될 수 없는 독보적 입장을 갖추고 있다. 사드의 무신론은 단순히 신의 존재를 요구하지 않는 자연의 개념을 넘어, 인간을 타락시키고, 파멸시키는 무자비한 자연의 개념 위에 정립되어 있다.[11] 그것은 어떤 문제든 하나의 논리를 극단으로 몰아가는 비타협적인 정신세계에서만 나올 수 있는 이론으로, 사드가 앞으로 보여줄 사상적 행보의 가장 큰 특징이기도 하다.

「무도회에서 첫눈에 반해버린 C 모(某) 양에게(À Mademoiselle de C***, dont l'auteur était devenu amoureux au bal)」와 「L 양을 위한 연가(Chanson, pour Mademoiselle de L)」 그리고 「L 양의 초상(Portrait de Mademoiselle de L)」은 사드의 5대 손(孫)인 그자비에 드 사드(Xavier de Sade) 씨가 보관하고 있던 원고를, 질베르 렐리가 '세르클 뒤 리브르 프레시외(Cercle du Livre précieux)'판 사드 전집을 만들면서[12] 입수해, 세상에 첫선을 보인 문헌이다. 모두 사드의 나이 20대 때인 1763년에서 1767년 사이에 쓰여진 글인데, 이니셜로 표기한 여인들 중 C 모 양만 확인이 안 되고 나머지 두 L 양은 근접한 추정이 이루어진 상태다. '연가'의 L 양은 몽트뢰이 집안 여식과 혼담이 오가던 시기에 사드가 남몰래 연정을 불태우던 프로방스 지역 유지의 딸 로리스(Lauris) 양이며, '초상'의 L 양은 다름 아닌 아내 르네펠라지의 동생 즉, 자신의 처제인 안프로스페르 드 로네(de Launay) 양이라는 것이 통설이다. 편지가 쓰인 시기로 보나 그 내용으로 보나, 세 여성 모두 떳떳한 연정의 대상이 아니라는 것이 공통점이라면 공통점이다. 사드는 스물세 살(1763년)의 창창한 시기부터 서른여덟 살(1778년)에 기약 없는 감옥 생활로 곤두박질치기까지 그야말로 방탕의 구렁텅이를 마음껏 뒹굴었다. 이 시기 사드의 행보를 두고 모리스 엔은 다음과 같이 말했다. "그는 감각의 전격적인 폭발 상태에 휩싸이게 될 것이다. 그 어떠한 종교적, 사회적, 윤리적 관습도 그에겐 장애가 되지 못할 것이다. 그는 선과 악을 초월해, 불안하고, 열정적이며, 고생스러운 인생행로를 때로는 의기양양하게 때로는 처량하기 그지없는 모습으로 번갈아가며 경험하게 될 것이다. 그는 신과 인간의 법칙에 저항할 것이며, 낙원에서 추방된 인간

15

11
"자연에 필요하지 않은 미덕은 단 하나도 없거니와, 뒤집어 말하자면, 그 어떤 악덕도 자연에게는 필요한 것이지."

12
사상 최초의 사드 작품집은 장자크 포베르가 1947년부터 1970년까지 선보인 '장자크 포베르'판이라고 해야 할 것이다. 이전까지 사드의 작품 출간은 사실상 발췌본이거나, 주문 한정판이라는 형식을 빌린 비밀출판이 전부였다. 그에 뒤이어 1962년부터 1973년까지 질베르 렐리가 주도하여 선보인 이른바 '세르클 뒤 리브르 프레시외[貴書本]'판은 두 번째 사드 전집인 셈이다. 다만, 여기에는 새롭게 발견된 사드의 청년기 글들과 알려지지 않은 다수의 편지들, 소설 두 작품과 극작품까지 더해져, 이른바 '결정판'을 표방한 최초의 전집이라는 타이틀이 따르곤 한다. 마지막으로 1986년부터 1991년까지 장자크 포베르가 아니 르 브룅과 함께 기획하여 새롭게 선보인 '장자크 포베르'판이 있다. 가장 최근에 나온 이 전집은 집필 시기를 기준으로 작품을 수록한다는 원칙을 엄격하게 지키고 있다. 1990년에 갈리마르 출판사에서 나온 '비블리오테크 드 라 플레이아드'판은 사드의 중요 작품만 선별해 수록한 선집 판본이다.

의 고뇌에 추락한 천사의 오만을 자랑스레 접목시키리라.”[13] 과연 그토록 격한 운명의 조짐이 느껴지는지, 사드의 ‘소싯적 정서’가 고스란히 배어 있을 이 글들을 세심하게 주목해가며 읽어볼 일이다.

두 차례의 떠들썩한 스캔들[14]을 치른 대가로 뱅센 감옥에 수감되면서부터 사드는 엄청난 양의 책들을 읽어나간다. 장 폴랑[15]은 그가 “마르크스만큼 책을 읽었다”라고도 말하고 있다. 그냥 읽고 치운 것이 아니라, 꼼꼼히 기록하고 소화하면서 자신이 쓰는 글 속에 원용하거나 보다 더 풍요로운 해석을 곁들여 재창조한 것으로 알려져 있다. 그러는 가운데 사드는 일종의 독후감을 여러 권의 독서 노트에 담았던 것으로 보이며, 그중 유일하게 오늘날까지 남아 전해져온 한 권이 여기 소개된 「독서 노트 제4권 혹은 수상록」이라는 글이다. 철학자로서 사드는 완전히 독창적인 사상을 표출했다기보다 당대를 풍미한 라메트리(Julien Offroy de La Mettrie. 1709-51), 돌바크(Paul Henri Thiry d’Holbach. 1723-89), 엘베시우스(Claude-Adrien Helvétius. 1715-71) 등의 무신론적 유물론 사상과 달랑베르(Jean Le Rond d’Alembert. 1717-83), 디드로(Denis Diderot. 1713-84), 루소(Jean-Jacques Rousseau. 1712-78) 등 백과전서파의 계몽주의 사상을 왕성하게 호흡하면서 그 핵심을 논리적 극단으로 밀고 나간 끝에 자신만의 고유한 경지에 도달한 경우다. 그의 독서가 유발한 사고의 흔적을 따라가보는 것은 그런 뜻에서 매우 중요한 작업일 것이다.

「철학적 신년 인사」는 1929년 출간된 『가족, 친지와 주고받은 사드 후작의 미공개 서한집』에 포함되어 세상에 처음 공개된 문헌이다. 스스로 ‘인간 쥐어짜기(pressurage)’라 부른 뱅센에서의 힘든 감옥 생활 중에 사드는 마리도로테 드 루세라는 한 여성과 우정 어린 편지를 교환한다. 루세 양은 사드보다 네 살 연하의 지적이고 재치 있는 여성으로 사드 가문의 한 공증인의 여식인데, 라코스트 성에 가정부로 들어와 지내다가, 사

13
장폴 브리젤리(Jean-Paul Brighelli), 『사드, 삶과 전설(Sade, La Vie la légende)』, 라루스(Larousse), 2000.

14
이 책 174쪽에 실린 「사드와 그의 시대」 1768년부터 1777년까지 참조.

15
Jean Paulhan(1884-1968). 『누벨 르뷔 프랑세즈(NRF)』 주간이자 비평가로서 현대문학 비평에 중요한 공헌을 했다. 사드에 관한 비평서로 『사드 후작과 그 공모자(Le Marquis de Sade et sa complice)』(콩플렉스 출판사[Éditions Complexe], 1987)가 있다.

16

드가 감옥에 갇힌 뒤로는 파리에 머무는 사드 부인 곁에서 시중을 들고 있었다. 사드는 마흔 살(1784년)에 요절하는 이 여인과 편지를 주고받으면서 "순수한 우정이 가져다주는 모든 감미로운 감정"을 맛본다고 술회했으며, 편지를 빙자해 철학적 토론을 전개할 정도로 깊은 교감을 느끼고 있었다. 지적인 여성과의 '순수한 우정'이어서 그런지, 과연 편지의 어조는 앞선 연애편지들과 상당히 다르다. 편지의 표제도 원래는 '루세 양에게 부치는 신년 문안 인사'였지만, 그 안에 담긴 철학적 성찰의 중요성 때문에 '철학적 신년 인사'라는 제목으로 더 많이 알려져 있다. 질베르 렐리는 "생동감 넘치는 매혹적인 소논문"이라고까지 칭하면서 이 글의 비중을 높게 다루었다.

「어느 문인의 잡문집」은 사드가 네 권 분량의 서한체 위주 소설을 구상한 뒤, 그중 두 권 분량만 우선 정리하고 나머지는 그것에 대한 대중의 반응 여부를 확인한 뒤 추진하려고 하다가 중단된 글의 '잔해'다. 사드는 대혁명 와중에 뱅센에서 바스티유로 강제 이감되면서 상당량의 원고를 챙기지 못했을 뿐 아니라, 툭하면 수색과 압수에 직면하는 가운데 작품 구상을 중도 폐기하거나 어쩔 수 없이 변경해야만 하는 불안정한 집필 생활을 감내한 작가다. 「어느 문인의 잡문집」은 그런 사정 때문에 원래의 모습을 전혀 찾아볼 수 없게 되어버린 숱한 작품들 중 하나인 셈이다. 1788년 10월 1일 사드는 바스티유 감옥에서 자기가 그간 써온 작품들에 대한 일종의 '카탈로그'를 작성했는데, 거기 이 글에 대한 설명이 다음과 같이 기록되어 있다. "이 작품은 총 네 권으로 계획되었다. 두 권은 이미 준비된 상태이고 나머지 두 권은 아직 초안 상태로만 존재하는데, 처음 두 권의 성공 여부에 따라 윤곽이 정리될 예정이다. 작품의 얼개는 이런 식이다. 하나는 애교 있고 쾌활하며 다른 하나는 지적이고 조신한 두 자매가 파리를 떠나 시골로 향하면서, 수도에 남겨둔 글쓰는 남자 친구에게 자신들의 은둔 생활을 심심치 않게 해줄 수고를 맡아달라고 청한다. 특히 애교 있는 처자는 그 문인 친구에게 그 일을 잘 수행해줄 경우 몸을 허락하겠다는 약속까지 한다. 이제 거래가 시작된다." 그렇게 세 남녀 사이의 서신 교환이 이어지는 가운데, '머리말의 초안'에서 열거하고 있는 다양한 내용이 펼쳐질 예정이었다. 1790년 바스티유에서 석방되며 그가 "피눈물이 난다"고까지 분실의 아픔을 토로한, "인쇄만 하면 되게끔 완성된 열다섯 권 분량의 작품들"에 이 작품이 포함되었을 것 같지는 않다.[16] 그보다는 시대의 전환 속에서 어쩔 수 없이 처음의 계획이 수정되어, 다른 글에 자연스럽게 녹아들거나 독자적인 가치를 가진 글 조각들로 남게 되었다는 것이 연구자들의 판단이다.

「신에 대한 사색」은 모리스 엔의 주선으로, 1931년 발간된 초현실주의 기관지 『혁명에 이바지하는 초현실주의』 제4호에 '사드의 현재성'이라는 표제를 달고 처음 소개되었다.[17] 그 후 1953년에 이르러 장자크 포베르가 「사제와 죽어가는 자의 대화」와 함께 책으로 묶어 다시 출간했다. 그런 만큼 두 글에서는 극단적인 무신론과 관련한 논리적 근거가 일목요연하게 정리되어 있는 느낌이다. 이 글은 원래 『어느 문인의 잡문집』에 포함시키는 것이 사드의 계획이었다고 한다.

「진실」은 1961년 질베르 렐리가 사드의 미발표 원고에서 추려내 장자크 포베르 사를 통해 처음 세상에 소개한 일종의 철학시다. 원고상의 제목은 '진실, 라메트리의 원고에서 발견된 작품'인데, 그런 식으로 남의 이름 뒤에 숨어봤자 전체 내용과 표현에서 느껴지는 사드적 특성은 좀처럼 감출 수가 없다. 아울러 여기저기 가필하고 수정한 흔적은 사드 자신이 시의 저자임을 확증한다. 작품의 집필 시기에 관해서는 명확하게 적시된 글을 찾을 수 없다. 다만 필체와 종이의 상태를 면밀하게 살펴본 결과, 1787년 바스티유에 수감되어 있을 당시 시가 쓰이지 않았나 추정할 수 있을 뿐이라고 한다. 아울러 자연의 위력 앞에 전적인 경도로 일관하는 시적 화자의 자세 역시 시가 쓰인 시기를 짐작케 해준다. 사드의 무신론은 시간이 지남에 따라 그 심

16
사드의 프로방스 영지 재산 관리자 고프리디에게 1790년 4월 24일 보낸 편지.

17
「사드의 현재성(Actualité de Sade)」, 『혁명에 이바지하는 초현실주의(Le Surréalisme au service de la révolution)』 제4호, 조제 코르티(José Corti), 1931.

도가 깊어질수록 자연의 절대권에 대해서조차 반기를 들고 저항하는 모습을 보이기 때문이다. 시의 형태를 빌렸기 때문에 그의 사상이 생동감 있게 제시된 점도 눈여겨볼 만하지만, 사드 자신이 직접 단 주(註)들의 직설적이고 명쾌한 논리가 읽는 이의 마음을 불가피하게 움직이는 과정은 특히 주목할 만하다.

　　마지막 자료로 첨부된 「신성한 후작(Le Divin Marquis)」은 시인 기욤 아폴리네르가 파리 국립도서관 금서 보관소에 처박혀 있던 사드의 작품들을 발췌해 1909년 선집 형태로 세상에 소개하면서 단 장문의 해설인데,[18] 역사적으로 매우 중요한 가치를 갖는 문헌이다. 아폴리네르는 사드의 작품을 소개하면서 다음과 같은 예언자적 어조에 그 의미를 실어 강조했다. "참으로 오랜 기간 금서 보관소의 고약한 공기 속에 처박혀 농익어온 그 사상들이 바야흐로 기를 펼 때가 온 것 같다. 19세기 내내 별것 아닌 것처럼 치부되었던 이 남자는 20세기를 확실히 지배할 수 있게 될 것이다." 무엇보다 중요한 것은 사상 최초로 확연하게 대중성을 겨냥한 선집 형식을 동원해 사드를 소개했다는 점이다. 아폴리네르의 시도 이전에 사드의 작품이 읽히지 않은 건 아니었으나, 오직 소수의 특정 독자만을 위한 비밀출판이 전부였다 해도 과언이 아니다. 이 책을 통해 사드에 대한 관심과 이해가 양적, 질적으로 증폭되었음은 주지의 사실이거니와, 이 글 「신성한 후작」을 자세히 읽어가다 보면 몇 가지 측면에서 그 의의가 남다름을 느끼게 된다. 아폴리네르의 기본 논조는 한 작가의 작품과 인간을 구분하여 바라보자는 데서 출발한다. 작품 속에서는 온갖 논리를 동원해 살인을 찬양하던 사드가 정작 현실에서는 사형 제도를 반대하다 공포정치 치하에 옥살이까지 감수했다는 사실이 근거로 드는 사례다. 그때까지만 해도 음산한 괴물과 다름없던 사드의 통상적인 이미지를 어떻게든 걷어버리고자 하는 노력이 아닐 수 없다. 20세기 초, 누구보다 앞서 새로운 정신(L'Esprit Nouveau)의 전도사를 자처한 아폴리네르가 사드에게서 가장 높이 산 덕목은 바로 '자유'였다. 아울러 그

19

18
비블리오테크 데 퀴리외(Bibliothèque des Curieux, '장서가의 서가') 출판사의 '사랑의 거장(Les Maîtres de l'Amour)' 시리즈는 동서고금을 망라하며 전복적인 가치를 표방하는 에로티시즘 문헌들을 선집으로 꾸며 내놓았고, 그중 제3탄이 아폴리네르가 작품 선정에서 해설까지 총괄한 이 책 『사드 후작 작품집(L'Œuvre du Marquis de Sade)』이다. 원래 이곳 서문에는 제목이 없었는데, 아폴리네르 사후(1964년) 미셸 데코댕(Michel Décaudin)이 시인의 글을 모아 『사랑에 빠진 악마들(Les Diables amoureux)』이라는 책을 펴낼 때 이 서문을 포함시키면서 '신성한 후작'이라는 제목을 붙인 것이다. 이 사드 전집에서는 그 제목을 그대로 따오기로 한다.

'자유'에서만 나올 수 있는 초지일관한 '대담성'과 기발할 정도의 '새로움'을 그의 문학이 가진 전례 없는 장점으로 보았다. 그것은 시인이 기필코 갖추어야 할 두 가지 조건으로 아폴리네르가 침이 마르도록 주장해온 덕목이며, 그를 계승해 초현실주의자들이 받들어 마지않은 미학적 신조다. 작가로서 사드의 문학적 위상을 논하는 것이 아직은 요원하던 시절, 아폴리네르의 이 장문의 해설은 글자 그대로 예언자적 직관을 통해 사드의 작품에 내재된 예언적 가치를 꿰뚫어본 최초의 글인 셈이다.

　　성귀수

사제와 죽어가는 자의 대화

✳

사제. 드디어 타락한 인간 앞에 미망(迷妄)의 베일이 찢어져, 지난날 저질러온 오류와 악행의 그림이 적나라하게 드러나는 운명의 순간이 다가왔습니다. 인간의 나약함과 덧없음에 이끌려 제멋대로 살아온 방탕한 삶을 당신은 후회하지 않습니까?

죽어가는 자. 이 사람아, 그야 물론 후회하지.

사제. 그렇다면 얼마 남지 않은 시간 그 바람직한 후회의 감정을 내세워, 당신의 과오에 대한 대사면(大赦免)을 하늘로부터 얻어내십시오. 오로지 신성한 고해성사를 통해서만 불멸의 존재로부터 죄의 사함을 얻어낼 수 있다는 점을 잘 생각해보세요.

죽어가는 자. 자네가 내 말귀를 못 알아들은 것과 마찬가지로 나 역시 자네가 무슨 말을 하는지 모르겠군.

사제. 네?

죽어가는 자. 나는 내가 후회한다고 말했네.

사제. 저도 그렇게 들었습니다.

죽어가는 자. 그래, 하지만 이해는 못 했어.

사제. 무슨 의미인지…?

죽어가는 자. 이런 얘기일세…. 자연은 아주 강렬한 취향과 강력한 정념(情念, passion)으로 이 몸을 빚어, 오직 그것들에 모든 걸 맡기고 실컷 충족시키라는 뜻에서 나를 세상에 냈지. 그렇게 나를 빚어낸 결과가 바로 자연의 최초 전망들과 결부된 생리적 욕구들이거니와, 자네가 더 좋아할 표현을 쓰자면, 나에 대한 자연의 계획에서 그 법칙에 준해 필연적으로 파생된 요소들인 것이지. 그러니 지금 내가 후회하는 것은, 살아생전 그런 자연의 절대권을 충분히 깨닫지 못했을

뿐더러, 자연이 자신을 섬기라며 베푼 (자네 입장에선 죄스
럽겠으나, 내가 보기엔 지극히 단순할 따름인) 능력들에 대
한 나의 씀씀이가 영 시원찮았다는 점뿐이란 말일세. 때로
는 자연에 저항하기도 했는데, 그게 못내 후회스러워. 자네
의 터무니없는 이론 체계에 눈먼 나머지 그보다 훨씬 더 신
성한 충동 속에 받아들인 욕망의 횡포와 맞서 싸운 적도
있지만, 이젠 그 모든 것이 후회될 따름이네. 풍성한 열매
를 수확할 수 있을 시기에, 나는 그저 꽃을 꺾고 있었던 거
야…. 이상이 내가 지금 회한에 시달리는 정확한 이유일세.
그러니 사람 제대로 보고, 달리 엉뚱한 방향으로 착각하지
말아주게나.

사제. 그릇된 생각과 궤변이 도를 넘는군요! 당신은 지금 피조
물 자체에 창조주의 권능을 고스란히 투사하고 있습니다.
자신을 호려놓은 그 몹쓸 성향들이 타락한 자연의 결과물
에 지나지 않음을 전혀 간파하지 못한 채, 자연이 그 자체
로 절대적인 무엇인 양 생각하고 있어요.

죽어가는 자. 여보게, 내가 보기에 자네의 논증은 자네의 정신만
큼이나 애매한 것 같아. 좀더 분명하게 추론을 하든가, 나를
조용히 죽어가게 내버려두면 좋겠네. 도대체 그 '창조주'라
는 게 무엇인가? '타락한 자연'이라는 말이 무슨 뜻이지?

사제. 창조주란 우주의 주인입니다. 만물을 창조하고, 주관하며,
자신의 전능함을 행사함으로써 모든 것을 보전하는 자이죠.

죽어가는 자. 정말 대단한 인물 나셨구먼! 그렇담 말해보게, 그렇
게 능력 많은 자가, 자네 말마따나, 왜 타락한 자연을 만들
었는지.

사제. 만약에 신이 자유의지를 허락하지 않았다면, 인간이 무슨
가치가 있겠습니까? 이 세상에 살면서 선을 행하고 악을 외
면할 가능성이 주어지지 않는다면, 인간이 누릴 수 있는 자
격이 무엇이겠어요?

죽어가는 자. 결국 자네의 신은 모든 걸 삐딱하게 만들고 싶었던

게로군. 오로지 자신의 피조물을 꼬드기거나 괴롭히려고 말이야. 그 피조물이 어떤 존재인지 그토록 몰랐단 말인가? 결과가 어떻게 나올지 전혀 짐작도 못 한 거야?

사제. 물론 그분은 자신의 피조물을 잘 알고 있죠. 다만, 다시 말하건대, 선택의 재량권을 피조물에게 허락하고 싶었던 겁니다.

죽어가는 자. 그런 게 무슨 의미가 있지? 피조물이 무엇을 선택할지 신은 이미 알고 있는데 말이야. 자네 말로 그분이 전능하다고 해서 하는 얘긴데, 피조물로 하여금 좋은 선택을 하게 만드는 것은 오직 그분한테 달린 문제 아닌가 말이야.

사제. 신이 인간에 대해 품는 무한하고 거대한 전망을 누가 이해할 수 있을까요? 우리 눈에 비치는 모든 것을 과연 누가 이해할 수 있나요?

죽어가는 자. 문제를 단순화하는 사람, 특히 원인을 복잡하게 만들어 결과를 흐리는 일 따위를 하지 않는 자는 이해하지. 자네는 어떤 문제를 설명할 수 없으면서, 왜 그보다 어려운 문제에 매달리는 거지? 자네의 신만이 할 수 있다고 믿는 일을 자연 혼자서도 너끈히 해치울 수 있는데, 무엇하러 그 주인을 찾겠다며 나서는가 말이야! 자네가 이해하지 못하는 현상은 어쩌면 세상 더없이 간단한 원인에서 비롯되는 것인지도 몰라. 자연과학을 연마하게. 그럼 자연을 보다 잘 이해할 수 있어. 이성을 단련하고, 편견을 추방하란 말일세. 더 이상 자네의 신이 필요하지 않을 테니까.

사제. 딱한 사람 같으니! 나는 당신이 소치니파(派)[1]에 속할 뿐이라고 생각해서, 얼마든지 싸워 설득할 여지가 있다고 보았소. 그런데 이제 보니 완전한 무신론자구먼. 창조주의 존재에 관해 매일같이 우리에게 주어지는 엄청난 양의 명명백백한 증거들을 당신이 마음으로부터 거부하니, 나도 더는 할 이야기가 없소이다. 장님에게는 빛을 비추지 않는 법.

죽어가는 자. 이 사람아, 이거 하나만 인정하시지. 눈가리개를 착

1
소치니파는 16세기 말 이탈리아 법률가였던 렐리오 소치니(Lelio Sozzini)와 그의 조카 파우스토 소치니(Fausto Sozzini)의 사상을 신봉하는 기독교의 이단적 일파로 삼위일체설의 부정을 골자로 한다. 18세기 『백과전서』에는 그들이 근본적으로 이신론적 입장을 취하되 그것을 노골적으로 표방하지도 않을뿐더러, 모든 신비적 계시를 단호하게 거부하지도 않는다고 소개되어 있다.

용한 자와 그것을 벗어버린 자 둘 중에서 진짜 장님은 엄연히 전자라는 사실 말일세. 자네는 자꾸만 무얼 세우고, 만들어내고, 불려나가려 하지만, 나는 무너뜨리고, 단순화하고 있지. 자네는 오류에 오류를 더하는 거고, 나는 그 오류들을 때려 부수는 것이네. 그러니 우리 둘 중 누가 장님인가?

사제. 그렇다면 당신은 신을 전혀 믿지 않습니까?

죽어가는 자. 전혀. 이유는 아주 간단해. 이해하지 못하는 것을 믿는다는 건 전적으로 불가능하기 때문이지. 이해와 믿음 사이에는 직접적인 관계가 존재해야만 하네. 이해는 믿음의 가장 중요한 자양분일세. 이해력이 작동하지 않을 때 신앙은 죽은 것이나 마찬가지인데, 그 경우 신앙을 가졌다고 주장하는 자들은 사기를 치고 있는 셈이지. 내 장담하건대, 자네 역시 내게 설교는 하지만 그 신을 진짜로 믿고 있는 것은 아니네. 결코 신의 존재를 내게 증명해보일 수 없기 때문이지. 그를 내 앞에서 정의할 만한 깜냥이 자네 스스로 안 되기 때문이야. 요컨대 자네가 신을 이해하지 못하고 있기 때문이고, 신을 이해하지 못하기에, 신과 관련하여 그 어떤 합리적인 논증도 내게 제시할 수 없기 때문이지. 한마디로, 인간 정신의 한계를 넘어서는 모든 것은 한낱 망상이거나 무용지물에 불과하단 말씀. 자네의 신이 그 둘 중 하나일 수밖에 없을진대, 만약 전자라면 그걸 믿는 내가 미친놈일 테고, 후자라면 내가 바보라는 소리밖에 더 되는가.

　이것 보게, 자네가 내게 물질의 불활성(不活性)[2]을 증명해보게나. 그럼 내가 자네의 그 창조주를 인정해드리지. 자연이 그 자체로 충분치 않다는 걸 증명해 보라니까. 그럼 자연의 주인이 어쩌고 하는 자네의 그 소리도 내 잠자코 들어주겠네. 그 전까지는 나한테서 아무것도 기대하지 말게. 나는 명증성(明證性)만을 받아들이거니와, 그것도 오로지 내 감각을 통해서만 그리한다네.[3] 감각이 멈추는 곳에선 나의 믿음도 힘을 잃지. 내가 태양을 믿는 것은 태양의 존재

2
18세기 교회가 내세우는 이론 체계는 이원론을 근간으로 하며, 모든 물리적 운동을 외부로부터 물질에 가해지는 작용으로 이해했다. 이 경우 물질은 본질적으로 활동 능력이 없는, 즉 불활성 물질이다. 이에 반해 유물론적 일원론은 물질 자체의 에너지를 인정하여, 자연의 모든 사물이 스스로 운동 능력을 지니는 것으로 해석했다. 사드의 작품 세계는 전반적으로 후자를 줄기차게 주장한다.

3
명증성은 데카르트적 합리주의의 골자이며, 감각은 로크의 감각론에서 핵심이다. 이 둘의 결합은 18세기 계몽사상의 특징으로, 사드 역시 이를 적극 수용한다.

26

가 내게 보이기 때문이네. 나는 태양을 자연의 모든 인화성 물질이 하나로 모인 중심점으로 이해하고 있지. 그 주기적인 운행은 내게 그저 달가울 뿐, 조금도 놀랄 일이 아니야. 그건 일종의 물리적 작용으로, 어쩌면 전기현상처럼 단순한 것일지도 몰라. 다만 우리의 이해력이 따라주지 못할 뿐이지. 도대체 내가 무엇 때문에 그 이상을 넘봐야 하지? 자네가 그 이상으로 자네의 신을 구축해 보여준들, 그게 나한테 도움이 될까? 제작자를 이해하기 위해서는 제작물을 규명하는 것만큼의 노력이 또다시 필요한 것 아닌가 말이야.

결론적으로, 자네의 그 망상은 암만 설파해봤자 내게 아무런 도움도 되지 못했네. 자네는 내 정신을 성가시게 했을 뿐, 해명해준 것이 전혀 없어. 그리고 나는 자네에 대해 고마움 대신 증오만을 느끼게 되었지. 자네의 신은 자네 자신의 정념을 거들고자 손수 조작해낸 장치에 불과하네. 그 정념에 따라 자네는 신이라는 장치를 지금껏 작동시켜 왔겠지만, 일단 그것이 나의 정념에는 방해가 되니, 내가 그걸 엎어버린들 자네는 다행으로 알아야 해. 그러니 가뜩이나 여린 내 영혼이 안정과 철학을 필요로 하는 이때 불쑥 나타나서 그딴 궤변으로 괜히 사람 마음 싱숭생숭하게 만들지 말게나. 그래 봤자 설득도 못할 거면서 남 질겁하게 하고, 선도는커녕 성질만 건드리기 일쑤일 테니까. 여보게, 이 영혼이라는 것은 말이야, 자연이 바란 상태 그대로 작동하기 마련이네. 말하자면 자연이 자기 목적과 필요에 따라 내게 빚어준 신체 기관들의 결과물에 불과한 셈이지. 그런데 자연은 악덕이든 미덕이든 똑같은 욕구를 가지고 있기에, 나를 전자 쪽으로 몰아가고 싶을 땐 얼마든지 그렇게 했고, 후자에 구미가 당길 땐 또 그쪽 방향으로 부추겨왔거든. 그때마다 나는 아무 스스럼없이 나 자신을 내맡겼고 말이야. 그러니 우리 인간의 지리멸렬한 삶을 주관하는 유일무이한 원인으로서 오로지 자연의 법칙만을 챙길 것이고, 그 법칙

27

을 작동시키는 것으로 자연의 의도와 욕구 외에 다른 원리를 찾을 생각일랑 아예 단념하는 게 좋아.

사제. 그렇다면 결국 세상의 모든 것이 필연적이란 말인가요?

죽어가는 자. 물론이지.

사제. 하지만 모든 것이 필연적이라는 얘기는 곧 모든 것이 결정지어졌다는 얘긴데?

죽어가는 자. 누가 아니래나?

사제. 모든 것을 그렇게 결정지을 수 있는 존재가 과연 무엇일까요? 전지전능한 존재가 아니라면 말입니다.

죽어가는 자. 화약에 불을 붙이면 점화되는 것은 필연적인 현상 아닌가?[4]

사제. 그렇죠.

죽어가는 자. 거기에서 어떤 지혜가 느껴지나?

사제. 아무 지혜도 못 느낍니다.

죽어가는 자. 그렇다면 지혜의 개입 없이 필연적인 현상이 벌어질 수 있다는 얘기로군. 결국, 이성도 지혜도 개입되지 않은 첫 번째 원인으로부터 모든 것이 비롯될 수 있다는 뜻이야.

사제. 그래서 어쩌자는 겁니까?

죽어가는 자. 굳이 이성이나 지혜가 개입된 원인이 주도하지 않더라도, 세상 만물은 얼마든지 지금 있는 그대로, 자네가 보는 모습으로 존재할 수 있음을 증명하려는 것이네. 자연현상은 자연적 원인에서 비롯되는 것이 당연하다는 사실을 보여주려는 것이지. 이미 내가 지적했듯이, 인위적인 설명을 요구하지만 결코 해명되지 않는 자네의 그 신처럼 반(反)자연적인 원인은 따로 상정할 필요 없이 말이야. 요컨대, 자네의 신은 아무짝에도 쓸모가 없기 때문에 전적으로 무용지물인 셈이네. 무용지물이란 곧 무가치한 것을 뜻하고, 무가치한 모든 것은 결국 무(無) 그 자체로 보아도 좋겠지. 따라서, 자네의 신이 한낱 망상임을 나 자신 확신하기 위해서는, 그 무용성에 대한 확증을 근거로 한 추론 말고는

28

4 18세기 유물론적 논증법의 고전적인 사례.

필요한 것이 없다네.

사제. 이런 상황에서는 내가 당신을 상대로 종교 얘기를 꺼낼 필요가 없어 보이는군요.

죽어가는 자. 무슨 소리! 인간의 맹신과 어리석음이 어느 수준까지 치달을 수 있는지를 보여주는 극한의 증표만큼 내 흥미를 끄는 것은 없지. 그런 식의 일탈은 워낙 해괴한 현상이라, 그 내용이 아무리 끔찍해도 늘 내게는 흥미진진한 이야기로 다가오거든. 솔직하게 대답해주게. 단, 이기주의적인 입장은 깨끗이 내려놓고 말이야. 만약 종교를 불가피하게 만드는 터무니없는 존재에 관한 자네의 그 얼토당토않은 이론에 넘어갈 만큼 내가 허약한 사람이었다면 하는 말이네만, 자넨 내게 어떤 형식의 숭배 행위를 추천했을 것 같은가? 내가 브라만의 황당무계한 소리보다는 차라리 공자의 횡설수설을 채택하길 바랐을까? 검둥이들의 거대한 뱀이나 페루 원주민들의 별, 그것도 아니면 모세 군단의 하느님을 숭배해야 했을까? 자네는 내가 마호메트의 어느 파벌에 속하기를 원했을까? 자네 생각에는 기독교의 어떤 이단이 그나마 바람직하게 보일까? 부디 신중하게 대답해주길 바라네.

사제. 그 대답이야 모호할 리 있겠습니까?

죽어가는 자. 그런 게 바로 이기적인 입장일세.

사제. 아니죠. 내가 믿는 것을 너에게 권하는 것은 너를 나만큼 사랑한다는 뜻이니까.

죽어가는 자. 그런 잘못된 믿음에 귀 기울이는 것은 피차 서로를 별로 아끼지 않는다는 뜻이지.

사제. 저런! 신성한 우리 구세주의 기적을 바로 보지 못하는 자는 대체 어떤 사람인가?

죽어가는 자. 소위 구세주라는 작자에게서 지극히 평범한 위선자와 더없이 싱거운 사기꾼[5]만을 꿰뚫어 보는 사람이라고나 할까.

[5] 『세 명의 사기꾼(Traité des trois imposteurs: Moïse, Jésus, Mahomet)』(스피노자의 정신 지음, 성귀수 옮김, 여름언덕, 2011)에서 보듯, 무신론적 자유사상의 전통에서 '사기꾼(imposteur)'이라는 단어는 매우 활발히 통용되던 용어였다. 모든 종교 체계는 사제와 군주가 민중에 대한 자신들의 지배권을 공고히 하기 위해 공모하여 만든 것이라는 주장이 골자다.

사제. 오 신들이여, 저런 소리를 듣고도 벼락을 치지 않으시다니![6]

죽어가는 자. 벼락은커녕 만사태평일세, 이 친구야. 무슨 얘기인고 하니, 자네의 신이 무능함이 됐든, 이성이 됐든, 내 자네 체면을 생각해서, 정말이지 자네의 그 보잘것없는 소원을 들어주는 셈 치고 잠시만 인정해주는데, 자네가 바라는 모든 것을 갖춘 존재가 됐든, 자네의 정신 나간 믿음처럼 실제로 현존한다 해도, 바로 그 신은 예수가 우리를 설득하려고 내세우는 어처구니없는 수단들을 가지고 있을 리 없다는 뜻일세.

사제. 맙소사! 숱한 예언자들과 기적들, 순교자들의 존재가 곧 그 증거 아닌가요?

죽어가는 자. 자네한테 논리적으로 묻겠는데, 그 자체가 증거를 필요로 하는 모든 것을 내가 어떻게 증거로 받아들이란 말인가? 예언이 증거가 되려면, 먼저 그 예언이 실현되었다는 전적인 확신이 있어야만 할 것이네. 한데 바로 그 점이 역사의 기록인 이상, 어차피 4분의 3 정도는 진위가 의심스러운 다른 역사적 사실들과 크게 다르지 않을 것이므로, 내게는 별다른 위력을 발휘하지 못하네. 게다가 그런 기록들이 그 방면 이해관계가 있는 역사가들에 의해 오늘날까지 전수되어 왔다는 매우 신빙성 있는 사정까지 감안한다면, 보다시피 나로서는 의심할 충분한 권리가 있는 셈이지. 나아가 문제의 예언이 추후에 만들어진 것이 아니라는 보장을 누가 내게 해준단 말인가? 이를테면 겨울이 되자 서리를 언급하고, 어진 군왕이 있으니 태평성대를 논하는 식으로, 지극히 간단한 책략적 조합의 결과물이 아니라고 누가 보장해주느냔 말이네. 사정이 이럴진대, 자네는 증명을 거쳐야 할 예언이 어떻게 그 자체로 증거 역할을 할 수 있다고 보는가?

　　자네가 말하는 그 기적이라는 것도 내게는 더 이상 중

6
출처가 불분명한 인용구일 가능성이 크다. 사드의 다른 작품(『라 누벨 쥐스틴』)에도 이와 비슷한 구절이 등장하는데, 인간의 악행에 대한 신의 무관심이 무신론적 징표로 해석되는 장면을 이룬다.

요하게 다가오지 않네. 협잡꾼이라면 누구나 기적을 행했고, 바보라면 누구나 그것을 믿어왔지. 내가 기적의 진실성을 납득하기 위해서는, 사람들이 기적이라 부르는 사건이 자연의 법칙과는 정반대라는 점부터 확신할 수 있어야 하네. 오로지 자연을 벗어난 현상만이 기적으로 인정될 수 있기 때문이지. 그런데 자연의 힘이 멈추는 지점은 정확히 어디이고, 자연에 대한 위반이 시작되는 지점은 정확히 어디인지 명시할 만큼 자연에 대해 통달한 사람이 과연 있을까? 두 가지 요인만 갖춰지면 소위 기적이라는 것을 믿게 할 수 있는데, 그것은 저잣거리 요술꾼 한 명과 심기 약한 다수의 아녀자들이라네. 그러니 자네의 그 기적에 별다른 근거가 있을 것으로 기대하진 말라구. 새로 몰려든 신봉자들은 항상 기적을 양산해왔고, 더 이상한 건, 어딜 가나 그걸 믿어주는 멍청이들이 있었다는 사실이야. 자네의 예수는 티아나의 아폴로니우스[7]와 비교해 그다지 놀라운 일을 행한 것도 아니지. 그런데 후자를 신으로 받들 생각을 하는 사람은 아무도 없거든. 순교자들로 말하자면, 자네가 펼친 주장들에서 가장 취약한 대목이네. 순교자를 양산하는 데 필요한 것은 열광과 저항뿐인데, 내가 반대 입장이라 해도 자네만큼 순교자를 들먹여야 할 테니,[8] 그 어느 쪽이 낫다고 평가할 충분한 자격은 내게도 없을 것이고, 대신 두 입장 모두 거론하기조차 안쓰럽다는 생각이 강하게 들 것 같군.

아, 이 친구야! 자네가 설교하는 그 신이 진정으로 존재한다면, 그의 나라를 세우기 위해 굳이 기적, 순교자, 예언 따위가 필요할까? 자네 말마따나 인간의 심장이 신의 작품이라면, 그곳이야말로 신이 자신의 법을 위해 선택했을 성소(聖所)가 아닐까? 의로운 신에게서 비롯되었다면 당연히 공평할 그 법은 세상 이 끝에서 저 끝까지 만인의 가슴속에 불가항력적으로 균등히 각인되어 있어야 할 테고 말이지. 그 섬세하고 민감한 기관으로 이미 서로 닮은꼴인 모든 인간은 그걸 베푼 신을 향한 경배심에서도 역시 서로 닮은꼴일 거야. 그렇다면, 신을 사랑하는 방식에서도 모두가 하나일 것이고, 신을 찬양하거나 섬기는 방법에서 만인이 한결같을 것이네. 그런 그들이 신을 알아보지 못한다는 것은, 신을 섬기려는 내밀한 성향에 저항하는 것만큼이나 불가능한 일이 될 걸세. 하지만 내게 보이는 세상의 모습은 어떤가? 방방곡곡 들어찬 나라만큼이나 세상에는 많은 신들이 있고, 그 신들을 섬기는 방법도 사람마다 얼굴이 다르고 상상력이 다르듯 천차만별이지. 나로서는 택일하기가 물리적으로 불가능한 그 다채로운 발상이 자네가 보기엔 단 하나의로운 신의 작품이란 얘긴가?

이보게, 설교자 양반, 자네는 그런 식으로 자네의 신을 소개하면서 결국 신을 모욕하고 있는 셈이네. 내가 그 신을 완전히 부정하게끔 내버려두게나. 만약 신이 존재한다면 자네의 신성모독적 발언들이 신을 능욕하는 것보다 차라리 신을 믿지 못하는 나의 태도가 덜 불경스러울 테니 말이야. 설교자여, 어서 이성을 되찾게나. 자네의 예수는 마호메트보다 나은 점이 없고, 마호메트는 모세보다 나은 점이 없으며, 그 셋 모두 공자보다 나을 것이 없는 존재들이지. 그나마 공자는 나머지 세 명이 정신 나간 소리를 해대는 동안 몇 가지 괜찮은 삶의 원칙들을 구술했으니까.[9] 하지만 그 모두가 실은 사기꾼에 불과하네. 철학자가 가소롭게 여겼는가 하면, 천민들은 곧이곧대로 믿었고, 당국이 나서서 의당 목을 매달았어야 할 그런 존재들.

사제. 안타깝게도, 넷 중 한 명에게는 지나칠 정도로 그렇게 했지요.

죽어가는 자. 바로 그자가 제일 당해야 마땅한 존재였으니까. 그는 선동적이고 과격하며 중상모략을 일삼는, 교활한 방탕아인 데다, 무식한 어릿광대이자 사악한 위험인물로서, 대중을 압도하는 기술을 가졌는데, 결국에는 당시 예루살렘

9
『세 명의 사기꾼』에서 보듯 18세기의 무신론적 사상은 모세, 예수, 마호메트를 대중의 무지에 편승한 사기꾼으로 폄하했으며, 볼테르와 디드로를 비롯한 계몽주의 사상가는 공자를 높이 평가했다.

같은 왕국에서 처형당할 처지가 되고 말지. 그를 제거한 건 정말이지 현명한 조치였네. 다른 때라면 지극히 관대하고 온건한 나의 기준에서도 그 일은 법과 정의의 엄격한 적용을 받아들일 만한 유일한 경우라 할 수 있었네. 나는 사람이 저지르는 온갖 과오를 용인하지만, 자신이 사는 땅의 통치 체제에 위험을 초래하는 과오만은 용서할 수가 없네. 나를 압도하는 것은 오로지 제왕과 그들의 위엄이며, 내가 존경하는 대상도 오직 그들뿐이지. 자기 나라와 임금을 사랑하지 않는 자는 살 자격도 없는 것이네.

사제. 하지만 당신도 이 삶이 끝난 뒤 무언가가 있음은 인정하시겠죠? 우리를 기다리는 운명의 칠흑 같은 어둠을 당신의 정신이 가끔이라도 파고들지 않았을 리 없어요. 이와 관련해서, 악한 삶을 산 자에게 무수한 고통이 가해지고 선한 삶을 산 자에게 무한한 보상이 주어진다는 것 말고 도대체 어떤 이론이 당신의 정신에는 더 흡족하게 다가오던가요?

죽어가는 자. 어떤 이론? 그야 무(無)의 이론이지. 나는 무의 이론이 하나도 두렵지 않을뿐더러, 그것이 단순하면서 위안을 준다는 생각뿐이네. 그 밖의 다른 이론들은 자만의 산물이며, 오직 무의 이론만이 이성의 산물이지. 이 무라는 것은 불쾌한 것도 아니오, 절대적인 것도 아니네. 지금도 내 눈앞에는 자연의 끊임없는 생성과 재생의 물증들이 펼쳐지고 있지 않은가? 여보게, 세상에 소멸하거나 파괴되는 것은 아무것도 없다네. 오늘은 인간, 내일은 벌레, 모레는 파리일 뿐, 여전히 존재는 유지되는 것 아닌가? 이거야 원, 내가 그만한 자격이 있어서 베푼 선행도 아니고, 또 나로서도 어쩔 수 없이 저지른 악행인데, 왜 내가 그런 것들로 보상을 받거나 벌을 받아야 하지? 자네가 주장하는 그 신의 선한 뜻이 과연 세상의 이런 이치와 조화를 이룰 수 있을까? 혹시 자네의 신은 벌하는 즐거움이나 누리려고 나를 만들려 했던 건 아닐까? 내게 권한도 주지 않은 선택의 결과에 대한 벌 말이야.

사제. 당신에겐 선택의 권한이 있습니다.

죽어가는 자. 그래, 자네의 편견에 따르면 그렇겠지. 하지만 이성은 그런 자네의 편견을 깡그리 부숴버리네. 인간이 자유롭다는 설은, 자네의 망상에 너무도 어울리는, 신의 은총에 관한 이론을 만들어내기 위해서 조작된 것이네. 만약 죄를 범하지 않을 자유가 인간에게 있다면, 죄와 교수대를 동시에 바라보면서도 죄를 범하고야 마는 인간은 대체 어떤 존재란 말인가? 우리는 불가항력적인 어떤 힘에 끌려 다니면서, 단 한순간도 기존의 진행 방향과는 다른 쪽으로 자신의 진로를 결정할 권한을 갖지 못하네. 자연에 필요하지 않은 미덕은 단 하나도 없거니와, 뒤집어 말하자면, 그 어떤 악덕도 자연에게는 필요한 것이지. 그 두 요소들로 자연이 유지하는 완벽한 균형 상태 속에 자연에 관한 모든 지식이 녹아 있는 거야. 한데 자연이 그 어느 한쪽에 우리를 던져 넣는다 해서 그걸로 우리가 죄인일 수 있을까? 자네 살갗에 날아와 침을 쏘는 말벌에게 죄가 없듯이, 우리도 그럴 리가 없겠지.

사제. 그렇다면 가장 끔찍한 죄악 앞에서도 우리는 전혀 두려워할 필요가 없다는 말입니까?

죽어가는 자. 내 말은 그런 뜻이 아니네. 법으로 악행을 단죄하고 정의의 칼날로 다스리는 것만으로도 우리가 죄악을 멀리하거나 겁을 집어먹기에 충분하지. 다만, 불행히도 일단 죄를 범했을 땐 얼른 마음을 다잡고, 쓸데없는 후회 따위에 빠져들지 말아야 한단 얘기네. 사실상 죄를 예방하지도 못했을 뿐더러, 이제 와 죄를 돌이키지도 못하기에, 후회란 허망한 짓에 불과하지. 결국 후회에 빠져든다는 건 사리에 어긋나는 일이거니와, 현세에 죄를 짓고도 벌을 피해 충분히 다행이면서 저세상에 가 뒤늦게 벌 받을까 봐 걱정하는 것은 더더욱 말도 안 되는 일이라네. 그렇다고 내가 죄악을 부추기려고 이러는 것은 결코 아닐세! 할 수만 있으면 당연히 죄악을 멀리해야겠지만, 어디까지나 이성에 의해 그래야 함을 알기 때문이지, 아무짝에도 쓸모없거니와 조금만 강건한 영혼을 만나면 그대로 허물어질 거짓 두려움 때문은 아니라네. 그래, 바로 이성 말일세. 이 친구야, 같은 인간을 해치는 것이 행복을 가져다줄 수 없다는 걸 우리는 오로지 이성을 통해서만 깨달아야 하는 것이네. 아울러 같은 인간의 행복에 기여하는 것이야말로 자연이 이 세상을 사는 우리에게 허락한 최고의 기쁨이라는 걸 우리 자신의 마음을 통해 느껴야 하는 것이지. 인간의 윤리는 이 단 한마디 말에 집약되어 있네. "자기가 행복하길 원하는 만큼 남도 행복하게 해주어라." 나아가 우리가 고통을 원치 않는 만큼 남에게도 고통을 주지 마라. 바로 그것이 우리가 따랐어야 할 유일한 원칙인 셈이지. 그에 공감하고 받아들이기 위해서 필요한 건 종교도 신도 아닐세. 오로지 선량한 마음만 있으면 되는 것이야.

그런데 내가 슬슬 기운이 빠지는 것 같네그려, 설교자 양반. 자, 이제 그만 자네의 편견일랑 떨쳐버리고 남자가 되어보게. 두려움과 희망에서 벗어난 인간이 되란 말일세. 자네의 신과 종교를 내려놓게. 그런 건 있어봤자 인간의 손에 무기만 쥐어줄 뿐이네. 세상 모든 재해와 전쟁의 폐해를 다 합쳐도, 신이나 종교 따위의 역겨운 이름으로 지구가 흘린 피에 미치지 못할 걸세. 내세에 대한 생각을 단념하게. 그런 건 결코 존재하지 않으니까. 하지만 행복의 즐거움, 특히 이 세상에서 그것을 누리는 일만은 절대로 포기하지 말게. 그것이야말로 삶을 배가하고 확장할 유일한 방법으로 자연이 자네에게 쥐어준 선물이니까…. 친구여, 관능적인 쾌락은 언제나 내가 가진 가장 소중한 자산이었다네. 평생 나는 그것을 예찬해왔고, 그 품에 안겨 생을 마감하고 싶었지. 이제 나의 마지막 순간이 다가오고 있네. 햇살보다 아름다운 여자 여섯 명이 지금 옆방에 있어. 바로 이 순간을 위해 내가 대기시켜 놓았지. 자네도 동참하게나. 나처럼 여자들이나 품고서, 그 모든 미신의 허망한 궤변을 잊도록 해보게. 위선이 낳은 어리석은 착각들일랑 깡그리 잊어버리라구.

주(註)

죽어가는 자가 종을 울리자 여자들이 입장한다. 타락한 자연이란 어떤 것인지 결국 설명하지 못한 설교자는 여자들 품에 안긴 채 자연에 의해 타락한 인간이 되었다.

무도회에서 첫눈에 반해버린 C 모(某) 양에게

✴

1765년 2월 20일, 파리에서.

아가씨, 지긋지긋한 불행에 허덕이는 이 몸에게 마지막 남은 희망을 부디 허락해주시오. 당신을 사랑한다고 나를 타박하지 말고, 불꽃을 억누르라고 내게 명하지 말아주시오. 당신이 정녕 그런 가혹한 희생을 내게 요구한다면, 나는 이 목숨을 대신 바칠 거외다. 내게서 목숨을 앗아감으로써만 당신은 내 영혼을 지탱하는 이 감정을 빼앗아갈 수 있을 테니까. 얄궂은 여인이여! 당신이 나의 삶 위에 얼마나 많은 회한과 비탄을 뿌려놓는지! 오로지 불행하기 위해 내가 당신을 알게 된 모양이오. 아! 세상이 나와 당신을 맺어줄 요량으로, 일찍이 나를 당신 면전에 데려다 놓았다면! 그랬다면, 잔인한 자들이 그렇게 뚝딱 내 운명을 바꿔버리진 못했을 텐데![1] 나 당신 곁에서 얼마나 감미로운 시간들을 보냈을까! 오로지 당신 마음에 들고픈 바람 때문에, 내 욕망 당신 뜻에 내맡기며 얼마나 황홀했을 텐데. 이해타산으로 꾸려진 불행한 인연이 가시밭길만을 펼쳐놓아도, 그 힘겨운 나날을 뒤로하며 나는 하염없이 봄 장미 길을 걸었을 텐데. 행복의 손으로 엮은 소중한 나날을 나는 얼마나 탐닉하며 지냈을까! 그 시간은 내게 너무도 짧은 흐름이었으리. 제아무리 긴 세월도 나의 감미로운 사랑 바치기엔 충분치 않았을 터. 아내의 발치에 엎드려서도 나 항상 애인을 우러르고, 사랑으로 묶인 의무의 매력도 내 취한 가슴에 행복의 흔적밖에는 선사하지 못했을 것을. 덧없는 환상이여! 터무니없이 황홀한 꿈을 꾸는구나! 너는 단번에 사람의 감정을 휘어잡더니 이내 그것을 끔찍한 구렁 속에 처박아 버리누나. 내게 행복을 주는 것도 오로지 그 상실감을 더욱 뼈저리게 느끼라는 뜻일 뿐. 잔악한 신들이여! 왜 나에게 생

39

1
이 편지는 아버지의 강요로 몽트뢰이 가문의 여식과 결혼한 지 2년이 지난 시점에 쓴 것이다. "잔인한 자들"이라는 표현에는 마음에 없는 결혼을 강요당한 사드의 불편한 심기가 담겨 있다.

명을 주었는가? 그대들의 야만스러운 행태는 줄곧 내 이 목숨을 아쉬워했지. 나라는 존재는 그대들 광란의 가장 명백한 물증. 야만의 신들아, 이 목숨 도로 가져가라. 내가 사랑하는 모든 것이 이 목숨과는 어울리지 않아. 삶은 내게 더 이상 감당할 수 없는 멍에에 불과해. 아! 나의 영혼은 바로 당신을 향해 날아가리니, 당신은 내 넋이 끌어안아야 할 유일한 신성(神性), 내가 영원토록 흠모할 환락의 대상이리라. 그 대가로서의 죽음이란 내게 그저 달콤한 무엇일 터! 어제 우리가 헤어지면서 당신이 말했지, 이런다고 우리가 어떻게 될 수 있을까요? 이런 배신자, 나를 사랑한다면 그런 질문을 하겠나! 아니, 내가 지금 무슨 권리로 당신을 그렇게 부르겠소? 용서해요, 아가씨. 누구보다 다정하고, 성실하고, 사랑스러운 연인의 갑작스러운 흥분 상태를 양해하시구려. 나는 지금 당신에게 영원한 작별을 고하는 거라오. 당신이 어제 내게 암시한 것처럼, 다른 남자 품에 안긴 당신 모습을 내 눈은 결코 보지 않을 것이오. 그런 사실을 접하는 순간이 곧 내가 죽는 순간일 테니까. 내 연적이 행복해하는 꼴을 보면서 살아갈 수는 없소. 어쩌면 나의 가장 잔인한 원수의 품에 안겨 당신이 행복을 누릴지도 모르니 말이오. 나는 당신에게 우정을 요구했지. 아! 그것이 얼마나 차가운 감정인지, 내 진실한 감정에 빚진 당신의 마음을 그것으론 결코 대신하지 못할 거외다. 하긴 아무려면 어떻소! 부탁이니, 그거라도 내게 허락하시구려. 내친김에 동정심도 조금 보태주면 고맙겠소. 지금 내 처지가 워낙 처참하니 말이오. 그나마 오랫동안 부담 주려는 뜻은 아니라오. 머잖아 당신은 나를 생각하며 눈물이나 찔끔 흘리다가, 그마저 야박하게 거둘 테니까. 부탁이니 그때까지만이라도 당신 볼 기회를 내게 베풀어 주시구려. 당신의 친필 쪽지 한 장이면 이 몸을 살릴 수 있소. 이 편지를 당신에게 전달할 사람에게 쪽지를 맡기면 됩니다. 그리고 당신 체면을 충분히 고려할 만큼 내 사랑은 경거망동하지 않을 것이니 안심해도 좋아요.

L 양을 위한 연가

✻

세상의 가장 작은 것에서까지
나는 아침저녁으로 그녀 모습을 보네.
내가 장미꽃을 보면
그녀 안색이 거기 빛나고,
그 꽃이 내 관심 끄는 이유는
그것이 그녀 발치에서 피어났음이라.
세상천지에서 나는 내 애인 모습을 보니
만물이 그녀의 매력을 드러내네.

밤에는 그녀의 매혹적인 그림자가
홀린 내 마음 유혹하고,
그 생생한 환영(幻影)에
나의 관능은 혹하고 마네.
사랑이 아침에 나를 깨우며
그녀의 잔상을 선사하지만,
아뿔싸! 경의(敬意)를 담은 나의 희생 제물
허망하기만 하여라!

가끔은 그녀 음성 들리는 듯하여
이 마음 속수무책 내달리니,
오호라! 그 야들야들한 목소리에
저항할 자 누구이리요?
사랑의 신이여, 그대 열정을
지독한 불꽃으로 새겨다오,
내 영혼 속에서 사람들이
그녀의 마음과 형상만을 알아보도록.

41

L 양의 초상

✹

부인, 당신은 저더러 쥘리¹를 묘사해보라고 요구하십니다. 하지만 그것은 당신이 생각하는 것처럼 쉬운 일이 아닙니다. 어찌 됐든 당신을 만족시켜야겠으나, 제가 아무리 노력한들 소용없을 겁니다. 그녀를 있는 그대로는 결코 그려낼 수 없을 테니까요. 아! 만약에 제가 묘사한 그녀의 초상이 그녀 자신의 손에 들어간다면, 그토록 생생히 느낀 것을 어쩜 이렇게 엉망으로 재현했느냐며 저에게 호된 비판이 쏟아질 겁니다! 그래, 쥘리, 얼마든지 원망해. 사실 내 빈약한 머리는 너를 사랑하는 것밖에 몰라. 나도 알아, 내가 너의 매력을 제대로 그려내지 못하리라는 걸. 그건 인간의 소관이 아니니까. 다만 나는 너의 매력을 소중히 떠받들 따름이야. 너의 매력이 내게 어찌나 소중한지, 얼마나 진지하고 순수한 마음으로 내가 너를 숭배하는지, 내 정신이 범한 착오에 대해서는 마음으로부터의 끝없는 희생을 통해 네 매력의 억울함을 풀어줄 생각이야.

쥘리는, 가슴이란 사랑을 하기 위해 만들어진 것임을 느끼기 시작할 좋은 나이에 들어서 있습니다. 더없이 감미로운 관능미를 담은 그녀의 매혹적인 눈동자가 그것을 말해주지요. 예사롭지 않은 창백한 안색도 그녀 안의 욕망을 드러내주는 하나의 징표랍니다. 이따금 사랑으로 그 안색이 화사해져도, 그건 사랑의 여린 불꽃이 살짝 일었을 뿐임을 알아야지요. 장난감 딸랑이를 망가뜨리는 사랑의 신(神)은 쥘리가 어린아이라서 얼굴을 발갛게 물들이는 것이 아닙니다. 매혹적인 그 볼에 빤히 숨어들어 홍조를 퍼뜨리는 것은 오로지 자신의 승리를 더하기 위함이지요. 하지만 그런 애교 섞인 홍조가 사랑에 보탬이 될까요? 저는 모르겠습니다. 쥘리는 평소에도 워낙 어여쁜 아가씨라 어느 순간이 유독 더 예쁘다고 말하기가 불가능하거든요.

43

1
당시 선풍적인 인기를 구가하던 루소의 소설 『쥘리 혹은 라 누벨 엘로이즈』(1761) 여자 주인공 이름. 그 시기 사랑에 빠진 남성이라면 누구든 연인의 이름을 쥘리라고 부를 정도로 소설의 인기는 엄청났다.

그녀의 입은 앙증맞고 상큼합니다. 부드러운 산들바람도 그녀의 숨결보다 깨끗하지 못합니다. 그녀의 미소는 햇살이 피어나게 하는 장미와도 같지요.

쥘리는 늘씬합니다. 몸매가 우아하면서 나긋나긋하지요. 몸가짐에는 기품이 있고, 모든 행동거지가 그러하듯 걸음걸이도 편안하면서 멋스럽기 짝이 없습니다. 정말이지 대단한 매력, 보기 드문 매력의 소유자입니다! 그녀의 매력은 어찌나 자연스러우면서 인상적인지, 사람 마음을 단번에 끌어당기지요. 예술이 끼어들 여지가 없는 매력입니다. 예술? 맙소사! 자연이 고갈된다면 예술인들 무얼 어쩌겠습니까.

만약 쥘리가 자기 외모만으로 돋보이고자 하는 여자였다면, 우리는 그런 그녀를 단순히 고맙게 여기는 것으로 끝났을지 모릅니다. 그럼 그녀는 자기를 눈으로 보는 사람들만 매료시켰겠죠. 하지만 자신의 영향력이 부족할까 봐 걱정하는 여자처럼, 그녀는 모든 것을 하나로 끌어모으고 싶어 합니다. 그러다 보니 그녀가 가진 정신적 매력과 정서적 매력이 외모의 매력에 조금도 뒤지지 않거니와, 눈으로 그녀를 보는 이들이 결국 그녀를 사랑하게 된다면, 이지적으로 그녀를 이해하는 이들은 조만간 그녀를 찬양하지 않을 수 없게 되는 것이죠.

쥘리는 자기 나이 특유의 모든 바람직한 기질에 더해, 가장 사랑스럽고 교양 넘치는 여자나 가질 수 있는 세련미와 온화한 성품까지 두루 갖추고 있습니다. 그뿐이 아니지요. 그런 점들을 갖춰서 마냥 좋은 것에 만족하지 않고, 그것들을 더욱 갈고 다듬었습니다. 일찍이 그녀는 이성적 사고에 익숙했고, 교육과 미숙함이 부르는 온갖 편견들을 철학으로 물리침으로써, 보통 사람 같으면 이제 겨우 생각이라는 걸 할 나이에 사리를 이해하고 판단하는 능력을 터득했답니다.

그처럼 섬세한 인지능력을 가졌으니 쥘리는 얼마나 많은 것을 깨쳤을까요! 그녀는 자연의 가장 달콤한 성향과 마찬가지인 영혼의 가장 감미로운 감정을 죄악시할 때마다 이성이 무뎌지고 정신이 어지럽혀진다는 사실을 간파했습니다. 무슨 일이 벌어진 걸까요? 본성을 기만하고 싶어 하는 심리를 꿰뚫어 본 쥘리는 그 본성이 마음껏 발현되도록 놔두었습니다. 그러자 그녀의 본성은 곧바로 그간 능멸당해온 것에 대한 분풀이에 나섰지요. 본성이 주도하는 이 우수한 정신 앞에 얼마나 매혹적인 세상이 펼쳐졌겠습니까! 일단 눈가리개를 걷어치우자, 만물이 새롭게 드러나면서 영혼의 모든 기능이 새로운 힘의 경지로 들어섰습니다. 심지어 그녀의 외모까지 포함해 모든 것이 예전보다 나아졌지요. 쥘리가 한층 더 예뻐진 겁니다. 옛날의 즐거움엔 냉기가 서리고, 새로운 사고에는 열기가 들끓었습니다! 무엇이든 예전과 똑같은 것들은 더 이상 그녀의 마음을 움직이지 못했지요. 옛날에 그토록 온 마음 다 바쳐 사랑한 귀여운 새이건만 이젠 그냥 한 마리 새로서밖에는 사랑받지 못합니다. 여자 동료에게 품었던 다정한 감정 속에도 왠지 허전한 틈이 생겼지요. 그런 감정이 지난날 기대했던 만큼 마음을 채워주진 못했습니다. 요컨대, 무언가 부족한 게 보였던 거죠. 그걸 찾았을까, 쥘리? 미안. 네 영혼을 묘사하겠다고 나서놓고선 감히 그 내력을 줄줄이 떠벌리려고 하네. 아! 오직 진실만을 언급해야 하는 이때 자만심이나 들먹인다고 네가 생각할까 봐 걱정이구나! 용서해다오, 사랑스러운 쥘리! 너에 대한 이야기를 해야 할 마당에 덜컥 내 사랑을 들먹였으니. 하지만, 어쩌랴! 언젠가는 나처럼 네 눈에도 이 두 가지가 가슴속에 하나의 결실로 합해질 날이 오리니.

쥘리가 성격은 물론 지적 능력으로 칭찬받을 점을 더 많이 갖춘 유일한 여성이라는 것은 분명합니다. 그런데도 지적 우월감에 따르는 단점들 어느 하나 그녀에게선 찾아볼 수 없지요. 쥘리는 잘난 척할 여지라고는 조금도 없는 화류계 여자나 가질 법한 싹싹하고, 다정다감하며, 진솔한 성격의 소유자랍니다. 실제로 그처럼 자랑할 이유를 많이 가지고 있으면서 그토록 티를 내지 않기란 불가능하다고 저는 생각합니다. 심지어 그녀는 거의 매 순간 사랑스럽다는 귀띔을 누가 해주어야만 자신이 그렇다는 걸 의식할 정도이지요. 정말이지 그 점을 망각하고 있는 사람은 그녀 자신밖에 없을 겁니다. 자기 매력에 대한 이런 무신경을 우리가 묵인하는 것은, 오로지 그 매력을 깨우쳐줄 때 우리가 느끼는 즐거움 때문이지요.

연구하지 않아도, 예술 없이도, 심지어 당사자도 의식하지 못하면서 외모가 매혹적이듯이, 그녀 자신이 아무리 뭐라 한들 그 성격과 지적 능력은 사람의 마음을 호립니다. 심성이 고약한 사람들은 그녀가 교태를 부린다면서, 지나치게 잘 보이려는 욕심을 가졌다고 생각하지요. 하지만 그건 그녀의 잘못이 결코 아닙니다. 쥘리는 교태를 부리거나, 그럴 욕심 없이도 충분히 매혹적이니까요. 그녀는 사랑스러워 보이지 않기 위해 할 수 있는 모든 것을 하고서도 여전히 사람을 매혹시킬 겁니다. 사람들이 그녀에 대해 꼬집는 교태라는 것도 실은 자연 속에 존재하는 것이죠. 자연이 교태를 동원하여 그녀를 창조한 것입니다. 그녀 야말로 자연의 가장 아리따운 작품이기에, 마땅히 그것에 자부심을 느꼈을 수도 있지요.

부인, 이상이 제가 최대한 간추려 묘사한 쥘리의 초상입니다. 그녀에 관해 정신없이 말하다 보면, 이야기를 장황하게 끌고가려는 유혹에 곧잘 사로잡히죠. 그녀의 여러 매력들을 그려 보일 때보다 미덕을 그려 보일 때가 훨씬 더 그러하겠지만, 지금 저는 감히 그 미덕을 펜으로 일일이 묘사하지 않고 마음으로 느끼는 것에 만족합니다. 그녀를 사랑할 자격을 갖추기 위해서 그녀와 같은 영혼을 가져야 한다면, 그녀가 어느 정도까지 그럴 가치가 있는지를 실감하게 만드는 데 필요한 것은 그녀의 지성이거든요. 하여 고백하건대, 그녀를 사랑해도 되는 순간이 오지 않고서는 감히 뛰어넘을 수 없는 한계를 지금 저는 존중하고자 합니다.

부인께 머리 숙여 경의를 표하며.

독서 노트 제4권 혹은 수상록

✳

읽은 책에서 발췌하거나 그로부터 유발된 사색들.

1780년 6월 12일부터 1780년 8월 21일까지
뱅센 망루 감옥에서 기록.

I

따지고 보면 인간의 특정한 한 종류에 불과한 숲속 원숭이나 덩치 큰 영장류에서 시작해 사모예드족(族), 호텐토트족, 라플란드인, 시베리아에서 발견된 반점 있는 고대 종족 등을 거쳐 시르카시아인의 전형에 이르기까지, 모든 인간의 다양한 부류를 심도 깊게 연구하고 그것을 단계적으로 정리하고자 한다면, 아마 자존심에 큰 상처가 되겠지만, 결국에는 가장 비천한 동물 종으로까지 내려가고 있는 우리 자신의 모습과 맞닥뜨리게 되지 않을까? 그렇다면, 어떤 밝은색들이 그보다 어두운색들의 단계적 변화에 불과한 것처럼, 우리 자신도 사실상 짐승의 아주 괜찮은 한 종류에 불과한 것일지 모른다. 이런 고찰은 인류 입장에서 참 괴로운 것이겠으나, 그렇다고 그 현실성이 덜하겠는가? 여기에 더해 양극단의 지적 능력, 즉 짐승 중에서 가장 뛰어난 녀석의 본능과 인간 중에서 가장 모자란 자의 본능을 비교한다면, 우리는 어쩔 수 없이 자연이란 정말 오리무중이거니와, 우리의 어리석은 허영과 삶의 규범들 태반은 그보다 훨씬 더 터무니없다는 걸 자인할 수밖에 없지 않겠는가? 하지만 이 이성(理性)은? 이 빛나는 이성은? 혹자는 그렇게 반박할지 모른다. 오, 인간이여. 그대가 내세우는 그 잘난 이성, 우리가 가진 성벽(性癖) 때문에 툭하면 흐릿해지는 그 존귀하신 이성이란 자연으로부터 우리가 받은 해로운 선물이 아니고 무엇인가? 비교해

47

보면 우리와 비슷하기만 한 동물들보다 우리가 더 나은 점들을 한탄하게 만드는 어쩌면 유일한 자질이 아니고 대체 무어란 말인가?

II

이른바 마음의 용기와 정신의 용기 사이에는 매우 큰 차이점이 있다. 전자는 온갖 위험의 한복판으로 겁 없이 뛰어들게 만드는, 그러나 근본적으로 영웅적인 점은 전혀 없는 일종의 초자연적 힘이다. 후자는 진정으로 인간을 인간답게 만들어주는 유일한 미덕이다. 이는 인간으로 하여금 자신의 불행을 꿋꿋하게 견디고, 어떻게든 버텨내겠다는 의연함으로 그 모든 것을 극복하도록 인도하는 미덕이다. 이상 두 가지 용기가 한 인물 안에 발견되는 일은 매우 드물다. 대신 적군을 향해 아무 거리낌 없이 돌진하는 자가 가장 가벼운 역경조차 견디지 못하는 반면, 위험이 닥치면 벌벌 떨 것 같은 사람이 막상 난관에 부닥쳐 마지막까지 의연하게 버텨내는 일은 종종 일어난다. 뤽상부르 원수[1]는 바스티유 감옥에 들어서면서 곧바로 혼절했다. 두어 차례 폴란드 왕이 되었다가 퇴위한 경험이 있는 아우구스트는 프란슈타트에서 칼12세[2]를 격파한 뒤, 자신이 거둔 승리를 놓고 상대에게 양해를 구했다. 그는 표트르대제의 보호를 확신하면서도, 보호자의 품속으로 뛰어들기보다 왕년에 자기를 이겼던 자의 처분에 스스로를 맡기고 싶어 했다. 그는 진정한 영웅처럼 싸웠으면서도, 두려움에 시달린 나머지 불운에 처한 파스칼(Paskal)을 자신이 쳐부순 적의 수중에 넘겼다. 전쟁터에서라면 칼12세에 의연히 대적했을 테지만, 혼자 드레스덴까지 와서 식사를 청한 그를 감히 포로로 붙잡아두지는 못했다. 한 군주에게서 확인되는 이처럼 기이한 성향을 깊이 있게 고찰한 볼테르 씨는 이렇게 논평했다. "나라를 잃거나 보전하고, 살리거나 망치는 일을 하는 것이 바로 정신의 용기임을 잘 알 수 있다."

덧붙여 말하건대, 구체적으로 그 두 가지 용기를 관찰하면

1
루이14세 치하의 프랑스군 원수. 전쟁에서 승승장구하던 그는 '독살 사건'이라 불리는 정치적 음모의 희생으로 바스티유 감옥에 수감된 적이 있다.

2
스웨덴 왕(1682-1718).

서 우리가 알 수 있는 것은, 마음의 용기란 스스로 힘의 우세를 의식할 경우에 발동하는, 즉 짐승에게서 확인되는 상대적으로 월등한 사나움보다 더 나을 것도, 더 위대할 것도 없는 기질에 지나지 않는 반면, 정신의 용기는 진정으로 더할 나위 없이 숭고한 정신 작용, 인간으로 하여금 그 자신을 초극하게 만드는 기질이라는 사실이다.

그렇다면 어리석은 편견은 어디서 오는 걸까? 전자는 그토록 중요시하면서, 후자는 거의 안중에도 없는 이유는 무얼까? 가장 손쉽고도 하찮은 미덕에 결부된 명예가 대체 무어라 생각하는가?

III

1

달랑베르의『문학과 철학 문집』제4권, 18쪽에 실린 도덕에 관한 글을 읽고 난 뒤의 생각:

저자가 이 부분에서 펼친 설명은, 인간이란 따로 규칙을 필요로 하지 않으며 자기 안에 필수적인 도덕적 원리들을 가지고 있다는 이야기 같다…. 그런데 내가 보기에, 그런 원리라면 악인이 어떤 행동을 하든 합리화의 근거가 되어줄 수 있을 것 같다. 실제로 악인이 악행을 저지를 때 자신의 이익이나 감각의 만족을 목표로 하는데, 그것은 결국 자기 안에 내재하는 자신만의 도덕적 원리를 따른다는 얘기이기 때문이다. 만약 이 중요한 문제에 관해 인간이 자연으로부터 충분한 가르침을 얻는다면, 모든 것이 합리화될 것이다. 왜냐하면 법률과 그 법률을 토대로 하는 건전한 도덕에 가장 위배되는 일이라 할지라도 모든 것은 자연의 운동에 속하는 일이기 때문이다.

2

저자는 또 이렇게 말한다.

"순교자의 존재는 기독교의 가장 견고한 버팀목 중 하나다. 그리고 그 버팀목이 흔들리지 않기 위해 갖춰야만 할 자질을 결정하는 것은 철학의 몫이다."한데, 잘못된 믿음을 위해 순교하는 사람도 있는 만큼, 종교적 버팀목의 견고함을 판단하는 척도로서 이 철학자에게 주어진 방편이라고는 순교자의 머릿수를 세어보는 길밖에 없어 보인다. 그리고 그것이야말로 버팀목의 견고함을 가장 부실하게 보증할 척도임이 분명하다. 자고로 순교자는 박해의 산물일 뿐이기 때문이다. 잘못된 믿음은 필연적으로 진리보다 더 많은 박해를 받을 수밖에 없다. 따라서 잘못된 믿음이 더 많은 순교자를 확보하기 마련이며, 그런 뜻에서 순교자를 덜 양산하는 종교야말로 필연적으로 더 나은 종교일 수밖에 없다. 하느님의 위대함과 선량함은 이와 같은 사유에 힘을 실어준다. 그런 숭고한 존재가 올바른 뜻이 잘못된 뜻만큼 박해받는 사태를 허용했을 리 없기 때문이다. 따라서 달랑베르 씨가 말한 대로 기독교라는 종교의 버팀목을 철학이라든가, 더군다나 하느님의 선량함만으로 판단할 경우, 순교자를 덜 양산한 종교일수록 더 나은 종교임은 자명하다. 결국 그의 맨 처음 사유가 더 이상 타당하지 않은 셈이다. (같은 권 22쪽을 읽고 난 뒤 떠오른 생각)

3

조금 더 내려가서 이 철학자 겸 작가는 신앙의 진리와 이성의 진리를 구분하고, 주의 깊게 그 경계를 설정할 것을 요구하고 있다. 이러한 사유는 순전히 궤변이다. 신앙의 모든 진리는 이성에 정면으로 반한다. 그것은 이성에 대항하여 전격적인 투쟁을 벌인다. 어떤 종류의 화합도 없기에, 그 어떤 경계도 존재할 수 없다. 기독교인의 노력은 자신의 이성을 신앙의 진리 앞에 굴복시키는 것으로 모아진다. 그 이상은 요구할 것이 없다. 화합이 불가능한 마당에 그 이상을 어떻게 요구한다는 말인가? (『바람의 일반적 원인에 관한 고찰』, 234쪽)

4

저자는 또 이렇게 말한다.

"우리의 사고는 우리의 지각을 좌우하는 원리이다. 사고 자체도 우리의 감각 속에 자신만의 작동 원리를 가지고 있다. 이것이 경험의 본질이다." (45쪽)

여기에 내가 덧붙였으면 하는 것은, 고로 사고는 물질에서 기인한다는 점이다. 감각이라는 것이 물질의 상이한 양태 혹은 우발적 현상에 지나지 않기 때문이다. 손이 없으면 촉감이라는 것도 존재하지 않고, 결국 그로부터 이루어지는 사고는 전혀 없다. 눈이 없으면, 시각도 없는 것이다.

5

물질의 실재에 대한 의혹. 우리가 어떻게 정신을 이해할 수 있을까? 물질을 이해하지도 못하는 우리가 말이다. 이 물질이라는 것을 제대로 인지하려면 그것을 해체시켜 보아야 하는데, 그렇게 될 경우 그 제1원소들은 어떻게 되는가? "우리는 그것을 몸이라고 말할 수 없다. 몸 자체가 원소들로 이루어졌을 것이고, 결국에는 우리가 찾는 그것이 아닐 테니까 말이다. 한데 만약 그것이 몸이 아니라면, 비물질적인 그 원소들의 조합이 우리가 물질이라 부르는 이 존재를 형성할 수 있다는 걸 과연 어떻게 이해해야 하나?" (달랑베르, 제4권, 53쪽)

그런데 우리가 물질을 제대로 이해하지 못하고, 그 실재를 확신할 수조차 없으며, 그 진정한 정체와 관련하여 우리 자신의 감각에 속을 수도 있다면, 물질의 가능성에 관해 우리가 잘못 생각하고 있지 않다고 어떻게 장담할 수 있겠나? 물질의 제1원소가 그 자체로 물질적일 수 없다면, 물질의 제1원리가 물질 아닌 것에서 유래한다는 뜻인데, 왜 물질의 역량 역시 물질 아닌 것에서 유래하지 못한단 말인가? 요컨대, 물질의 원리를 우리가 이해하지 못할진대, 물질의 역량을 누가 우리에게 정의해줄 것인가?

IV
인간의 자유와 윤리에 관한 고찰

인간이 자유롭다면 법은 꼭 필요하다. 충분히 피할 수 있으면서도 저지른 악행을 벌하는 것은 정당하기 때문이다. 그러나 인간이 자유롭지 않고, 그의 모든 행위가 원초적 충동의 결과이거나 체액의 흐름 또는 신체 기관에 좌우되는, 요컨대 육체에 워낙 긴밀하게 결부되어 선택의 여지가 없는 필연적 현상이라면(다수의 철학자들이 주장하듯이), 법이라는 것은 완전히 폭압적인 무엇이다. 도저히 피할 수 없어서 저지른 악행을 벌한다는 것은 추악한 짓이기 때문이다.

여기 당구대 위에 달걀 하나가 있고, 맹인 둘이 당구공 두 개를 굴린다고 치자. 당구공 하나는 달걀을 피해 굴러갔지만, 다른 하나는 달걀을 깨뜨렸다. 그것이 당구공의 잘못일까? 아니면 달걀을 깨뜨린 당구공을 굴린 맹인의 잘못일까? 인간이 자유롭지 않다는 이론을 지지하는 철학자들은 이 이야기 속의 맹인이 곧 자연이라고 말한다. 당구공은 우리 자신이고 깨진 달걀은 범죄행위를 의미하는 셈이다. 이때 법이 무슨 정당성을 내세우겠는가! 달랑베르 씨는 말한다. 그와 같은 경우, 설사 법이 정당하지 않다 하더라도 최소한 필요한 것이라고. 말장난이 따로 없다! 정당하지 않은 것이 결코 필요할 리 없다. 바꿔 말하면, 진정 정당한 것만이 필요하다고 할 수 있다. 더욱이 법의 본질은 그것이 정당하다는 사실에 있다. 정당하지 않으면서 단지 필요에 의해 존재하는 모든 법은 단순한 횡포에 불과하다. 필요성이란 횡포의 구실이며, 부당함을 윤색할 수 있는 유일한 핑계거리에 지나지 않는다. 한마디로 모든 법은 그것이 정당한 만큼만 좋은 것이고, 필요한 것이다. 그렇더라도 악인을 사회에서 단절시켜야만 하는가? 그렇다고 치자. 하지만 벌로써 응징하는 것은 문제가 다르다. 악인은 죄를 지은 만큼 벌을 받는 것인데, 만약 악인이 자유로운 존재가 아니라면 죄를 지었다고 보기 어렵기 때문이다. 그들을 내쫓음으로써 제거하되, 파멸시키지는 마시라.

법은 아주 가벼운 폐해밖에는 주지 않은, 따지고 보면 사회적 행복을 극히 사소하게 훼손했을 뿐인 무수한 범죄행위를 벌하고 있다. 그렇게 처벌받는 범죄행위 중 상당수가 풍속에 관계된 것들인 반면, 그보다 훨씬 폐해가 심각하고 현실적인, 가령 탐욕과 배신, 배은망덕, 기만 등과 같은 죄악에 대해서는 별다른 처방을 내놓지 않는다. 한 남자가 한 여자를 범하고 나서 교수형을 당한다고 치자. 물론 그건 악행이다. 하지만 그로 인한 폐해라고 해봐야 어차피 그 여자가 언젠가는 속할 계층에 처하는 것뿐이다. 그런데 어떤 수전노는 한 불운한 가족이 눈앞에서 몰락해가는 꼴을 빤히 보고만 있다. 어쩌면 그 가족의 절반은 끔찍한 역경을 회피하기 위해 스스로 목숨을 끊을지도 모르고, 나머지 절반은 내키는 대로 온갖 일탈 행위를 저지름으로써 역경을 외면하려 들지 모른다. 그러니 악랄한 수전노 한 명이 도움의 손길을 내밀지 않음으로 인해 얼마나 험악한 폐해와 잡다한 범죄가 뒤를 잇겠는가 말이다! 그런데도 그 수전노에 대해 우리가 취하는 조치는? 아무것도 없다.

한 남자가 신체 기관의 부실함이나 어떤 악습으로 인해, 자연이 다른 기관을 통해 제공하는 보다 섬세하고 신선한 즐거움보다 자신의 성기를 통한 쾌락에 더 탐닉한다고 치자. 그는 결국 화형에 처해진다. 그리고 한 배신자는 어떤 가정의 신뢰를 악용하여 그 가정을 괴롭히고, 결국엔 파멸시키고도 의기양양할 뿐 아무런 처벌을 받지 않는다. 심지어 그 일로 두둑한 반대급부를 챙기기까지 한다. 여기에 어떤 균형이 있다고 할 수 있나? 특정 사안들에 대해 이처럼 터무니없이 너그러운 법의 행태 앞에서, 그 반대로 법이 얼토당토않게 혹독히 다루어온 사안들의 공평성이나 정당성은 당연히 의심스러워지는 게 아닐까? 도대체 이런 현상은 어디에서 기인하는 것일까? 바로 구태의연한 법들에 대해 우리가 가지고 있는 어리석은 존중심이 문제다. 우리는 우리 삶의 풍조를 바꾸고 싶어도, 감히 우리의 법을 건

드리지 못하고 있다. 그리고 우리는 수세기 동안 그래왔기에 당연히 우리가 부당하다고 여긴다.

V
향락

달랑베르는 이렇게 이야기한다. "향락은, 단 한 명의 사회 구성원이라도 고통받는데 아무도 이를 모를 경우, 인류에 대한 죄악이다."

　프랑스의 과도한 향락은 어쩌면 국가의 쇠퇴가 임박했거나 최소한 적이 손쉽게 도발하여 승리할 수 있음을 알리는 가장 확실한 징표일지 모른다. 로마제국의 몰락은 과도한 향락에서 이미 예견된 일이었다. 아우구스투스 황제는 이렇게 말했다. "나는 벽돌로 쌓은 로마를 이어받아, 대리석으로 꾸민 로마를 넘겨주노라." 아우구스투스는 그 대리석이 제국의 묘석에 지나지 않는다는 사실을 짐작조차 하지 못한 것이다. 그는 로마의 향락을 이룸으로써 로마의 폐허를 조성한 셈이다.

VI
작곡가의 기술에 관한 고찰

한 가지 흥미로운 관찰 결과가 있는데, 훌륭한 작곡가는 오페라에 곡을 붙이면서 탁월한 배우와 매우 흡사한 재능을 발휘해야만 한다는 사실이다. 배우는 과연 어떤 일을 하는가? 가능한 한 온갖 감정을 실어 배역에 맡겨진 대사를 표출해내는 일이다. 그렇다면 작곡가가 하는 일은? 오페라의 가사 하나하나를 그에 부합하는 종류의 감정으로, 이런 표현이 가능하다면 말이지만, 채색하는 작업이다. 오랜 세월 무시되었지만 오늘에 와서는 매우 친근해진 중요한 진리 하나가 그로부터 도출된다. 즉, 오페라의 음악은 가사의 강화된 표현에 머물러야 한다는 것. 그렇지 않고 대사가 지향하는 감정 상태를 전달해주지 못할 때마다 그 음악은 필연적으로 좋지 못한 느낌을 유발하며, 듣는 이의 귀에 아주 불쾌하고 지리멸렬한 잡음으로 다가올 것이다.

VII

오, 그대가 누구든 상관없다. 일탈하는 자들을 설득할 가장 바람직한 논거를 쇠사슬이나 장작불에서 찾는 그대여, 그대는 땅을 개간하는 데 10프랑이면 될 것을, 당장 아무 수확이 없다고 자기 땅을 2만 프랑이나 들여 불태워버리는 정신 나간 사람을 닮았구나. 간수와 사형집행인을 마치 교육자처럼 바라보는 짓을 도대체 언제 그만둘 것인가? 경험이 그토록 빈번히 가르쳐온 것 즉, 불관용은 맹신을 낳을 뿐이며, 같은 인간을 멸하기보다는 깨우치는 것이 낫다는 선명한 진리를 대체 언제쯤 받아들이겠는가? 낭트칙령[3]의 폐지로 이 나라 100만에 달하는 인명이 희생되었다. 폐지하지 않았더라면 100만의 더 많은 인명이 프랑스를 수놓았을 터다. 얼마나 큰 차이인가!

　판결을 내리거나 서명을 하는 것은 사람을 가르치거나 조언을 해주는 것보다 훨씬 수월한 일이다. 전자는 자신만의 즐거움을 조금도 훼손하지 않으면서 얼마든지 가능한 반면, 후자는 자칫 치욕이 될지 모르는 수고로움을 요구할 수도 있다. 사랑하는 조국에서 우리가 바라는 것은 공평무사함이 아니다. 그건 일개 가면에 불과하다. 아뿔싸, 어쩐 말인가? 흉포한 체제에 의해 억압당하는 저 수많은 사람들의 불행을 대체 어찌하란 말인가? 그들을 억압해야 한다는 숙명적 필요성도 모자라 이제는 쇠사슬로 묶어 완전히 압살해 버림으로써 얻는 이득까지 가세할 모양새다. 전체가 반드시 뒤집히는 건 아니리라. 이 폭풍우 휘몰아치는 바다에서 멀리 떨어진 채, 그 혼란 뒤에 기필코 따라올 국가의 모습을 조용히 가늠하는 철학자라면 요나처럼 훌륭한 예언자가 될 수 있지 않을까?

55

3
1598년 프랑스의 앙리4세가 낭트에서 발표한 칙령으로, 칼뱅파 프로테스탄트인 위그노 교도에게 일정 지역 내에서 신앙의 자유를 누릴 수 있도록 했다. 1685년에 루이14세가 폐기했다.

VIII

달랑베르는 말한다. "윤리에 관한 모든 지식은 이론의 여지없는 이 유일한 진리를 기반으로 한다. 즉, 사람은 서로를 필요로 하며, 그 필요에서 비롯되는 상호적 의무를 가진다는 것."

따라서 타인을 필요로 하지 않는 사람은 모든 윤리의 원칙을 과감하게 파괴할 수 있다.

IX

사람들과 더불어 항상 잘 지낼 수 있는 확실한 방법. 나 자신.

누군가로 하여금 우리에게 호감을 갖도록 만드는 가장 확실한 방법은 그의 자존심을 살려주는 것이다. 이는 반대로 누군가의 적이 되는 가장 확실한 방법이 바로 그 똑같은 감정을 도발하는 것과 같은 이치다. 그것은 모든 사람에게 내재하는 보편적인 시금석이며, 한마디로 만인이 서로 비슷하다는 것을 확인시켜주는 유일한 감정이다. 그로 인해, 심지어 가장 덜 정치적인 사람을 포함한 모든 이는 같은 인간들과 더불어 살아갈 간단한 방법을 손쉽게 터득할 수 있다. 세상을 살면서 고려해야 할 것은 딱 그 두 가지 이치뿐이기 때문이다. 나머지는 다 거기에서 유래한다. (달랑베르의 『문학과 철학 문집』 제5권, 960쪽 참조)

X
나 자신을 위한 메모

고프리디(Gauffridi)[4]라는 이름은 항상 배신자의 이름이었다. 유명한 고프리디가 한 명 있었는데, 파르마 대공의 사신이었던 그자는 1648년 자신의 주군과 소속 주(州)들을 에스파냐인들에게 팔아넘겼을 뿐 아니라, 프라슬랭 원수가 크레모나를 공략하는 것을 좌절시킴으로써 프랑스에도 막대한 피해를 입힌 장본인이다. 하지만 그 보잘것없는 작자는 자기 죄를 스스로 알아서

56

4
사드의 프로방스 영지 재산 담당 공증인의 이름(Gaufridy)과 발음이 같다. 사드는 공증인 고프리디가 자기를 돕기 위해 장모인 몽트뢰이 부인과 서신을 교환한 것을 두고, 둘이 짜고 자기를 더욱 궁지에 몰아넣으려 한다며 곡해한 적이 있다. 몽트뢰이 부인과 사드의 원한 관계에 관해서는 이 책 177-178쪽에 실린 「사드와 그의 시대」 1776년부터 1778년까지 참조.

인지, 그리 오래 버티지 못하고 교수대에서 생을 마감했다. (튀르팽의 『프랑스 원수 슈아죌 백작의 전기』. 250쪽)

XI
나 자신을 위한 메모

브레제 원수는 1644년 카탈루냐의 총독으로 임명되어, 1646년 오르비에텔로 항(港)을 봉쇄할 함대 제독으로 부임했다. 결국 그는 대규모 전투를 치렀고, 거기서 포탄을 맞아 숨을 거두고 말았다. 그는 리슐리외 추기경의 조카로서, 살아생전 삼촌으로부터 욕심을 채우고 야망을 북돋아줄 온갖 재화를 넘치도록 제공받았다. 한데 그보다 훨씬 도량이 넓은 자연은 살아생전 그에게 훌륭한 인간을 구성하는 온갖 자질들을 부여해주었다. (튀르팽의 『슈아죌프라슬랭 원수의 생애』. 175쪽과 199쪽)

이 원수가 바로 내 모친의 조부 되신다. 따라서 우리는 리슐리외 가문에 속한 셈이다.

XII
매듭 마법을 푸는 확실한 치유책[5]

『여러 종교의식들』(2권. 145쪽)의 저자가 전하는 이야기에 의하면, 샤토당 종교재판소의 어느 판사가 매듭 마법의 효력을 무력화시키는 놀라운 비법 하나를 발견했다고 한다. 사정인즉, 어떤 부부가 찾아와 예의 마법에 걸렸다며 하소연했는데, 그가 그들을 헛간으로 데리고 가 서로 마주 보도록 말뚝에 묶은 다음, 수차례 매질을 가했다. 그리고 나서 결박을 풀고는 빵 한 덩이와 질 좋은 포도주 한 병을 내주고 밤새도록 둘이 함께 가두어두었다. 한데 다음 날 부부를 풀어주기 위해 헛간을 찾은 그의 눈에는 마법에서 완전히 풀려나 멀쩡한 모습으로 앉아 있는 두 남녀가 있더라는 것이다. 그리고 보면, 바쿠스 신을 숭배하는

5
매듭 마법이란 결혼 초야에 남편을 불능으로 만드는 흑마술을 일컫는다.

아르카디아의 대다수 의식과 루페르칼리아 제(祭)[6] 또한 이와 크게 다르지 않은 원리와 효험을 가졌던 것이 분명해 보인다. 사물의 자연적 원리에서 취할수록 치유책은 보다 확실한 법. 마찬가지로 이와 같은 경우 종교적 의식이 권하는 그 어떤 기도나 말보다 확실한 효험이 보장된다는 것은 만고불변의 진리라 하겠다.

XIII
음유시인에 관한 이야기와 그에 따른 나 자신의 성찰

음유시인이 활동하던 시대에 연애 법정[7]이 존재했으며, 그것이 저들의 재능을 겨루는 경연장과도 같았을 거라고 믿는 것은 아무래도 잘못된 생각인 것 같다. 프로방스 지방의 음유시인들 중 그런 법정에 대한 이야기를 하는 이는 아무도 없었으며, 그런 관례는 한참 후에야 존재했던 것으로 보인다. 그들의 시와 밀로 신부가 유식하면서도 멋들어지게 구성한 작품집을 읽다 보면 제법 흥미로운 사실을 발견할 수 있는데, 14세기 이탈리아 시인들, 심지어 페트라르카에게서조차도 확연히 돋보이는 점은 오로지 저 진솔한 음유시인들의 반향이었지 않나 싶은 거다. 오늘날의 우리 시인들이 라퐁텐이라든가 코르네유, 데프레오의 작품들을 향유한다고 생각하는 것과 마찬가지로 저들은 그 진솔한 시인들의 정서를 향유하고 있었다는 사실을 우리는 어렵지 않게 확인한다. 아닌 게 아니라 음유시인들의 어떤 작품들은 그 얼마나 섬세하고도 진솔한가! 최초로 이렇게들 말하고 생각할 줄 안 것에 긍지를 느끼지 않을 시인이 과연 어디 있단 말인가! "자기 부인에게 지켜야 할 신의란 모든 것을 털어놓되 그 여자 얘기만 쏙 빼는 것이리." "진정 사랑한다면, 설사 애인의 좋지 않은 점을 보거나 듣더라도, 차라리 자기 귀와 눈을 믿지 말아야 하리." (피에르 로제. 12세기 중엽)

솔직히 말해, 오늘의 우리는 보다 세련된 사고를 할 줄 알

6
풍요의 늑대 신 루페르쿠스를 기리는 고대 로마의 축제.

7
귀부인 앞에서 사랑의 이모저모를 놓고 논쟁을 벌인 다음, 그 귀부인이 내리는 판정에 따라 승패를 결정했던 12-13세기 중세의 모의 법정. 진솔한 표현과는 거리가 먼 가식과 예법에 민감한 문화가 반영된 무대임.

지만 과연 예전만큼 진솔하고 섬세할까? 적어도 시만큼은 이들 두 감정이 다른 어떤 감정보다 우선하는 것을 자랑스러워해야 하지 않을까? 이런 성찰들은 우리가 노쇠해져가고 있을 뿐 아니라, 명백한 전복을 앞두고 있다는 가장 유력한 증거이기도 하다. 아우구스투스 시대가 바로 지금 우리 시대처럼 세련되기 그지없었으며, 몰락이 가까워오는 시기였다. 원래 인간은 쾌락으로 감각이 무뎌지면서 진정한 자연의 행복하고 섬세한 촉감을 상실했을 때만, 삶의 취향에 예민해지듯 정신의 산물에도 예민해진다. 그래서 과도한 무엇이 점점 필요해지는 거다. 우리는 실재와의 거리가 멀어질수록, 실재를 경험한다고 착각한다. 번개가 번쩍하면서 길 잃은 나그네의 눈을 자극해 그의 그릇된 판단을 자각케 하듯이, 약간의 불빛이 아직은 가끔씩 우리에게 다가와 우리의 잘못을 알려주고 있는 것인데…. 더 이상 시간이 없다. 습성은 이미 굳어졌다. 진짜 좋은 것, 진짜 바람직한 것이 더는 우리의 마음에 와 닿지 않을 것이다. 그것을 감지할 행복한 능력을 상실한 탓에, 우리가 함부로 밋밋하게 취급하는 단순미보다 왠지 좋아 보이는 기교미의 자극적인 가짜 맛도 이내 사라지고 말 것이다. 그렇다고 해서 당장 풍속에 관한 속단을 내리기는 부적절할 것이다. 풍속은 저 천재성의 요람기에 이미 타락의 마지막 단계를 밟고 있었다. 그런 걸 보면, 정신과 심성 사이에는 우리가 상상하는 것만큼의 관계가 없는 것인지도 모른다. 그 둘 중 어느 하나가 대단한 덕성을 갖추고 있다 해도, 나머지 하나는 타락한 상태일 수도 있겠다는 얘기다. 한 시대의 풍속을 그 시대의 천재성에 비추어, 혹은 한 시대의 천재성을 그 시대의 풍속에 비추어 판단하지 말자. 마찬가지 원리에 입각해, 한 작가의 품행을 그의 작품에 비추어 판단하는 일이 없도록 하자. 대다수의 사람이 착각하는 것처럼, 심성이라는 것이 항상 손을 움직이는 성실한 안내자 또는 기관일 거라는 생각은 버리자.

XIV

내일 (사드 부인의) 방문을 위하여

톨레도 근방에는 소위 '마법의 탑'이라 불렸다는 어떤 탑의 잔해가 넓은 면적을 차지하고 있다. 그곳은 아주 이상한 일들이 벌어진 장소이기도 한데, 특히 악명 높은 방탕기로 무어인들의 에스파냐 침략에 빌미를 제공한 저 에스파냐 왕 로드리고에 얽힌 이야기가 유명하다. 왕의 방탕기를 보여주는 특별한 일화 중, 백성들까지 진저리 치게 만든 것이 무엇인고 하니, 바로 대신인 훌리안 백작의 여식에게 저지른 파렴치한 짓이다. 딸은 당시 모리타니에 있던 아버지에게, 자신은 가문이 보관하라고 맡긴 보석8을 온전히 지켜내지 못했으며, 왕이 그 보석을 단도로 꿰뚫어 버렸으니, 이제 정의를 바로 세워줄 것을 청한다고 적어 보냈다.

이 같은 사건을 통해 '마법의 탑'은 로드리고 왕의 역사와 결부되고, 동시에 무어인들은 에스파냐 땅으로 침입해 들어오게 되지.

이 모든 것으로부터 당신의 낭군은 열다섯에서 스무 쪽 정도 분량의 아주 재미있으면서 주제에 걸맞은 이야기를 하나 만들어내는 중이라오. 근데 혹시 이미 누가 소설로 쓰지 않았을까 걱정이 되는구려. 실은 마담 올누아9가 뭔가를 썼을 것 같다는 의심이 들고 있소.

기담이든 소설이든 이걸 소재로 다룬 이야기가 있는지 알려면 어떻게 해야 하오? 그 문제를 속 시원히 밝혀내려면 당신 친구들과 당신 수완에 매달리는 수밖에 없겠지. 그러니 '소설 총서'10의 작가들을 당신이 좀 알아보면 좋겠소. 어떤 작가도 그들만큼 이런 문제에 확실한 대답을 해줄 사람이 없을 테니 말이오. 아무튼 이 문제에 대한 답변을 간곡하게 부탁하겠소. 아울러 새해에는 당신한테 더없는 번영이 함께하길 바라오. 여기에 지금 몇 자 적고 있는 자로 말하자면, 당신을 안아보는 것만

60

8
여성의 성기에 대한 은유.

9
마리카트린 올누아(Marie-Catherine d'Aulnoy, 1651-1705)는 풍자적 내용의 동화를 쓴 작가다.

10
Bibliothèque des Romans. 1775년에서 1789년까지 총 224권으로 출간되었던 당대의 소설 총서.

큼 큰 행복은 아마도 없을 거요.

XV
푸아투 백작이라는 자의 유별난 방탕을 위한 계획

1071년에 태어나 1122년에 죽은 푸아투 백작 기욤9세는 니오르에 수녀원 형식을 딴 '방탕의 집'을 짓겠다는 계획을 세웠다. 거기에는 원장 수녀를 비롯해 주임 수녀 기타 등등이 있어야 할 것이고, 그 안에서 수도 생활을 흉내 내는 가운데, 매춘부와 놀아나는 온갖 즐거움에 가끔씩 독신 행위도 곁들일 작정이었다.
(『음유시인의 역사』, 제1권, 4쪽)

XVI
조르지아족과 밍그렐리아족의 신체와 윤리 사이에 존재하는 유별난 모순성

모든 여행자들이 입을 모아 말하기를, 밍그렐리아족과 조르지아족처럼 온갖 종류의 악덕과 죄악에 물들어 사는 족속이 없다고 한다. 그들 사회에서는 근친상간, 간통, 절도, 살인이 용인될 뿐 아니라 미덕으로 간주되기까지 하며, 그들 사이의 대화는 대개 자신들이 저질러온 그런 유의 범죄행위들로 채워지기 일쑤라는 것이다. 그런데 한편으로는 세상에서 그들처럼 신체적 미모를 타고나고 자연으로부터 최고의 육체적 혜택을 누리는 족속 또한 없다고 한다. 그렇게 너그러우면서 그토록 많은 논란거리를 주는 자연이라는 모체에 엄청난 모순성이 존재함을 인정하지 않을 수 없다. (샤르댕의 『여행기』를 볼 것)

철학적 신년 인사

✽

그대가 지금 어디에 있든—가까이 있든 멀리 있든, 투르크족과 함께 있든 갈릴리인과 함께 있든, 수도승들과 함께든 배우들과 함께든, 간수들이나 교양인들, 계산만 하는 사람들이나 철학을 하는 사람들, 어느 누구와 함께 있든—이 밝아오는 새해에 우정의 신성한 의무를 내가 저버린다는 것은 도저히 있을 수 없는 일이지. 그러니 옛 관습에 따라 우선 인사부터 챙긴 다음, 나는 그대의 바람대로, 단순한 일화들이지만 소인의 마음 깊숙한 곳에서 우러나는 몇 가지 생각들을 펼쳐 보일까 하오. 비록 지금 내 처지가 가시밭길이지만, 종종 그 속에서도 기분 좋은 철학적 사색에 빠져들고 있음을 고백해야만 하겠소.

　나의 불행이 시작된 시점으로 거슬러 올라가보면, 하얀 분덕지덕지 칠한 가발 쓴 자들 일고여덟 명이 불행을 내게 덮어씌우느라 떠들어대는 소리가 지금도 귓가에 들리는 듯하오. 그들 중 어떤 놈은 정숙한 아가씨를 타락시킨 뒤 방금 돌아오는 길이고, 또 한 놈은 자기 친구의 마누라를 겁탈하고 오는 길이며, 또 다른 놈은 수상쩍은 거리에서 자기가 저지른 짓이 발각될까 두려워 잔뜩 웅크린 채 거길 빠져나왔는가 하면, 그보다 훨씬 더 추잡한 구석에서 놀다가 부리나케 줄행랑쳐온 놈도 있다오. 분명히 말하지만, 그렇게 온갖 범행과 음행으로 얼룩진 작자들이 내 소송 관련 서류들을 놓고 앉아 있는 광경이 눈에 보이는 것 같단 말이지. 그중 우두머리가 법을 사랑하는 마음과 애국심 가득한 열정으로 냅다 이렇게 소리치는 거요. "에잇, 빌어먹을! 여보게들, 판사도 아니고 회계 법원 변호사도 아닌 저 쪼끄만 자식이 어떻게 대법정 재판장처럼 놀아날 생각을 한단 말인가? 저 촌구석 한량이 감히 우리를 흉내 내도 괜찮다고 스스로 믿고 싶어 한 모양이지? 맙소사! 법모와 법복도 걸치

63

지 않은 주제에 우리들처럼 자신에게도 어떤 자연의 본성이 허락되었다는 생각을 머릿속에 넣어 가지고 있다니! 자연의 법칙을 해석하는 사람이 아니더라도 제멋대로 자연을 분석하고, 밝혀내며, 농락해도 괜찮다는 식으로 말이야! 우리가 다루는 자연의 법칙 말고도 다른 법칙이 있을 수 있다는 거냐고! 빌어먹을, 감옥행이야! 당장 저놈을 감옥에 가두자고! 오로지 그 길뿐이라니까. 그래, 저 되바라진 녀석은 밀폐된 방에서 한 육칠 년 곪게 만드는 것밖에 다른 방법이 없겠어…. 저런 놈이 사회의 법을 제대로 배울 곳은 감옥밖에 없지. 법을 어길 생각을 한 녀석에게 최고의 치료책이란 뭐니 뭐니 해도 그 법이라는 게 얼마나 엄혹한 것인지 톡톡히 깨달아, 저주하게 만드는 것이라니까.” 게다가 거기 모(某) 씨라고 거물이 한 명 섞여 있는데… 그대도 알다시피 유력 인사인 데다(그 당시 그랬다는 거요, 지금은 천만다행으로 그렇진 않지만), 이 기회를 자기 정부(情婦)에게 작은 선물 하나 안길 기회로 생각해 입이 찢어질 지경인 거요. 인간 쥐어짜기를 통해 1만 2천에서 1만 5천 프랑은 너끈히 받아낼 테니까…. “조금도 망설일 필요가 없어…. 그나저나 저 친구의 명예… 부인… 재산… 아이들은…? 옳거니! 이거 얘기가 되겠는걸 그래…! 그 정도면 우리가 신망의 허상을 두고 마음 약해지는 걸 충분히 방지할 수 있겠어…! 명예… 마누라… 자식들? 우리가 매일같이 제물로 삼는 게 바로 그런 것들 아닌가 말이야…! 자자, 어서 감옥에 처넣읍시다! 감옥 말이오! 내일이면 우리 벗, 우리 동지들이 저마다 배 한 척씩들 부릴 판이외다.” 그러자 방금 전까지 졸고 있던 재판장 미쇼가 어눌한 말투로 대꾸하기를 “좋소, 감옥행!” 이러더군. 옷자락 속에서 오페라 여가수에게 연애편지 끼적이고 있던 미남 다르발은 날카로운 목소리로 “그럽시다, 여러분, 감옥이오, 감옥!” 맞장구쳤지. 그런가 하면 아는 척하는 게 특기인 다몽이 음주를 곁들인 점심 식사 때문에 아직까지 벌건 얼굴로 이렇게 덧붙인다오. “두말할 것 없이 감옥행이야!” 마지막으로 발뒤꿈치를 든 채 구르당 양과의 밀회 약속에 늦을까 노심초사 시계만 보던 왜소한 체격의 발레르는 마치 결론을 내리듯 갈라진 목청으로 내뱉지. "자자, 감옥행이라는 데 그 누가 이의를 달겠소!"

이상은 바로 이곳 프랑스에서 시민의 명예와 삶, 행운과 평판이 무엇에 좌우되고 있는지를 보여주는 사례라오. 천박과 아첨, 야심과 탐욕이 한데 뭉쳐 프랑스의 파멸에 빌미를 주고, 어리석음이 그 마무리를 짓고 있는 셈이지.

이 작은 진흙 덩이 위에 내던져진 채 방치된 처량한 피조물들이여, 결국 무리의 절반이 나머지 절반의 가해자여야만 한다는 것인가? 오, 인간이여, 무엇이 선이고 무엇이 악인지 판결을 내리는 일이 과연 너의 몫인가? 자연에 한계를 부여하길 원하는 것, 자연의 허용 범위와 금지 대상을 결정하고, 명시하는 것이 정녕 인간이라 부르는 초라한 개체의 속성이란 말이더냐! 아직도 자연의 가장 하찮은 작용조차 해명하지 못하는 너, 자연의 가장 가벼운 현상도 설명하지 못하는 너, 나에게 운동 법칙, 중력 법칙의 근본을 정의해보아라! 물질의 정수를 내게 차근차근 설명해보아라! 그것은 불활성(不活性)인가 활성(活性)인가? 만약 그것이 스스로 운동하지 않는다면, 결코 휴식이라고는 없는 자연이 이제까지 그 안에 존재해온 무언가를 어떻게 만들어낼 수 있었는지 내게 말해보라. 그리고 만약 자연이 스스로 운동한다면, 그것이 지속적인 생성과 교체의 정당하고 확실한 원인이라면, 도대체 삶이란 무엇인지 말해보라. 그리고 죽음이란 무엇인지 증명해보여라. 공기란 무엇인지 내게 말해보라. 공기의 다채로운 현상들에 대해서 정확하게 설명해보라. 산꼭대기에서 왜 조개껍데기가 발견되는지, 바다 밑바닥에서 어떻게 폐허의 잔해가 발견될 수 있는지 내게 가르쳐다오. 어떤 행위가 범죄이냐 아니냐를 결정하는 너, 콩고에서는 왕관을 씌워줄 만한 일로 파리에서는 목을 매달아버리는 너, 별의 운행과 정지, 성간(星間) 인력과 그 운동성, 별의 본질과 주기에 대한 나의 생각을 확정해다오. 데카르트보다는 뉴턴을, 티코 브라헤[1]보다는 코페르

1
Tycho Brahe(1546-1601). 덴마크 천문학자. 망원경이 개발되기 이전, 가장 뛰어난 천체 관측 자료를 남겼다.

니쿠스를 내게 증명해보란 말이다. 높이 던진 돌멩이가 왜 떨어지는지 그 이유만이라도 설명해봐. 그래, 그 간단한 현상을 손에 잡힐 듯이 내게 납득시켜달란 말이다. 네가 좀 더 탁월한 자연학자[2]가 된다면 모랄리스트[3] 노릇을 하는 지금의 너를 내가 용서하마. 너는 자연의 법칙을 분석하고자 하는데, 너의 마음, 정작 자연이 스스로를 아로새기는 너의 그 마음은 네 힘으로 결코 해결할 수 없는 수수께끼로다! 너는 그 법칙들을 규정하길 원하지만, 미세한 혈관들이 너무 부풀다 못해 어느 한순간 머리를 발칵 뒤집어, 더없이 착한 사람이 바로 그날 천하의 흉악범으로 돌변하는 사태가 어떻게 가능한지는 내게 설명해줄 수 없다. 이론도 발견도 어린아이 수준인 너, 삼사천 년 동안 그렇게도 지어내고, 바꾸고, 번복하고, 주장해 왔으면서 너는 아직 우리의 미덕에 대한 보상으로 그리스신화의 엘리시움[4]과, 악행에 대한 징벌로 그 황당한 타르타로스[5] 말고는 달리 제시할 것이 없질 않느냐. 이런 숭고한 문제를 놓고 그토록 다양한 추론과, 연구, 먼지 뿌옇게 쌓인 저작들을 무수히 양산해 왔음에도 네가 해낸 것은 고작 헤라클레스가 있을 곳에 티투스[6]의 노예를, 미네르바가 있을 곳에 유대인 여자를 대신 내세운 것뿐이다. 너는 인간의 탈선에 대해 깊이 파고들어, 철학을 하고자 한다. 악덕과 미덕에 관한 그럴듯한 학설을 세우고 싶어 한다. 하지만 너는 그 어떤 것의 정체도 내게 밝혀주지 못한다. 둘 중 어느 것이 인간에게 더 이롭고, 자연에 더 부합하는지, 그 대립적 관계에서 보다 심오한 균형이 생겨나 둘 다 세상에 없어서는 안 될 무엇으로 화하는 것은 아닌지 너는 나에게 설명해줄 수가 없다. 너는 온 세상이 미덕으로 가득 차기를 원한다. 세상에 미덕만 존재하면 그 즉시 모든 게 파멸할 수 있다는 걸 못 느끼는 거다. 세상에는 악덕이 존재해야만 하기에 그걸 벌하는 것도, 애꾸눈이를 업신여기는 것도 부적절함을 너는 인정하고 싶지 않다…. 너를 우습게 보는 계집에게 가하려던 가증스러운 해코지와 기만적인 술책들의 끔찍한 결과는 무엇인가…? 가련한 존재여,

말하기도 몸서리쳐진다. 자신의 원수를 갚으면 차형(車刑)에 처하고, 임금의 적을 처단하면 상을 줘야 한다니. 남이 네 푼돈 좀 훔쳤다고 목숨을 빼앗는 반면, 자연의 법칙에 따른 잘못, 자기 권리를 고수하는 잘못밖에 저지른 적 없는 자를 법의 이름으로 몰살해도 좋다고 스스로 믿는 너에겐 온갖 포상을 아끼지 말아야 한다니. 자, 이제 너의 그 교묘한 언변을 그만 내려놓거라! 즐겨라, 즐겨, 판단하지 말고… 즐기란 말이다. 자연의 뜻에 따라 움직일 걱정일랑 자연에 맡겨버려. 그리고 너를 벌할 걱정은 영원한 존재에게 일임하라. 혹시라도 너 자신이 일개 범법자이자, 이 보잘것없는 흙덩이에 웅크린 가련한 개미일 뿐임을 알겠거든, 네 몫의 지푸라기를 저잣거리로 끌고 나가, 알이나 부화시키고, 자식이나 기르며 아껴주되, 그들에게서 무엇보다 착각의 눈가리개만은 벗기지 말아라. 내 너를 인정하거니와, 무지몽매 속에 기꺼이 안주하는 것은 철학의 우울한 진실에 눈뜨는 것보다 행복에 보다 쉽게 접근하는 길이니. 누리거라, 우주의 횃불을. 그 빛이 네 눈동자를 비추는 것은, 궤변을 동원하지 않고서도, 쾌락을 밝히기 위함이다. 네 삶의 절반을 나머지 절반마저 불행하게 만드는 데 쓰지 말아라. 얼마간 그 기형의 꼬락서니로 생장하다가, 너의 자만심이 뭐라 하든 개의치 말고, 어미 품에 안겨 잠들라. 그리고 조금은 다른 형상을 뒤집어쓰고 깨어나라. 그 또한 너로서는 예전 법칙들보다 더 이해 못 할 새로운 법칙의 조화일 터. 유념하거라, 자연이 너를 거기 그렇게 떨구어놓는 것은 너의 동류인 인간들을 행복하게 해주라는 뜻이거늘, 너희끼리 돌보고 돕고 사랑하되, 판결하거나 벌하거나, 특히 옥에 가두지 말지어다.

이상 조촐한 철학 한 토막이 마음에 든다면, 다음 신년 인사를 빌려 나 그대에게 기꺼이 그 후속편을 선사하리다. 만약 그렇지 않다면 부디 내게 의사를 밝혀주시구려. 그럼 우리는 그대가 자랑하는 그 성별(性別)의 유쾌한 정신에 보다 어울리는 주제를 다시 골라 새로운 이야기를 꾸려나가는 거요. 내 한평생

그대는 물론 그대가 대표하는 여성 제위께 충심의 정을 바치기
를 기꺼운 마음으로 다짐하며.

뱅센 닭장에서,

쉰아홉 달 반 동안 인간 쥐어짜기를 당했으나,

끝내 놈들에게 별 소득 안겨주지 않고,

1월 26일 씀.

어느 문인의 잡문집

✸

I
어느 문인의 잡문집을 위한 머리말 초안

독자 앞에 내놓는 이 잡문집은, 그 제목으로 보아 웬만한 글들을 모두 추려야 할 테지만, 일단 다음 내용들로 구성된다. 논쟁시(論爭詩) 한 편, 사형 제도에 관한 소논문 한 편, 그 부록으로 국가에 유익하도록 범죄자를 수용하기 위한 범죄자 관리 방법 초안, 향락에 관한 편지글 하나, 교육에 관한 편지글 하나, 윤리에 관한 마흔네 개의 문제들, 윤리에 관한 짧은 단장(斷章)들로 이루어진 예순두 편의 수상록, 몰리에르의 희극에 대한 스물아홉 편의 해설, 그로써 이 위대한 인물의 연극 전 작품이 망라됨. 소설에 관한 편지글 하나, 그와 더불어 마리보와 라파예트의 소설들을 비교 해설한 글 한 편, 아메리카에 관한 소논문, 연극의 플롯 하나, 극예술에 관한 편지글 하나, 그와 더불어 쉰 가지의 연극 관련 지침들, 그 안에는 해당 분야 종사자들에게 더없이 유익한 모든 내용이 간결하고 명확하게 간추린 조언 형태로 총망라되어 있음, 아흔 개의 역사 스케치, 그와 더불어 메랭돌과 카브리에르[1]에서 있었던 학살과 관련한 흥미로운 글 한 편, 100여 개의 재담 혹은 명언들, 다섯 편의 짤막한 이야기들, 그와 더불어 이 시대 초기에 벌어진 세벤 산맥 전투와 관련한 흥미로운 일화 하나, 그리고 중요한 편지 몇 통.

　이 문집을 단순한 편집물로 보는 것은 잘못이다. 순수 창작으로 볼 수 있는 모든 내용은 전적으로 문집의 저자가 직접 쓴 글이다. 논쟁시, 범죄자에 관한 소논문과 그 부록, 향락에 관한 편지글, 교육에 관한 편지글과 그에 딸린 글, 수상록, 작품에 대한 해설, 소설에 관한 편지글, 아메리카에 관한 해박한 논문, 극

69

작품 「젤로니드」의 플롯, 극예술에 관한 편지글 등, 이 모든 글 조각들은 저자의 재능이 낳은 확실한 열매들이다. 나머지는 어떠한지 살펴보자. 극예술 관련 지침들엔 이것저것 섞여 있다. 몇몇은 저자의 글이지만, 그 밖의 것은 아리스토텔레스, 호라티우스, 부알로, 오비디우스, 마르몽텔의 글에서 발췌한 것들이다. 역사 스케치는 대개 창작물이 아니다. 따라서 이것은 비슷한 유의 모든 저작과 마찬가지로, 당대 최고의 저술가들로부터 끌어온 글들로 이루어졌다. 다만 시대의 특징을 단순히 인용하기보다는 철학적, 윤리적 논평 속에 그 내용을 충분히 녹여냄으로써 훨씬 더 흥미롭고 새로운 면모를 부여했다. 그런 점에서 상당 부분 창의력이 가미되었고, 특히 기존 역사가들에 의해 일부 삭제된 상태로만 전해지던 마지막 이야기는 동일 사안에 대한 확실한 조사를 거쳐 저자가 공들여 새로 집필했으며, 본인의 철학적 필체로 그 주된 특징을 보다 흥미롭게 개진했음을 밝힌다. 재담과 명언들에 관해서는 원래 있는 것을 그대로 취사선택했을 뿐이다. 가령 역사 스케치의 경우처럼 거기에 어떤 견해를 가미하면, 그 본맛을 들어내고 열기를 떨어뜨리는 격이 될 것이다. 따라서 저자는 그것들을, 어떤 형식의 구애도 받지 않고, 있는 그대로 제시했다. 그중 몇 가지는 사람들에게 전혀 알려지지 않은 것이고, 다른 것들은 이미 알려졌으나 거듭 음미할 충분한 묘미가 있는 글들이다. 마지막을 장식하는 짤막한 이야기 몇 편 역시 저자가 나름의 필체로 다시 옮겨 적은 것에 지나지 않는다. 기존의 내용에 약간의 장식을 가미했을 뿐이다. 이 글들은 그다지 큰 비중을 차지하지 않기에, 별다른 견해를 덧붙일 필요가 없었다. 다만, 가장 말미에 등장하는 일화는 특별히 흥미로운 내용이라, 그에 한해서 저자는 카브리에르의 학살에 대한 글에서와 마찬가지의 역할을 담당했다. 즉, 보다 박진감 있게 그 내용을 전달하기 위하여 해당 상황에 관한 정보를 직접 취합하는 수고를 마다하지 않았다. 따라서 그 글은 흥미로울 뿐 아니라 사실성 또한 막강한 셈이다. 세벤 전투에 관한 일부 기록에서 워낙 표가 나지 않게 발췌한 터라, 그 내용을 독자들이 살펴보면서 글을 실감 나게 작성하느라 저자가 얼마나 공을 들였을지 직접 확인해보기를 바랄 뿐이다. 여기 수록된 다양한 글들 하나하나가 엄청난 철학적 노고의 산물이지만, 종종 그 양상이 달리 적용되었기에 어떤 이들은 그것들이 동일인에 의해 쓰여진 것이 아니라고 생각한다. 물론 잘못된 생각이다. 저자는 자기 자신의 철학이 아니라, 각 글에 어울리는 철학을 그때그때 적용할 수밖에 없었다. 가령 아메리카에 관한 소논문에 적합한 견해가 교육에 관한 편지글에는 어울리지 않았다. 그렇다면 과연 저자는 언제 자기 자신의 목소리를 내고 있는가라는 질문이 가능할 수 있겠다. 스스로 자제할 때인가, 아니면 모든 베일을 찢고 나설 때인가? 어느 쪽이든 독자에겐 상관없는 문제다. 제각각 글의 특성에 맞는 견해를 그때그때 제시함으로써 표제에 부합하는 것이 아닐까? 그리고 그런 방법을 통해서 모든 사람을 만족시킬 무언가가 나오지 않을까? 어떤 종류의 편견도 가지고 있지 않고, 이성에 충실해서든 그 밖에 다른 동기에서든, 편견을 완전히 말살해버린 사람들이라면 이 문집에서 자기 취향에 맞는 글을 찾아내고야 말 것이다. 편견이 아직도 일부 남아 있고, 철학적 사고의 주변부만을 기웃거린 사람들이라면 다소 평범한 견해에 머물 것이며, 대개는 누구나 그런 정도로 만족할 것이다. 그런데, 미리 말해두지만, 일부 부류는 결코 그렇지도 못할 것이다. 그런 사람들은 이미 오래전부터 뒹굴던 그 진창 속에 그대로 놓아두기로 한다. 거기서 그들은 시대가 저물 때까지 지지부진한 삶을 이어갈 것이다. 남에게 불쾌감만을 유발할 뿐인 자들의 비위를 굳이 맞추려 애쓸 필요가 있겠는가?

II
메랭돌, 카브리에르, 발도파[2]에 대한 학살(1545년)

....

71

2
12세기 피에르 발도(Pierre Valdo)가
창시한 엄격한 성서 중심의 기독교 분파.

·········· 그들은 아내들을 덥석 끌어안고, 불쌍한 자식들에게 입을 맞춘다. 그리고 이들을 지켜주거나 구해줄 수 없음을 알고는 영원한 작별을 고한다. 그때 자연의 가장 극심한 비통함이 이 불운한 자들의 마음을 쑤시고 들어온다. 그들은 아내들을 수없이 포옹했다가, 도저히 지켜주거나 구해줄 수 없음을 느끼고는, 도망치기 위해 수없이 포옹을 푼다. 눈앞에서 불꽃이 번쩍이고, 화염이 머리 위로 솟구친다. 죽음이 그들을 에워싼다. 자연의 강력한 손은 그들이 떠나야 할 성스러운 대상들 쪽으로 매번 그들을 다시 불러 모은다. 그들 중 하나가 뛰쳐나간다. 어느새 그의 날렵한 발이 깎아지른 바위를 기어오른다. 그때 자기를 지켜달라고 부르는 것 같은 아들의 힘없는 목소리가 들린다. 그는 다시 한번 아들을 포옹하려고 한다. 아내의 품으로 달려든 그의 몸에 총알이 파고든다. 파닥이는 젖가슴에서 조금이라도 더 양식을 얻고자 애쓰던 불쌍한 아기는 자기 몸에 영양을 공급하는 모유에 처절한 아버지의 피를 섞는다. 결국 남자란 남자는 죄다 모습을 감춘다.

남작이 도착하고, 두려움과 탈진, 무력감에 짓눌려 땅바닥에 널브러진 불행한 여자들을 바라본다. 일부는 자기들 노모(老母) 곁을 지키고, 나머지는 생명을 얻기 무섭게 그걸 다시 내놓게 생긴 서글픈 혼인의 씨앗을 품에 안고 있다. 울부짖음과 눈물이 방어의 모든 수단이 되고 있다. 부들부들 떠는 젖가슴을 쑤시고 들어오는 창끝에 연약한 팔을 휘저어 대항해본다. 그러나 아무것도 저 난폭한 자들을 막아내지 못한다. 저들의 잔혹함은 무수히 다양한 형태로 폭증하고 있다. 여러 여자들이 나무에 묶인 채 쇠갈퀴로 몸이 찢기고, 또 몇몇은 칼침 세례를 받는 가운데, 괴물들의 끔찍한 욕망까지 강제로 채워주고 있다. 저들은 또 다른 여자들의 배를 갈라 그 속에서 혼인의 씨앗을 끄집어내더니, 어미가 보는 앞에서 뾰족한 바위에 처박아 박살내버린다. 지켜보는 어미들까지 그 피를 뒤집어쓴다. 조금이나마 성장한 아이들은 어미 손에서 떼어낸다. 피에몬테 병사들은 그 아이들을 서로에게 던지고는 창끝으로 받아낸다. 몇몇 불행한 여자들은 절망감으로 제정신을 잃어, 자신을 위협하고 있는 무기 끝을 손으로 부여잡고 스스로 자기 심장에 박아 넣는다.

이상 모든 것이 평화의 신 이름으로 자행되는 것이다……
…………………………………………………………………………
………… 저 야만인들의 흉포한 욕망을 자극하는 모든 것은 가차 없이 유린되는데, 악당들은 악당들대로 섬긴다고 믿고, 여자들은 여자들대로 울며 매달리는 신의 성소도 예외는 아니다. 보복의 응징 앞에 신성한 것은 아무것도 없다. 성스러운 신의 제단은 그 자체로 저 악당들이 저지를 새로운 죄악의 온상이 된다. 바로 그 제단 위에서 악당들이 여자아이들을 범하는 것이다.

갈수록 모든 거리가 피로 넘치고, 모든 집이 불살라진다. 화재를 피해 혼비백산 집을 빠져나온 한 어미가 불쌍한 아이를 품에 안고 있는데, 군인들이 앞을 가로막더니, 불길에서 아이를 구했다며 어미가 기뻐하는 바로 그 순간 아이의 목을 잘라버린다. 어떤 여자는 절망감에 휩싸여 잠시 잊고 있던 젖먹이를 구출하기 위해 활활 타는 불길 속으로 뛰어든다. 불운한 도시 전체가 주저앉기 시작하는 벌건 숯덩이 위로 그 둘 모두 내팽개쳐진 셈이다. 병사들이 내뱉는 욕설, 죄악을 저지를 때 나는 소리들, 미쳐나가는 여인네들의 울부짖음, 건물 골조가 붕괴하는 굉음, 농가가 산산조각 날 때의 폭발음, 이 모든 것이 공포와 증오를 동시에 불러일으킨다. 일체가 지옥의 형상이다. 마침내 불길은 구름 속으로 치솟아, 자신이 삼켜버린 불행한 자들의 신음과 비명을 영원한 존재의 옥좌 발치에 갖다 놓는 듯하다.

…………………………………………………………………………
………… 그로부터 몇 년 후 자신이 고수한 불관용 입장 덕에 파리 고등법원장 자리에 오른 리제트는 입만 열었다 하면 옛 고사성어를 끌어다대는 실없는 인간이자, 매주 한 번은 신교도를 한 명씩 불에 구워야 소화가 된다는 잔혹한 사람이었다. 그런 자가 주도하는 법정에서 도페드에게 유죄 판정이 나기는 몹

시 어려운 일이었다. 오로지 게랭만이 영장을 위조했다는 죄목을 뒤집어쓴 채 처형당하고 만다.[3]

III
카브르 씨와 기적

그 옛날 사탄이 사막을 떠돌던 하느님의 백성에게 자신의 독을 퍼뜨렸듯이, 하늘과 종교의 적들에 의해 세상을 뒤덮은 위험천만한 불신앙의 어둠 속에서 지금 전 유럽은 신음 중이다. 하지만 그러는 동안에도 은혜로운 신성은, 바로 그 사막에서 모세를 불러내 두 줄기 불의 뿔을 내쏘며 백성 앞에 나타나 금송아지 상을 뒤덮고 만연한 불신앙을 주님의 음성으로 되돌리도록 이끄셨듯이, 다시금 인간을 불러내 신을 받드는 숭고한 직무로 복귀하도록 이끌려고 하신다. 하여, 부디 이제부터 이야기하려고 하는 사건이 그와 똑같은 효과를 발휘하기를 바란다. 인간의 탐욕, 무절제, 무신론, 교만, 사악함 등 금송아지의 모든 살아 있는 형상이 그 불순한 우상처럼 내 목소리 앞에 쓰러지기를, 신자들의 공덕으로 악마의 형상이 허물어졌듯, 지상에서 영원토록 그 모습이 사라지기를!

크레브타드크루아에서 수킬로미터 떨어진 사르루이 가도(街道)에, 작년 봄, 터무니없이 잘못된 칼뱅의 믿음에 오염된 카브르 씨라고 하는 전직 군인이 살고 있었다. 딴에는 경제 이론가로 자처하기도 했던 그는 2년 전, 얼마간 탐스러운 열매를 맺더니만 자연의 산물이 죄다 그러하듯 더 이상 제대로 된 나무 구실을 할 수 없을 것처럼 쇠락의 길로 접어들던 사과나무를 베어버렸다. 하지만 위대하고 영원하신 존재께서는, 에덴동산의 사과나무에서도 한번 모습을 드러낸 적이 있는 터라, 카브르 씨의 사과나무에서 역시 그 명성을 떨쳐 보이고 싶었다. 그분께서는 마당에 2년 동안 방치되어 있던 그 사과나무의 떨어져 나간

3
장 매니에 도페드 남작(Jean Maynier, baron d'Oppède, 1495-1558)은 프랑수아1세의 명을 받고 메랭돌 학살 작전을 진두지휘한 인물이다. 참혹한 학살이 끝난 뒤, 그 역풍으로 일어난 프랑스 국내의 반대 여론을 잠재우기 위해 이 사건을 다루는 재판이 열렸지만, 도페드 남작을 비롯한 모든 주모자들에게 무죄가 선고되었고 작전에 참가한 게랭 검사 단 한 명만이 희생양으로 처형되었다.

가지 하나로 하여금 '발라암의 나귀'[4] 이래, 또는 비신자인 볼테르가 전하는 이야기에서처럼, 포크로 수프를 떠먹었다는 퀴퀴팽 성자의 기적[5] 이래, 가장 위대한 기적 하나를 역시 비신자인 이 오만불손한 작자에게 선사하게끔 허락하신 것이다.

　하인 한 명이, 왜냐하면 주님께서는 원래 지상에 엄청난 일을 나타내 보이실 땐 으레 민초의 손을 빌리시기 때문인데, 다시 말하지만 어떤 하인 한 명이 오래전에 잘라져 아무렇게나 마당에 방치되어온 문제의 사과나무를 완전히 쪼개 치워버리려 했는데, 어찌 된 일인지 그게 잘 되지 않았다. 그는 나무에 욕설을 퍼붓고는, 하녀를 한 명 불러 도움을 청했다. 마침 계시를 받고 달려온 하녀는 곧장 도끼를 부여잡고, 전혀 힘들이지 않고 나무를 내리찍었다. 한데 그렇게 해서 단번에 쪼개진 나무 속에 말끔하게 모양이 갖춰진 십자고상이 모습을 드러내는 것이었다. 구멍 난 주님의 심장에서는 선혈이 솟구치고, '예수'라고 이름이 새겨진 팻말까지 머리 위에 붙어 있었다. 하인들의 부름에 득달같이 달려온 주인은 눈앞에 펼쳐진 놀라운 광경에 벼락 맞은 것처럼 충격을 받았다. 그는 나무 발치에 넙죽 엎드려 십자고상에 입을 갖다 대고는, 가책에 사로잡혀 이렇게 외쳤다. "평화의 하느님! 제가 가증스러운 의식을 따르느라 모독해왔던 성스러운 하느님! 어인 뜻으로 기적을 동원하여 당신의 위대함을 드러내시나이까?" 이 말이 끝나자, 마치 카멜레온처럼, 그 영험한 십자고상은 저절로 세 차례나 색이 바뀌는 것이었는데, 주인과 두 하인의 눈에 처음에는 노란색이더니, 그다음에는 핏빛 붉은색, 마지막에는 점점 검은색으로 변해갔다.

　전 지역 주민이 놀라운 기적의 소식을 전해 듣고는, 그토록 경이로운 현장에 동참하고 싶어 했다. 잘츠부르크 영주는 조만간 개종할 뜻을 밝혔다. 카브르 씨와 두 하인의 행실도 고쳐졌다. 이 새로운 기적의 도시 방향으로 행군해오던 중 저절로 교화가 된 보병 세 개 연대는 세상 탐욕을 포기하겠다고 일제히 서약했다. 심지어 다수의 이교도까지 그와 같은 서약에 동참하

4
구약성서 「민수기」 22장 22-35절.

5
『교황 클레멘스13세에 의한 아스콜리 수사 퀴퀴팽 성인의 시성식』(1769).

는지라, 마침내 주교는 너무 많은 순례 행렬이 몰리는 것을 금하기로 결정했다. 뱀이 풀숲을 가르고 침투해 세상의 첫 여인을 유혹했듯이, 신앙에 대한 의혹이 몰래 스며들어 개선의 의지로 한껏 부푼, 그리하여 카브르 씨와 함께 미덕의 길로 들어서려는 많은 영혼에 치명적인 독을 주입하지나 않을지 걱정스러웠던 것이다.

그럼에도 주인은 정원을 성지처럼 꾸민 상태다. 잘라내고 남은 나무둥치 가까이에 경당(經堂)을 세웠고, 그 안에 신성한 나뭇가지를 안치했다. 그러고는 세인에게는 일절 공개하지 않고, 기독교계 고위 성직자가 하루빨리 신자들로 하여금 그 기적으로 마음을 정화할 수 있게 허락해줄 날만을 학수고대하고 있다. 카브르 씨로 말하자면, 몇 날 며칠을 가슴 저린 회개와 희열에 휩싸여 지내는 중이다. 자신을 개심케 해준 신성한 나뭇가지를 끊임없이 눈물로 적시면서, 기쁨에 넘치는 목소리로 계속 이렇게 외쳐대고 있다. "신성한 존재여, 제가 무엇을 했다고 당신께서 친히 저에게까지 이렇게 스스로를 낮춰 오셨나이까? 당신의 능력은 얼마나 위대한지요! 그것을 도저히 헤아릴 길이 없나이다! 그런 당신의 능력에 대항해 함부로 까불다가[6] 이 불경한 자 된통 한 대 얻어맞았나이다!"

IV
성찬(聖餐)과 부활

…우리의 순진한 심성에 들이대는 신성한 소설의 음흉한 기만술을 분석하기 위한 정신력이 필요하다. 나는 핵심적인 두 가지 신비 혹은 기적인 성찬과 부활의 원리에 논의를 한정하고자 한다. 아울러 그 두 가지 신앙의 문제가 어처구니없게 허물어지는 순간, 기독교라는 종교에 그 어떤 정당한 토대도 더 이상 남지 않을 것임을 천명한다.

먼저 성찬에 대한 논의부터 시작하자. 예수와 그 제자들

76

원문의 'se cabre'는 '말이 뒷발로 일어서다', '반항하다'의 뜻으로, 카브르(Cabre) 씨와 동음이의 관계인 말장난이다. 그 묘미를 살리는 뜻에서 '함부로 까분다'로 번역했다.

이 부활절을 준비 중이다. 원래는 돈이 한 푼도 없었는데, 유다가 배신한 대가로 최근 은화 30냥을 확보해둔 상태다. 그는 부활절을 기념하기 위해 필요한 음식을 사는 데 그 돈을 쓴다. 예수는 누군가 자기를 배신했음을 직감하고 있다. 식사를 마련하기 위한 돈을 제자들이 배신의 대가로밖에는 구할 수 없을 거라는 점을 그는 누구보다 잘 알고 있는 것이다. 비유로든 우화로든, 사사건건 모든 이야기를 해야 직성이 풀리는 그는 빵 조각을 쪼갠 뒤 이렇게 말한다. "모두 이것을 받아먹어라. 이는 내 몸이니라." 다시 말해서 '모두 이것을 받아먹어라. 이는 나의 몸값이니라'라는 뜻이다. 포도주를 가지고도 같은 말을 한다. "모두 이것을 받아 마셔라. 이는 나의 피이니라." 다시 말해서 '나의 피값이니라'라고 한 셈이다. 왜냐하면 너희들이 나를 팔지 않고서는 이걸 구하지 못했을 테니까. 무척 간명하면서 상당히 우스꽝스럽긴 하지만, 이것이야말로 문제의 의식(儀式)에 대해 당신이 유일하게 상식 선에서 할 수 있는 진솔한 해석일 것이다. 우리가 이 사건을 기념한답시고 똑같은 행위를 비유적으로 수행하는 것이 큰 문제가 되지는 않을 것이다. 아무 쓸데없는 짓이긴 하겠지만, 단지 그뿐일 터. 반면, 고대 로마의 종교에서 우리가 그런 일에 임했던 방식은, 하늘의 벌을 받아야 마땅한 — 실제로 그런 것이 우리 삶에 개입했다면 말이지만 — 흉측한 우상 숭배인데 말이다.

이제 부활 얘기로 넘어가보자. 이 기적은 이론의 여지없이 기독교적 계책이 총동원된 가장 중요한 작품이다. 만약 그것이 진짜 일어난 일이라면, 온 우주가 예수를 신으로서 찬양해야 마땅하며, 즉시 그가 설파한 종교를 따라야 한다. 만약 그것이 거짓일 경우엔, 그 종교는 사기 중에서도 가장 파렴치한 사기에 지나지 않으며, 그것을 아무리 과격하게 뿌리 뽑는다 해도 지나치지 않을 것이다.

스승이 죽은 후, 제자들에게 남은 가장 자연스러운 설명 방법은 어떤 것일까? 그분이 설파하신 교의를 모종의 충격적인 방식으로 뒷받침하지 않는다면, 우리는 사람들 눈에 한심한 사기꾼으로밖에 보이지 않을 것이며, 어쩌면 생명이 위태로워질지도 모른다. 이를테면 모 아니면 도인 상황인 것이다. 그분은 살아생전 자신이 부활할 것이라고 말했다. 그러니 일단 그분을 사라지게 해야 한다. 그리고 나서, 부활했다고 말하자. 결국 복음서에서 호모 디베스(*homo dives*)[7]라고 좋게 소개할 만큼, 제자들 중 제일 부유했던 아리마태아 사람 요셉이 나서서 폰티우스 필라투스에게 예수의 시신을 매장할 수 있게 해달라며 허락을 구한다. 원래부터 이 사안에 별 관심이 없는 데다, 예수라는 사람을 일개 미치광이로밖에 보지 않았을 뿐, 전혀 못된 인간이 아니었던 필라투스는 흔쾌히 허락해준다. 요셉은 예수를 동굴 무덤에 안치한다. 그리하여, 사라질 필요가 절실한 시체 하나가 패거리 중 가장 영향력 있고 가장 부유한 인물의 수중에 떨어진 것이다. 결국 그 이튿날에는(*altera autem die*),[8] 요셉이 이미 시신을 제멋대로 처분한 상태일 수도 있다는 얘기다. 하지만 아직은 그렇게 하지 못한 상황을 가정해보자. 가령 봉인을 통해 시체가 존재함을 확인해두는 것은 충분히 있을 법한 상황이다. 요컨대 다음 날 수석 사제들이 필라투스를 찾아가 이렇게 말한다. "나리, 저 사기꾼이 살아 있을 때, '나는 사흘만에 되살아날 것이다'라고 말한 것을 저희는 기억합니다. 그러니 셋째 날까지 무덤을 지키도록 명령하십시오. 그의 제자들이 와서 시체를 훔쳐내고서는, '그분은 죽은 이들 가운데서 되살아나셨다'라고 말할지도 모릅니다. 그러면 이 마지막 기만이 처음 것보다 더 해로울 것입니다(*et erit novissimus error pejor priore*)."[9] 이에 필라투스가 동의하고, 무덤엔 경비가 세워진다. 그런데도 시체가 사라진다. 경비병들은 제자들이 와서 시신을 가져갔다고 말한다. 사기를 통해 왜곡된, 그리하여 진실을 떠받칠 만한 점들이 실종된 사실을 자연스러운 견해로 되돌리려 할 때마다 중요한 것은, 그 내용의 진위를 어디까지나 신빙성의 기준에 입각해서 판단해야 한다는 것이다. 사실의 내용이 자연스러울 때, 그것은 이성과 양식의 빛

[7]
'부유한 사람'이란 뜻이지만, 그 부유함에는 금전적 차원 이상의 폭넓은 의미가 담겨 있다.

[8]
「마태오복음」 27장 62절.

[9]
「마태오복음」 27장 63-65절.

에 반(反)하는 사실보다 항상 더 바람직하기 마련이다.

그렇다면 이 경우 신빙성이란 어떤 것인가? 바로 이런 것이다. 요셉은 처음부터 자기 주관하에 처리하려고 스승의 시신을 요구한 것이며, 그 시신을 사라지게 한 뒤, 대중에게 부활을 선언하는 것이 얼마나 중요한 일인지 잘 알고 있다. 그런 그는 자기 계획을 단번에 가로막을 경비병의 존재에 맞닥뜨리자 적잖이 당황한다. 딱 한 가지 방법이 있는데, 그 당시 워낙 잘 알려진 방법이라, 안 써먹었을 리가 없다. 그것은 팔레스타인 지역에 아주 풍부했던 아편 같은 수면 성분의 약물을 포도주에 섞어, 경비병들에게 피로나 풀라며 권하는 것이다. 작전은 성공한다. 병사들은 포도주를 마시자마자 곯아떨어지고, 요셉은 다른 제자들의 도움을 받아 시신을 들어낸 뒤, 부활을 선포한다.

V

남편 몰래 바람을 피운 다음, 고해성사를 보러 가라. 분명히 말하지만, 좋은 평판을 얻기 위해 이만한 방법이 세상에 없다. 물에 불린 작은 밀가루 조각 하나 혀끝에 얹고, 그와 더불어 약간의 빈정거림 혹은 횡설수설, 남편에게는 좋을 것 없는 약간의 방책,[10] 그러고도 순조롭게 천국에 가지 못한다면 나를 멍청이라 불러도 좋다!

VI

사드 후작이 쓴 「종교의 요람으로서 이집트에 관한 소논문」에 대한 퓌제 기사(騎士)의 반론과 저자의 응답

퓌제 기사님의 반론

저는 이 문제와 관련하여 이집트인이 아시아 민족과 비교해 우선하는 입장이라는 견해를 납득할 수 없습니다. 저는 항상 칼데아[11]와 페르시아의 평원 지대를 이 세상의 요람으로 보아왔거든요. 이는 다음과 같은 문제를 따져볼 때 그렇습니다.

10
'밀가루 조각'은 고해성사 후 영하는 성체를 의미하며, 나머지는 고해신부의 조언이랄지 보속에 따른 지침(예컨대 당분간의 금욕 생활) 같은 것을 의미하는 듯하다.

11
고대 메소포타미아문명의 발상지였던 바빌로니아 남쪽의 옛 지명.

i. 시바교.[12]

ii. 천문학을 낳은 태양과 불의 숭배 의식.

iii. 바빌로니아인의 천문학 연구. 알렉산드로스대왕이 아리스토텔레스에게 보낸 그곳의 황도대(黃道帶)는 시기상 수백 년 된 것이었으며, 그 이전부터 오랜 세월 이어 내려온 문명의 존재를 보여주는 것이었다.

iv. 역사가들이 입을 모아 증언하는 내용과 바이 씨[13]가 아틀란티스에 관하여 펴낸 책에서 개진한 생각들. 비록 나는 그 정도 위도상에 세계의 요람이 존재했을 거라고는 믿지 않지만.

이상 열거한 문제들과 더불어, 이집트가 세계 문명 및 종교의 요람이라는 생각을 할 수 없는 또 다른 이유는 아래와 같은 점들을 고려했기 때문입니다.

v. 나일강이 지속적으로 휩쓸어버리는 습한 범람의 땅이 칼데아처럼 온화한 기후와 비옥한 평야를 갖춘 땅을 제치고 이른바 '선택받은 땅'이 된다는 게 과연 가능한 일일까?

vi. 그렇게 오래된 민족이 나일강의 수원을 수천 세기 동안 까마득히 모를 수가 있나? 그보다 훨씬 더 먼 곳에 위치한 갠지스강의 수원도 찾아갔으면서 말이다. 이집트의 경사진 토지가 끊임없이 수원을 향해 거슬러 가도록 만들지는 않았을까? 그토록 오랜 세월 고립된 채로 생존한 민족이 일본과 중국에 식민지를 개척하려고 남쪽으로 거슬러 가는 동안, 1천여 리에 걸쳐 소수 미개민족들을 쫓아낸 것이 아니었을까?

vii. 종교의 요람은 아시아 한복판의 시바교 안에 존재한 것이 아니었을까? 그 중앙부에서 고위 성직자 중심의 마기교[14]가 아시아의 종교의식을 동양의 중국과 일본에 전한 것이 아닐까? 그로부터 주변 지역으로 다시 퍼져 나가 서양의 이집트로, 그다음 그리스와 로마로 퍼져 나간 것이 아니었을까?

이런 문제를 두고 지역 간 우선권을 부여하는 이유는 무엇인지요? 이집트 종교의식이 시간적으로 선행한다는 주장의 근거가 도대체 무엇인가요? 부디 깨우침을 주시길 청합니다.

12
파괴와 생식의 신으로 네 개의 팔, 네 개의 얼굴, 세 개의 눈을 가진 시바를 최고신으로 숭배하는 힌두교의 한 종파.

13
장실뱅 바이(Jean-Sylvain Bailly, 1736-93). 정치가, 천문학자.

14
고대 페르시아에서 태동한 조로아스터교의 전신.

사드 씨의 응답

위에 공개한 방주(旁註)에서 제기된 모든 반론들은 이미 제출한 「소논문」을 통해 광범위하게 해명되어 있다. 거기에서 우리는 논문에 힘을 실어줄 만한 모든 요점들을 갖추지 않은 채 종교의 요람 이집트라는 논지를 확립한 것이 결코 아니다. 부디 그 내용을 일별할 것을 권한다. 그러면 제기된 반론들의 일부는 저절로 해소될 것이다.

i과 ii에 대하여.

태양의 운행을 연구하기 전에 태양숭배부터 시작한 것이 확실한가? 아라비아의 베두인족이 태양신전을 세우기 훨씬 전에 별들의 운행을 알지 못했다고 생각하는가? 물론 태양숭배 의식은 지상에서 최초로 확인되는 종교의식이다. 종교의식 중에서도 가장 숭고하고 순수한 의식이 태양숭배 의식이다. 그런데 풍요로운 환경에서 태어나 태양을 그저 즐기기만 할 뿐, 특별히 감사하거나 요구할 무엇이 없는 민족보다 훨씬 이전에 태양숭배를 시작한 민족이 그 태양의 영향력을 가장 필요로 했을 거라는 생각은 왜 하지 않는가? 종교는 지리적 측면보다 정신적 측면을 고려하여 판단해야만 한다.

iii에 대하여.

세계의 어떤 민족도 이집트인보다 더 오래된 기념비적 건축물을 소유하지 못했고, 지구의 운명과 관련한 더 나은 역사적 기록물을 보유하지 못했다. 솔론[15]은 홍수의 조금이나마 긍정적인 점을 파악하기 위해, 이집트인에게 물어보았다. 당시 그들의 대답은 이런 것이었다. "분명 주기적으로 흐르는 진흙 강은 천지를 폐허로 만듭니다. 그 때문에 수많은 사람들이 피폐해지고요. 하지만 그로 인해 문자와 헐벗은 뮤즈들이 나타났답니다." 만약 솔론이 티그리스강과 유프라테스강 유역에서 이보다 더 많은 깨우침을 얻어낼 수 있다고 생각했으면, 그곳 사람들에게 묻지

81

15
아테네의 시인이자 정치가로 7현인 중 한 사람.

않았을까? 그러나 오랜 지식이라면 세상 어떤 민족도 이집트인 만큼 제공해줄 수 없다는 것을 그는 잘 알고 있었던 것이다.

iv에 대하여.

나는 바이 씨의 저작을 읽어본 적은 없지만, 당대의 많은 역사 가들이 지금 제시된 문제를 놓고 자신들이 무얼 이야기하는지 조차 잘 모르고 말을 한다는 사실은 잘 알고 있다. 그런데 내가 고대인들, 특히 스트라본[16]의 발언을 살펴볼 때는 전혀 사정이 다르다. 그의 저서를 들춰보면 매 쪽마다 나의 이론을 확증하는 이야기들을 발견할 수 있다.

v에 대하여.

기후의 온화함 여부는 그 기후 속에서 살아가는 민족이 종교에 대해 가질 수 있는 성향을 증명하는 요소가 되어서는 안 된다. 나는 분명히 말했다. 종교는 두려움과 희망이 낳은 딸이라고. 요컨대, 그 두 가지 동기가 가장 광범위하게 자리한 지역에서 최초의 신전을 찾는 것이 필요하며, 신전의 발견 가능성이 가장 확실한 곳은 바로 그런 곳이다. 그런데 나일강의 범람이야말 로 두려움과 희망의 동기를 부풀려온 요인이다. 다른 어떤 지역 의 족속에게서도 그런 현상을 찾아볼 수 없다. 노아의 홍수에도 불구하고 아주 오래전부터 호사스러운 브라만들은 신에 대해 서 조금도 염려하지 않은 채 시라즈산(産) 최고급 포도주를 들 이켜곤 했다. 그러는 동안 불행한 이집트인들은 척박한 황야에 조금이라도 더 진흙을 끌어들이기 위하여 온갖 형상의 신을 만 들어내고 있었다. 우르라는 도시에서 선량한 아브라함이 만들 던 소소한 목각 형상들로는 종교의 요람에 관한 오판을 도저히 할 수가 없다. 모든 조건이 충족된 이집트에서보다 일찍 종교가 태동했으리라고 볼 동기가 전혀 없는 칼데아 지방을 종교의 요 람으로 점쳐볼 여지는 전무하다는 얘기다. 우상숭배는 종교의 사치 풍조다. 반면 별과 식물, 강을 숭앙하는 것은 종교의 순수한 본질을 보여준다. 프락시텔레스가 그리스의 숱한 미녀들을 본떠 비너스상을 빚어내고 그걸 숭배하도록 내세웠을 때 아테네는 이미 불안정한 신심(信心)들로 득실거리고 있었다. 그리고 강이 가져다주는 질 좋은 진흙을 얻고자 나일강에 처녀를 던졌을 때 멤피스에는 신심 깊은 사람들만 가득했다.

이 대목에서 제기될 만한 반박이 또 있을 것이다. 가령 이렇게 물을 수 있겠다. 칼데아에서 우상을 만들기까지, 이미 오래전부터 별을 숭배하는 보다 순수한 형태의 종교의식이 그곳에도 있지 않았겠느냐고. 동의한다. 이미 오래전, 아브라함 시대에 칼데아에서도 여러 종교가 있었을 가능성이 얼마든지 있다. 그로써 꼭 이집트인보다 먼저 칼데아에서 종교를 따랐다는 것이 증명되는 것은 아니지만 말이다. 철학에서는 성서에서보다 더 오래된 연대를 인정할 수 있어야만 한다.

vi에 대하여.
식민지를 건설하는 것은 상업과 가르치려는 욕망, 또는 인구과잉이다. 하지만 대개 인간은 암거래를 하거나 지식을 습득하기 위해 자기 나라 밖으로 나선다. 이런 원리로 볼 때, 당신은 에티오피아 식민지 사람들이 무엇을 하며 살았을 것 같은가? 그런 데서는 굶어 죽든지, 호랑이한테 잡아먹히는 것이 다반사였을 터다. 고람 사막[17]의 검둥이들이 과연 티르[18]의 자줏빛 옷감이라든가 멤피스의 그 화려한 상품들을 대단하다고 생각할까? 그런 환락의 사물들이 크테시폰[19]의 부유한 시민 말고 다른 이들에게 어울리기나 했을까?

따라서 그런 것은 자국에서 향유할 수밖에 없었으며, 그렇게 향유함으로써 아시아의 나머지 지역까지 그 위세가 퍼져 나갔던 것이다. 반면 전 세계를 무려 3세기 동안이나 훑고 다니는 우리가, 아직도 단 네 명밖에 뚫고 가본 적이 없는 나일강의 급류를 이집트인이 거의 신경 쓰지 않고 살아간다 해서 그게 놀랄 일이겠는가? 한 번 더 강조하지만, 어떤 민족이 문명에서 이

83

17
에티오피아 북부의 사막.

18
옛 도시국가 페니키아의 중심 도시.
자줏빛 염료의 발상지로 유명하다.

19
고대 메소포타미아의 가장 큰 도시 중
하나. 페르시아제국의 수도였다.

룰 수 있었던 진보를 토대로 그 민족이 종교에서도 발전했을 것으로 판단해서는 안 된다. 종교의 기원은, 두려움과 희망 사이에 적절히 위치함으로써 신들의 도움이 가장 필요했던 민족에게서만 온전히 찾을 수 있는 것이다. 한데 바로 그런 민족이 이집트인이다. 이집트인을 제외하고는 어느 민족도 더 많이 구하고, 얻고, 감사하고, 탄원할 구실을 가진 적이 없었다. 할 일이라고는 그저 한가로이 거니는 것이 전부인 갠지스강 유역의 행복한 주민이 그 강의 수원을 어렵지 않게 찾아낼 수 있었던 반면, 이집트의 농사꾼은 어떻게든 자기 먹고살 것을 악착같이 일궈낼 생각뿐이었고, 이런 표현이 허락된다면 말이지만, 자신이 꾸며낸 신들에게 농사를 돌봐주고 부를 가져다줄 강의 범람을 축복해달라고 비느라 다른 건 신경 쓸 여유가 없었다.

vii에 대하여.

하나의 종교의식으로부터 몇 가지 사실들을 유추해내기 위해서는, 그 의식의 기원으로까지 거슬러 올라갈 뿐 아니라, 인간의 어리석음이 조장해낸 그 온갖 지류들까지 따라가보아야 한다. 그것의 현재 상태와 이전 상태를 살펴야 하며, 유구한 광기의 역사 속에 숨겨진 오늘날의 망상의 뿌리를 가능한 한 선명하게 밝혀내야 한다. 그런데 그리스, 로마, 기독교, 마호메트교 할 것 없이 모든 종교의 토대는 이시스와 오시리스의 비의(秘儀)에서 찾을 수 있다. 그리고 만약 그와 동일한 양상이 인도에서도 확인된다면, 가령 브라마, 비슈누, 루트렘[20] 셋이서 하나의 신을 형성한다는 교리를 결국 갠지스강 유역에도 우리의 신비 중 하나[21]가 존재한다는 증거로 받아들일 수 있다면, 이 대목에서 재론하기엔 너무 지루할 나의 「소논문」에서 이미 밝혔듯이, 그것은 이집트에서 발원한 무언가가 인도 갠지스강 유역에까지 이르렀음을 보여주는 사례로 이해할 수 있다. 한번 잘 생각해보라. 공자가 공부하러 갔던 곳이 바빌론인가? 이집트다.[22] 그렇기 때문에 내 눈에는 중국에서 멤피스의 종교의식 일부가 보

20
시바의 다른 이름.

21
성부, 성자, 성령으로 이루어진 삼위일체의 신비를 의미한다.

22
출처가 불분명한 주장이다. 르네상스 시대부터 시작해 1820년대 샹폴리옹이 로제타석을 해독하여 본격적으로 이집트학이 성립되기 직전까지, 유럽 대륙은 여러 확인되지 않은 여행 보고서와 불확실한 추정의 글들로 인해 고대 이집트에 대한 비현실적(romanesque)이고 황당무계한 논의가 문학뿐 아니라 정치, 종교, 철학, 역사 등 지식의 거의 모든 분야에 만연하는 분위기였다. 사드의 이 주장은 그런 사례 중 하나로 인용되기도 한다. 샹탈 그렐(Chantal Grell), 『상상의 이집트. 르네상스에서 샹폴리옹까지(L'Égypte imaginaire de la Renaissance à Champollion)』(2001) 참조.

이는 거다. 피타고라스와 플라톤이 윤회의 교리를 습득한 곳이
바빌론인가? 이집트다. 그런 연유로 나는 그리스에서 이시스 숭
배 의식의 일단을 확인하는 거다. 마지막으로 예수그리스도가
생의 20년을 보낸 곳이 바빌론인가? 바로 나일강 유역이다. 내
가 그의 종교에서 오시리스 신관들의 가르침 일부를 확인하는
이유가 바로 거기에 있다.

　부디 이집트의 기념비들, 상형문자와 오벨리스크를 유념해
서 한번 살펴보시라. 그들이야말로 가장 오래된 보물임을 입증
하는 더할 나위 없는 증거들을 거기서 발견할 수 있으리라. 아
우구스투스가 그 나라의 오벨리스크들을 로마로 가져오도록
했을 때, 그것들을 가지러 갔던 로마의 일꾼들이 입을 모아 말
하기를, 그곳 채석장 깊숙이 잊힌 채 방치되어온 오벨리스크들
이 상당히 많았다고 했다. 한데 거기에는 지금 가져온 것들과는
사뭇 다른 상형문자들이 빼곡했고, 아주 오랜 세월 그곳에 파묻
혀 있는 것 같더라는 것이다. 이른바 니므롯[23]이 오늘날 바그다
드가 위치한 장소에 바빌론을 건설하려고 하기 훨씬 전, 이미
이집트라는 곳에는 위대한 예술적 기념비들이 즐비했었다는
얘기다. 다 같이 전문가의 눈으로 팔미라와 바빌론의 폐허들을
탐색해보자. 아무리 뒤져도 거기에선 이집트의 유적에서 출토
되는 기이하고 투박한 모양의 오래된 잔이랄지, 특히 미라에 고
스란히 투영된 기괴한 조각상을 발견하기는 어려울 것이다.

　인도인은 한마디로 자기들 신화의 거의 전부를 피타고라스
에게서 따왔는데, 피타고라스는 오로지 이집트에서 공부한 사
람이다. 헤로도토스와 알렉산드리아의 클레멘스, 그 밖에 고대
의 거의 모든 작가들은 최초의 종교적 도그마가 이집트에서 나
왔다는 사실에 결코 이의를 달지 않았다. 아울러 「아메리카에
관한 소논문」에서 내가 적시한 경로를 따라 그 도그마가 이집
트에서 인도로 전수되었다는 사실에도 전혀 토를 단 적이 없다.

　이집트의 우위에 대한 의혹이 싹튼 배경에는 이집트와 인
도 두 나라 사이의 획기적인 상업적 교류가 자리한다. 그러나

23
노아의 아들 중 한 명. 그가 세운 왕국의
수도가 바벨(바빌론)이다. 「창세기」 10장
8-12절.

공정한 태도로 차분하게 고찰해 봄으로써 인문주의자라면 누구나 나와 같은 의견에 도달하고야 만다.

VII
같은 주제에 관한 짧은 글

…역사에서는 어떤 흐름이 끊겨, 다시 이어 붙이기가 불가능해질 경우, 오로지 신빙성을 따져 진실을 추정할 수밖에 없다는 점을 감안한다면, 이는 충분히 가능하고 개연성 있는 이야기로 다가온다.

어쩌면 방금 우리가 논한 내용이 신대륙에서 최근 관찰된 유사점만큼이나 신기한 또 다른 유사점들을 상당 부분 이해함에 도움이 되어줄지 모른다. 가령 멕시코로 건너간 중국 출신 이주민 우두머리가 오로지 이집트의 사상 체계에서 길어온 거의 기독교나 마찬가지인 종교를 가지고 있었다면, 오늘날 유럽의 4분의 3을 잠식한 종교가 멕시코로 건너간 그것과 동일한 진원지를 갖는 것 또한 당연하다는 점을 아마도 독자는 간파하게 될 것이다. 결론은 반박의 여지가 없다. 공자와 예수그리스도는 너무도 많은 특징을 공유하고 있으며, 그 특징들이 이집트의 사상 체계에 근접해 있어, 둘 다 같은 우물에서 물을 길어왔다는 생각을 하지 않을 수 없는 것이다. 심지어 그 둘이 그곳을 여행한 정확한 시기까지 적시할 수도 있을 듯하다. 어찌 됐든, 둘 다 대단한 거물이었으며, 탁월한 입법자였다. 위대한 설교가인 그 둘은 당시보다 훨씬 계몽된 시대에도 여전히 숭앙의 대상이 될 만큼 훌륭한 도덕을 설파했다. 하긴 어차피 속고 살 팔자인 인간에게 무엇이 더 필요할까? 그나마 미덕에 대한 유익한 환상으로 속고 살면 다행. (신성하든 그렇지 않든) 그런 환상은 인간의 발전에 도움이 될지니, 우리는 그걸 성공적으로 해내는 존재를 언제까지나 받들어 모실 일이다.

신에 대한 사색

✳

신은 인간에게, 태어나면서부터 맹인인 자에게 색(色)이 의미하는 딱 그만큼의 존재다. 맹인이 색을 가늠하기는 불가능하다. 그러나, 당연한 얘기지만, 색이라는 건 분명 존재한다. 즉, 맹인이 색을 가늠하지 못해도 그건 감각의 문제이지, 색의 문제가 아닌 것이다. 마찬가지로, 인간이 신을 이해하지 못한다면 그것은 지각의 문제이지, 신이라는 존재의 문제가 아니다.

그리고 바로 거기에 역설이 도사리고 있다. 색의 명칭과 특성들, 또는 차이점들은 감각을 통해 우리가 그것을 구별할 수밖에 없었던 필연성에 따른 관습의 산물일 뿐이다. 하지만 색의 존재는 필연적인 것이 아니다. 다시 말해서, 갈색으로 염색된 리본을 실제로 갈색이라고 단정하는 건 매우 경박한 짓이라는 얘기다. 거기 실재하는 것은 우리의 관습일 뿐이다. 신도 마찬가지다. 신이 우리의 상상 속에 나타날 때, 그것은 색이 맹인의 뇌리에 떠오르는 방식, 예컨대 누군가 무엇이 있다고 말할 때 아무것도 그 실재를 증명하지 않아, 결국 그 무엇이 아예 있지 않을 가능성이 다분한 방식으로밖에는 나타나지 않는 셈이다. 따라서 당신이 맹인에게 리본을 내밀면서 그것이 갈색이라고 말할 때 당신은 그에게 어떤 개념도 제공하고 있지 않을뿐더러, 그를 설득하기 위해 무기라도 들이대지 않는 한, 그가 부정할 수 없을 그 어떤 것도 이야기하고 있지 않는 것이다. 마찬가지로, 당신이 사람을 상대로 신을 이야기할 때 당신은 그에게 어떤 개념도 제공하고 있지 않을뿐더러, 그를 설득하기 위해 최소한의 실질적인 논증조차 들이대지 않는 한, 그가 얼마든지 거부할 수 있는 어떤 것을 그의 상상 속에 주입하고 있는 것에 불과하다.

요컨대 신은 인간에게, 색이 태어나면서부터 맹인인 자에게 존재하는 것 이상으로는 존재하지 않는다. 따라서 색이 존재하지 않는다라고 단언할 권리가 맹인에게 있는 것처럼, 신이 존재하지 않는다라고 확언할 권리가 인간에게는 있다. 왜냐하면, 색이란 실재하는 어떤 것이 아니라 단지 관습의 산물일 뿐이며, 모든 관습의 산물은 인간의 감각에 영향을 주고 그로 인해 지각됨으로써만 인간의 정신 속에 그 실재성을 획득할 수 있기 때문이다. 하나의 대상은 오감을 가진 모든 인간에게 실재하는 것일 수 있되, 그것을 감지할 감각이 없는 자에게는 그 존재가 의심스럽거나 심지어 있으나 마나 한 것일 수도 있다. 그러나 전적으로 이해할 수 없거나 감각을 통한 지각이 완전히 불가능한 대상은 아예 그 존재 자체가 무의미해지며, 색이 맹인에게 그런 만큼 무의미해진다. 고로, 색이 그것을 체득할 감각이 없는 맹인에게 무의미하다면 신 역시 그를 지각할 감각을 갖지 않은 인간에게 무의미한 것이며, 바로 그렇기 때문에 그 신은 색과 마찬가지로 관습상 존재할 뿐, 그 자체에 실재성이 있는 것은 아니다. 정상인의 개입이 차단된 맹인 사회에도 실재성을 갖추지 못한 대상들을 표현하기 위한 관습상의 명칭들이 존재하는 법이다.

신이라는 이름으로 포장한 이 그럴듯한 망상을 가만히 들여다보건대, 우리가 사는 세상은 그런 맹인 사회와 다르지 않다. 우리는 필요하다고 생각했을 뿐, 그걸 만들어내고자 하는 우리 자신의 욕구 말고는 다른 존재 이유를 갖지 않은 대상을 상상한 것이다. 이와 같은 기준에서 가늠해보자면, 인간 윤리의 모든 원칙들은 자멸하고 말 것이다. 윤리적인 모든 의무가 관습의 산물일 뿐이기에, 마찬가지로 망상에 불과한 것이니까 말이다. 인간은 말했다. "이것은 나에게 이롭기 때문에 미덕일 것이오, 저것은 나에게 해롭기 때문에 악덕일 것이다"라고. 어떤 본연의 실재성도 갖추지 못한, 맹인 사회의 전형적인 관습이 바로 그런 식이다. 자연의 숭고한 신비에 비추어 우리의 나약함을 판단하는 진정한 방법은 우리보다 지각이 모자란 존재들의 나약함을 판단해보는 것이다. 우리에 비해 그들의 모자란 점은 자연에 비해 우리의 모자란 점과 같기 때문이다. 맹인은 자신의 욕구와 자기가 가진 능력의 부실함에 비추어 적절한 관습을 만들어간다. 마찬가지로 인간은 자신의 보잘것없는 지식과 초라한 전망, 소소한 욕구에 비추어 그에 걸맞은 법을 만들어냈다.

하지만 그 모두 안에서 실재하는 것은 아무것도 없으며, 기능 면에서 우리보다 열등한 사회가 이해하지 못하거나, 감각이 풍부하든지 기관이 섬세하여 우리보다 월등한 사회가 간명하게 부정하지 못할 만한 것은 아무것도 없을 것이다. 우리가 만든 법, 우리의 미덕과 악덕, 우리가 상상한 신들이란 우리보다 두세 감각이 더 발달하고 감수성이 배가된 사회에서 보기에 모두 하찮게 보일 테니까 말이다. 왜 그럴까? 그런 사회라면 보다 완벽하고 자연에 보다 근접해 있을 것이기 때문이다. 그 결과 우리가 상상할 수 있는 가장 완벽한 존재는 우리의 잡다한 관습들로부터 현저하게 멀리 떨어져 있을 것이고, 우리보다 열등한 사회의 관습들이 우리 눈에 그렇게 보이듯, 우리의 관습들을 더없이 하찮게 여길 것이다.

사슬을 따라가보자. 그래서 자연 그 자체에 도달해보는 거다. 그럼 작금에 우리가 말하는 모든 것, 우리가 인위적으로 조정하고, 결정하는 모든 것이 자연의 완벽한 의도에서 얼마나 동떨어져 있으며, 저 맹인 사회의 법이 우리의 그것에 뒤쳐져 있듯, 얼마나 뒤쳐져 있는지를 쉽게 이해할 것이다. 감각이 없으면 사고도 없는 법. 요컨대, 감각 속에 있지 않았던 것이 머릿속에 있을 수 없다[1]는 것이 이전의 지식 체계를 지탱해온 거대한 기반이자 진리다. 니콜 선생[2]이 자신의 주저 『포르루아얄 논리학』을 통해, 진정한 철학 전반에 걸쳐 명약관화한 저 공리를 깨부수고자 했다니 그저 놀라울 뿐이다. 그는 주장한다. 우리의 정신 속에는 감각으로 터득한 개념 말고 다른 종류의 개념이 들어설 수 있으며, 그런 식으로 감각을 배제한 채 우리가 거머쥘 수 있는 중요한 개념들 중 하나가 바로 이것이라고. 나는

89

1
토마스 아퀴나스의 『진리론』(1256-9) 중에서.

2
Pierre Nicole(1625-95). 17세기 데카르트주의를 대표하는 신학자, 논리학자.

생각한다. 고로 나는 존재한다. 저자는 또 이렇게 말한다. 이 개념은 어떤 소리도, 색도, 냄새도 가지지 않으므로, 감각의 소산이 아니라고. 어쩜 그런 엉터리 추론을 할 정도로 학교에서 배운 보잘것없는 것에 목을 맬 수 있을까! 나는 생각한다, 고로 나는 존재한다는 이 탁자는 평평하다는 것과는 분명 다른 종류의 개념이다. 후자의 경우는 촉각이 그 증거를 내 정신에 제공하기 때문이다. 나는 전자와 같은 개념이 어떤 특정한 감각의 작용이 아니라는 데 동의한다. 다만 그것이 모든 감각의 총체적 작용으로 빚어진 결과인 것만은 틀림없기에, 만약 인간이 아무 감각 없이 생존하는 게 가능하다면, 나는 생각한다, 고로 나는 존재한다와 같은 개념을 떠올리기가 결단코 불가능할 것이다. 요컨대, 문제의 개념은 우리의 어떤 특정한 감각의 작용은 아닐지언정 모든 감각의 작용이 빚어낸 결과이기에, 그것으로는 감각을 배제하고 개념을 터득하는 것이 불가능하다는 저 난공불락의 위대한 명제를 깨부술 수가 없다. 종교가 이에 동의하지 않는다는 걸 나는 안다. 그런데 철학적 문제에 관한 한 종교는 가장 고려하지 말아야 할 세계의 산물이다. 그것은 철학의 모든 원리를 제일 심하게 흐릴뿐더러, 일체의 진실을 파괴하는 신앙의 우스꽝스러운 멍에에 인간을 가장 굴욕적으로 옭아매는 요인이기 때문이다.

진실[1]

✼

무엇인가, 저 무능하고 무익한 허깨비,
사기 치는 사제들의 가증스러운 무리가
바보를 상대로 떠벌리는 저 잡신은?
자기들 광신 집단에 나를 끌어들일 셈인가?
아! 천만의 말씀이로다, 내 장담하나니,
저 역겹고 괴이쩍은 우상,
저 망상과 조롱의 자식이
내 마음 조금이나마 건드릴 일은 없으리.
뿌듯하고 당당하게 쾌락주의 고수하며,
무신론의 품에 안겨 나 마지막 숨 거두리라.
나를 겁박하려고 들먹이는 야비한 신
신성모독을 위해서만 내 입에 담으리라.
오냐, 헛된 환상아, 내 영혼이 너를 혐오하니,
그 점 단단히 못 박아 이참에 제대로 확인시켜주마.
이제 당분간 네가 존재하길 바라는 건
너를 더 잘 모욕하는 재미 누리기 위함이라.

저 지독한 망령이 대체 무엇이기에,
저 망나니 신, 저 끔찍한 존재,
눈에는 안 보이고, 정신에도 안 떠올라,
미친놈은 두려워하고, 현명한 자는 비웃는데,
아무것도 느낄 수 없어, 아무도 이해하지 못해,
미개한 자들 허구한 날 떠받들며 쏟아낸 피가,
전쟁과 분노한 테미스[2]의 응징으로
천년 동안 흘린 우리의 피보다 많단 말인가?[3]
저 신격화된 악당, 분석을 해도 소용없고,

91

1
사드는 이 시 표제 그림(frontispice)의
제작을 위해 직접 고안한 내용을 다음과
같은 메모로 남겼다. "알몸인 젊은
미남자가 마찬가지로 알몸인 여자를
비역질하면서, 한손으로 그 머리채를
휘어잡아 자기 쪽으로 끌어당긴 채,
다른 손으로는 그 가슴을 단도로 찌른다.
그의 발 아래에는 삼위일체의 세 주체와
더불어 온갖 종교적 우상이 짓밟혀
있고, 머리 위에는 화관을 쓴 자연이
영광의 자태를 드러낸다. 이와 같은 판화
아래 다음 시구가 새겨진다— 최대한
극악무도한 취향에 끊임없이 우리를
내맡기자." (『사드 후작 전집, 결정판』,
7권[XIV], 1967)

2
법과 정의의 여신.

3
종교 분쟁이나 학살로 인한 인명
손실은 지금까지 5천만 명을 웃도는
것으로 추산된다. 그중 한 마리 새가
흘린 피만큼이나마 소중하게 다루어진
희생이 단 하나라도 있는가? 신보다
더 혐오스러운 것, 더 무지몽매하고,
더 위험하며, 더 해괴망측한 개념이
없거늘. 여태껏 그 신보다 소중한 인명을
그토록 많이 희생시켰으면, 이제 당연히
철학은 신을 말살하기 위한 전격적인
무장투쟁에 나서야 하지 않겠는가?

연구를 해도 마찬가지, 철학자인 나의 눈엔
그대들 종교의 그 동기라는 것도,
조금만 파고들면 곧바로 허물어질,
온갖 모순 버무린 잡동사니에 불과하지.
두려움의 산물이자, 희망의 소생이랄까.[4]
우리가 멋대로 모욕하고, 맞서고, 엇나가도,
떠받드는 이들 손에서 차례차례
공포와 환희 혹은 현혹의 대상으로 둔갑하는
그것을 우리의 정신은 납득할 수가 없어.
사람들 미혹하는 사기꾼의 세 치 혀 타고
우리네 서글픈 운명 위에 군림하는 그것,
때로는 심술궂게, 때로는 너그럽게,
때로는 학대하고, 때로는 아버지 노릇도 해가며,
열정과 습관, 성향과 견해에 따라
용서의 손을 내밀거나 응징의 손을 쳐들지.
바로 그것이, 사제가 우리에게 속여 파는 황당한 신이라네.

하물며 거짓에 얽매인 자가 무슨 권리로,
자신이 사로잡힌 오류를 내게 강요하는가?
지혜로써 신을 포기한 나에게
자연의 법을 설명해줄 신이 필요할까?
자연 속에서 만물이 운동하니, 그 창조의 가슴은
따로 동인(動因)의 개입 없이도 매 순간 뛰노라.[5]
저 이중의 장해로부터 내가 무어라도 얻어내는가?
그 신이라는 존재가 우주의 원인을 드러내주나?
그가 창조한다면, 그 역시 창조된 처지. 나는 여전히
그의 개입을 용인하는 것이 불안하기만 해.
지긋지긋한 속임수야, 꺼져라, 내 마음으로부터 멀리 꺼져.
이제 그만 사라지고, 자연의 법칙에 자리를 넘겨.
자연 혼자서 모든 걸 만들었다. 너는 단지 무(無)일 뿐,

4
신이라는 개념은 인간이 두려움에
사로잡히거나 희망에 복받칠 때
비로소 생겨났다. 이 망상이 거의 모든
인간에게서 발견된다는 점은 오직 그 한
가지 사실로 설명이 된다. 보편적으로
불행에 허덕이는 인간이란 존재는
시간과 장소에 관계없이 두려움과
희망의 동기를 가지고 있었다. 어디서나
불행이 끝나기를 희망한 것처럼,
어디서나 자기를 괴롭히는 무언가가
있다고 생각한 것이다. 삶에 반드시
따라붙는 불행이 곧 그 삶의 본질임을
깨닫기엔 너무도 무지하거나 순진했기에,
인간은 자기가 겪는 불행을 주관할 만한
존재를 상정하면서, 탐구하고 경험하면
누구나 그 허망함에 눈을 뜰 허깨비들을
줄기차게 만들어낸 것이다.

두려움이 신들을 만들어냈고, 희망이
그들을 유지시켜 주었다.

5
자연에 관해 조금만 연구해보아도
우리는 그것이 영속적인 운동 중에
있음을 확인한다. 자연이 돌아가는
법칙을 주의 깊게 관찰하다 보면, 그
속에서 멸하는 것이 아무것도 없으며,
우리가 느끼기에 자연을 해치거나 그
소산물을 파괴하는 것처럼 보이는 현상
속에서 오히려 자연이 재생하고 있음을
확인하w는 것이다. 그런데 각종 파괴
현상이 자연의 유지에 필수적이라면,
'죽음'은 의미가 없는 일개 단어에 불과한
셈이다. 세상에 소멸이란 없으며, 오로지
변환만이 존재하기 때문이다. 이처럼
자연 속에서 벌어지는 운동의 영속성은
초월적 동인에 관한 관념 일체를
파기한다.

자연의 손이 거기서 우릴 꺼내 이렇게 빚어준 것이다.
그러니 사라지거라, 혐오스러운 망상아!
이 대기로부터 벗어나, 지구를 떠나거라.
이곳에서 앞으로 네가 맞닥뜨릴 것은
네 딱한 친구들의 거짓 횡설수설에 냉담한 마음들뿐이리!

나로 말하자면, 너를 향한 증오심이
워낙에 정당하고, 거대하고, 강렬해,
망할 놈의 신아, 내 기꺼이, 편안한 마음으로,
아니지, 신나게, 심지어 쾌감에 젖어,[6]
너의 처형자가 되어주마, 네 그 빈약한 실체가
내 암담한 복수심에 조준점을 제공해준다면,
내 팔이 마력을 다해 너의 심장까지 파고들어,
너를 혐오하는 내 심정 얼마나 혹독한지 증명해주마.
하지만 네게 타격을 주려는 것 자체가 헛된 바람이겠지.
누가 옭아매려 하든 너의 본질은 그걸 피해 달아날 테니까.
설사 너를 사람 목숨처럼 죽이진 못하겠지만,
나는 너의 위험한 제단을 왕창 뒤엎어버려,
신이라는 것에 아직도 사로잡힌 자들에게 보여줄 테다.
그들의 나약함이 찬양하는 저 시원찮은 미숙아가
정념에 종지부를 찍기란 애당초 무리라는 것을.

오 성스러운 운동이여, 대찬 압박이여,
언제까지나 우리 마음에서 우러날 경의를 받으시라,
진정한 현인들의 제단에 바칠 유일한 봉헌이여,
만고불변 그들 마음에 흡족할 유일한 선물이여,
우리의 행복 위해 자연이 마련할 유일한 처방이여!
그 막강한 위력에 우리를 맡기자,
그 난폭함이 우리의 정신 맥없이 굴복시켜,
아무 방해 없이 우리 위한 쾌락의 법률 제정케 하자.

93

6
사드의 이 시에는 이하 5행까지의 다른
버전이 다음과 같이 존재한다. "너의
신성을 향해 용두질을 할 테야. /
후장질을 해줄 테야, 네 그 빈약한
실체가 / 내 허랑한 방탕기에 아랫도리
내어준다면, / 힘센 팔 휘둘러 너의
심장을 후벼내고 / 가슴 깊은 증오로
너를 꿰뚫어버릴 테야."(『사드 후작
전집, 결정판』, 7권[XIV], 1967)

정념의 목소리가 권하는 것이 우리의 욕망을 충족시키나니.[7]

그것의 기관(器官)이 어떤 혼돈으로 끌고 들어가든

우리는 아무 후회나 고통 없이 순응해야 한다.

법을 따져보거나 관습을 살피지 말고,

자연이 정념의 손으로 우리에게 적어주는

모든 탈선행위에 열정적으로 임해야 한다.

자연의 신성한 속삭임만을 존중하자.

모든 나라에서 우리의 헛된 법률이 금하는 것은

자연의 계획에서 보면 더없이 가치 있는 것.

인간에게 끔찍이 부정(不正)한 것으로 보이는 것은

자연이 그 타락시키는 손으로 우리를 집적댄 결과일 뿐.

관습에 비춰 어떤 잘못을 범할까 노심초사해 봤자,

우리는 결국 자연을 보다 잘 영접하고야 말 뿐.[8]

그대들이 죄악이라 부르는 즐거운 행동들,

바보들이 부적절하다고 믿는 과도함이란

자연이 보기에 기분 좋은 일탈이며,

자연의 흥을 돋우어주는 성향이자 악덕일 뿐.

자연이 우리 안에 각인시킨 것은 오로지 숭고할 따름.

잔학한 짓 권하면서 자연은 희생양을 제공하니,

떨지 말고 가차 없이 해치우자, 자연의 뜻에 따라

어떤 잘못 저지른 것 아닌가 걱정할 필요 없다.

저 피투성이 손에 쥔 벼락을 살펴보자꾸나.

신전이건, 매음굴이건, 독신자(篤信者)건, 불한당이건,

아비건, 자식이건, 닥치는 대로 후려친다.

모든 짓이 자연에겐 즐거움. 범죄행위가 필요해.

우린 죄악을 저지름으로써 자연을 섬기는 셈.

우리 손이 더 많은 죄악 펼칠수록 자연은 더 높이 평가한다.[9]

자연이 우리에게 행사하는 강력한 권한 우리도 활용해보자.

최대한 극악무도한 취향에 끊임없이 우리를 내맡기자.[10]

살기 가득한 자연의 법은 그 어떤 것도 금하지 않아.

94

7

정념이 우리에게 불어넣는 모든 것에 무차별적으로 우리 자신을 내어주자. 그러면 우리는 항상 행복할 것이다. 사람들의 견해는 무시하자. 그런 건 그들의 편견이 발동한 결과일 뿐이다. 우리의 양심에 관해서는, 일단 녀석을 고분고분하게 만들고 나면 무어라 구시렁대든 걱정할 것이 없다. 양심이란 우리네 습관을 통해 언제든 잦아들게 할 수 있으며, 그 어떤 유감스러운 기억도 조만간 기분 좋은 무언가로 탈바꿈시킬 수 있다. 양심은 자연에 속한 기관이 아니다. 속지 말자, 양심은 잡다한 편견에 속한 기관에 지나지 않는다. 먼저 우리의 편견을 극복하자. 그럼 곧바로 양심은 우리에게 복종할 것이다. 미개인의 양심이 어떤지를 관찰해보자. 양심이 그에게 무언가를 비난하는지 물어보자. 가령, 그가 같은 미개인을 죽이고 그 몸을 먹을 때, 그의 안에서는 자연이 말을 하고 있는 것으로 보인다. 그때 양심은 조용하다. 바보들이 죄악이라 부르는 어떤 행위를 그는 자신이 아는 그대로 행할 뿐이다. 모든 것이 조용하고, 편안하다. 죄악에서 자양분을 구하고, 죄악을 통해 에너지를 보존하는, 피비린내 나는 자연이 가장 좋아할 만한 행동을 저지름으로써 그는 자연을 섬긴 것이다.

8

자연의 압박에 응할 뿐인 우리가 무슨 잘못이란 말인가? 인간과 그 인간의 작품인 법률은 우리를 그렇게 간주할 수도 있다. 하지만 자연은 결코 그와 같지 않다. 자연이 보기에 우리가 죄인일 수 있는 것은 오로지 자연을 거스를 때뿐이다. 자연을 거스르는 것만이 유일한 죄악이며, 그것만이 우리가 피해야 할 일이다.

9

자연이 죄악을 좋아한다는 게 분명해지는 순간, 자연을 가장 잘 섬길 사람은 당연히 자신이 저지르는 죄악의 강도보다 그 규모에 치중할 것이다. 무엇보다 죄악을 확대하는 것이 그 강도를 높이는 것보다 자연에게는 더 큰 즐거움임을 간파하고 있을 테니 말이다. 그냥 사람을 죽이는 것과 부모를 죽이는 것은 아주 다르다고 사람들이 암만 주장해도, 자연의 눈으로 보기에는 똑같다. 다만 첫발을 떼자마자 걸음을 멈추는 자보다 우주 가득 최대한 많은 난행을 풀어헤치는 자가 자연이 보기에 훨씬 더 예쁘다는 거다. 부디 이 같은 진실을 통해 정념의 고삐를 놓아버리는 자가 안심할 수 있기를. 또한 나쁜 짓을 많이 저지르는 것 이상으로 자연을 잘 섬기는 방법은 없다는 걸 확신할 수 있기를.

근친상간, 강간, 절도, 존속살해,

소돔의 쾌락, 사포의 유희,

인간을 해치거나 무덤 속에 처박는 모든 것은,

분명히 말하건대, 자연을 기쁘게 해주는 방법일 뿐.

신들을 쓰러뜨려 천둥을 빼앗자.

그 번쩍거리는 벼락 휘둘러

소름 끼치는 이 세상 마음에 들지 않는 모든 걸 까부수자.

그 무엇도 봐주지 말자. 자연의 악랄함을 모범으로

매사에 불온한 위업을 달성하자.

신성한 것은 없나니, 우주 만물이

우리의 왕성한 기벽(奇癖)에 굴복해야만 한다.[11]

우리가 파렴치한 짓을 더 많이, 더 다양하게 저지를수록

자연은 우리의 단단해진 영혼에 더 생생히 다가와,

우리의 추잡한 시도에 박차를 가하고 부추기면서,

매일매일 한 발 한 발 우리를 악행으로 이끈다.

그렇게 전성기 지난 뒤 자연의 음성이 우릴 다시 부르면

신들을 비웃으며 우리 그 곁으로 돌아가자.

보상해 주겠다며 자연의 도가니가 우릴 기다리니,

권세가 빼앗는 것을 필요가 돌려주어,

만물이 새로 나고, 만물이 재생하네.

어른이든 아이든 갈보가 어미라,

선하고 후덕한 자만큼이나 괴물에 악당인 우리

자연의 눈에는 언제나 소중하다네.

10
이러한 취향은 사실 인간이 무질서라
부르는 것을 부추기고 널리 확산시키는
만큼만 자연에 유용하고 소중하다.
그런 취향이 세상을 더 많이 절단하고,
무너뜨리고, 망가뜨리고, 파괴할수록
자연은 그것을 소중히 여긴다. 자연이
파괴를 지속적으로 요구한다는 사실이
그 점을 증명하고 있다. 그러니 자연의
계획에 쓸모 있는 존재가 되고 싶다면,
살아 있는 것을 파괴하든지 새로 나는
것의 싹을 자르자. 그리하여 수음 중독자,
살인자, 영아 살해자, 방화범, 남색가
등은 자기 욕동(欲動)에 따라 살아가는
인간이자, 결과적으로 우리가 모방해야
할 대상인 셈이다.

11
죄악의 길에 제동을 걸거나 장애물을
놓는 것은, 특별한 동기도 없이
무차별적으로 온갖 존재를 우리 처분에
맡겨버리는 자연의 법칙을 노골적으로
위반하는 행위다. 자연은 원래 우리가
얽매여 살아가는 인연의 끈이나
인과의 사슬을 하찮게 여기고, 이른바
파괴라 부르는 현상을 아무렇지도
않게 취급한다. 남매 간의 성행위는
연인 사이의 정사보다 나쁠 것이
없고, 자식을 죽이는 아비는 대로에서
마주친 생면부지의 타인을 살해하는
사람보다 조금도 거슬릴 것 없다는 게
자연의 관점이다. 자연의 눈으로 보기에
그것들의 차이점은 존재하지 않는다.
자연이 원하는 것은 죄악이다. 누구
손으로 저지르든, 누구 가슴에 저지르든,
그것은 중요하지 않다.

H. 비버슈타인(H. Biberstein)
「사드 후작의 상상 초상(Portrait fantaisiste du marquis de Sade)」

『구르당 양의 서한집 (Correspondance de Mme Gourdan)』(1866) 표제 그림.
아폴리네르가 편찬한『사드 후작 작품집』(비블리오테크 데 퀴리외, 1909)의 서문
「신성한 후작」에 재수록되었다. 이 책 106쪽 내용 참조.

자료

신성한 후작

기욤 아폴리네르

사드 후작의 전기 / 사드 후작은 바스티유 함락의
단초를 제공했나? / 사드 후작의 정치사상 / 그는 사형
제도에 반대했다 / 사드 후작의 인상착의 / 그의 성격 /
부세 대리인과 르누아르 씨에게 보낸 미라보의 편지 /
사드 후작의 광기로 추정되는 성향 / 그의 유언 / 사드
후작이 쓴 운문 / 사드 후작에 대한 오이겐 뒤렌
박사와 아나톨 프랑스 선생의 견해 및 에밀 슈베가
쓴 시행들 / 사드의 작품에 나타난 문명사에 대한
관심 / 사드 후작의 사회사상 / 그의 미발표 콩트 /
선구자 사드 후작 / 여성에 대한 그의 사상 / 『쥐스틴』
해설 / 『쥐스틴』의 원고 원본 발견 / 『쥘리에트』 해설 /
사드 후작과 의학 / 『소돔 120일』 해설 / 「플로르벨의
나날들」 / 『어느 문인의 잡문집』 / 형벌과 연극을
생각하는 사드 후작의 미공개 단평 / 그의 극작품 /
지라르 씨에게 보낸 편지 / 「사랑의 계략」과 관련한
미공개 메모 / 코메디 프랑세즈에 보낸 사드 후작의
미공개 서한 / 「옥스티에른」 / 몰리에르 극장 /
「옥스티에른」 재공연에 대한 『세계 신보』 기사
발췌문 / 베르사유와 샤르트르에서의 작품 공연과
관련한 사드 후작의 편지 / 「잔 레네 혹은 보베 공략」과
관련한 사드 후작의 편지 / 배우 사드 후작 / 사드
후작과 샤랑통에서의 공연들 / 사드식 극작법 / 결론

사드 후작의 상세 전기를 이 자리에 제시할 의도는 없다. 대신 그와 관련한 믿을 만한 책들을 독자들에게 권할까 한다. 다름 아닌 폴 지니스티 씨[1]와 오이겐 뒤렌 박사,[2] 카바네스 박사,[3] 자코뷔스 X 박사[4] 그리고 앙리 달메라스 씨[5]의 저작들이다. 사드 후작의 완전한 전기는 아직 쓰여지지 않았다. 머지않아 모든 관련 자료가 취합되면, 숱한 전설이 예전은 물론 지금도 에워싼 한 대단한 인물의 생애에서 베일에 가려진 점들이 낱낱이 밝혀질 수 있을 것이다.

지난 몇 년 사이 프랑스와 독일에서 진행된 작업은 이전의 많은 오류를 해소했으나, 아직도 바로잡아야 할 것이 많다.

도나시앵-알퐁스-프랑수아, 후작이면서 나중에는 백작이기도 했던 사드는 1740년 6월 2일 파리에서 태어났다.[6] 그의 집안은 프로방스에서 가장 유구한 역사를 지닌 가문 중 하나였으며, "붉은 방패에 황금 별이 위치하고 그 속에 또 붉은 왕관과 부리를 가진 검은색 독수리가 자리한" 문장(紋章)을 가문의 상징으로 삼았다. 집안 조상 중 한 명인 위그3세는, 페트라르카에 의해 불멸의 존재가 된 로르 드 노브(Laure de Noves)의 남편이었다.

사드 후작이(역사적으로 그에게 보장된 이 귀족 지위를 우리는 계속해서 호칭으로 사용할 것이다) 바로 그 위대한 시인에게 항상 열광 어린 찬사를 바쳤다는 사실을 전기 작가들은 아직도 간과하고 있다. 사드 후작은 시에 조예가 깊었으며,『사랑의 죄악(Les Crimes de l'amour)』속에는 페트라르카의 시정(詩情)에 대한 그의 애정이 여러 대목에서 드러난다. 열 살이 된 사드 후작은 루이 르 그랑 중등학교에 입학했다. 열네 살에 그는 근위 경기병대에 입소한 뒤, 소위 계급장을 달고 왕립 보병 연대에 부임했다. 이어 총기병대 중위로서 독일로 가 7년전쟁에 참전했고, 얼마 안 있어 대위로 진급했다. 뒬로르(『몰락 귀족 명부』, 파리, 1790)에 의하면, 그 당시 사드 후작은 아마도 콘스탄티노플까지 가 있었던 듯하다. 그 뒤 제대하여 파리로 귀환한 그는 1763년 5월 17일에 결혼했다. 이듬해[7] 첫아들 루이마리 드

1
폴 지니스티(Paul Ginisty),『사드 후작 부인(La Marquise de Sade)』, 파리, 샤르팡티에(Charpentier), 1901.

2
오이겐 뒤렌 박사(Dr Eugen Dühren),『사드 후작과 그의 시대(Der Marquis de Sade und seine Zeit)』, 베를린(프랑스어 판,『사드 후작과 그의 시대(Le Marquis de Sade et son temps)』, 번역 옥타브 위잔느[Octave Uzanne], 파리, 미샬롱[Michalon], 1901.『사드 후작과 그의 시대에 관한 최신 연구(Neue Forschungen über den Marquis de Sade und seine Zeit)』, 베를린, 막스 하르비츠(Max Harrwitz).

3
카바네스 박사(Dr Cabanès),『사드 후작의 광기로 추정되는 성향(La Prétendue folie du marquis de Sade)』, '역사의 밀실 시리즈(Le Cabinet secret de l'Histoire)', 제4편.

4
자코뷔스 X 박사(Dr Jacobus X),『의학과 현대문학 앞에 놓인 사드 후작과 그의 작품(Le Marquis de Sade et son œuvre devant la science médicale et la littérature moderne)』, 파리, 샤를 카링턴(Charles Carrington), 1901.

5
앙리 달메라스(Henri d'Alméras),『사드 후작, 인간 그리고 작가(Le Marquis de Sade, l'homme et l'écrivain)』, 파리, 알뱅 미셸(Albin Michel).

6
1767년 1월 아버지 사드 백작 사망 후 그 작위까지 물려받은 사드는 이후 백작과 후작의 작위명을 임의로 혼용한다.

7
실제로는 4년 뒤인 1767년.

100

사드를 낳았는데, 아이는 1783년 수비즈 보병 연대 중위로 복무하게 된다. 루이마리 드 사드는 1791년 외국으로 망명했다가 프랑스로 돌아온 뒤 판화가로 활동하면서, 1805년 『프랑스 국가의 역사』를 펴냈다. 장점을 많이 갖춘 이 책에서 저자는 특히 켈트 시대에 관한 새롭고도 심오한 지식을 풍성하게 선보였다. 그는 나폴레옹 치하에서 다시 군에 입대해 러시아를 상대로 한 프리틀란트 전투에 참전했고, 1809년 6월 9일 에스파냐에 주둔했다가 적군 유격대의 손에 저격당해 사망했다.

사실 사드 후작이 몽트뢰이 양과 결혼한 것은 자기 의지와는 무관한 일이었다. 정작 그가 결혼하고 싶어 한 상대는 그녀의 여동생이었던 것이다. 사랑하는 여자가 수녀원에 보내지자 그는 극심한 분노와 슬픔에 휩싸였고, 방탕한 생활로 빠져들었다. 사드 후작은 『알린과 발쿠르』에 자신의 유년기와 청년기에 해당하는 자전적 내용을 많이 담아냈는데, 물론 거기서 발쿠르가 본인이었다. 그런가 하면 『쥘리에트』에는 독일에 체류할 당시의 세부적인 체험들이 담겨 있다고도 볼 수 있다. 결혼하고 넉달이 지날 무렵, 사드 후작은 뱅센에 수감되어 있었다. 1768년에 과부인 로즈 켈레르 사건이 터졌다. 그 당시 세간에 떠돈 얘기에 비해 실제 사드 후작의 과오는 그다지 심한 편이 아니었던 듯하다. 사건의 전모가 아직도 명확히 밝혀지지 않은 상태다. 그에 관해 샤를 데마즈(『르 샤틀레 드 파리』, 디디에 에 시, 1863, 327쪽)가 기록한 내용은 다음과 같다.

샤틀레[8]의 경찰관들이 보유한 서류 가운데 사드 후작에 관한 정보 보고서가 있는데, 내용인즉 아르쾨이에서 그가 한 여자를 발가벗겨 나무에 묶어놓고는, 주머니칼로 야금야금 생채기를 냈다는 것이다. 뿐만 아니라 피투성이 상처에다 펄펄 끓는 촛농을 떨어뜨려 봉랍을 시도했다고 한다.

한편 카바네스 박사는 『의학 연보』(1902년 12월 15일 자)에서,

8
일명 르 그랑 샤틀레(Le Grand Châtelet). 19세기에 들어와 파괴되기까지 파리 경찰청사와 교도소가 자리한 구역이었으며, 현재의 샤틀레 광장이 바로 이곳이다.

샤를 데마즈의 책에 언급된 바로 그 대목을 주목하며 이렇게 부언하고 있다.

이는 신성한 후작과 관련하여 여전히 계류 중인 소송 내용을 명확히 하기 위해 재발견해서 출간할 가치가 있는 문건이다.

어쨌든, 1764년부터 마레 경감은 자신이 제출한 보고서 중 한 곳에서 이렇게 이야기하고 있다.

나는 이유는 따로 설명하지 않고 브리소 양에게 강력히 당부했다. 그에게 별장으로 데려갈 아가씨들을 제공하지 말아 달라고.

마레는 1767년 10월 16일 자 보고서에 다시 이렇게 적고 있다.

사드 백작의 끔찍한 행실에 관해서는 머잖아 이야기를 듣게 될 것입니다. 그는 파리 오페라극장 소속 여자 배우인 리비에르 양에게 자기와 함께 살자고 강요하면서 갖은 수를 다 썼는데, 공연이 없는 날에는 아르쾨이에 있는 자신의 별장에서 함께 지내는 조건으로 매달 25루이의 돈을 지불하기도 했습니다. 그녀는 이를 거부하고 있고요.

아르쾨이 별장은 '사제관'이라 불리는데, 떠도는 소문에 의하면, 분명 가공할 분위기로 연출된 난교 파티의 현장이었던 모양이다. 내 생각엔, 진짜 잔인한 행동까지 벌어지지는 않았을 것 같지만 말이다. 로즈 켈레르 사건은 사드 후작으로 하여금 두 번째로 영어(囹圄) 생활을 하게 만들었다. 그는 소뮈르 성에 이어 리옹에 있는 피에르앙시즈 감옥에 수감되었다. 그리고 6주 후, 그는 다시 자유의 몸이 되었다. 1772년 6월에는 마르세유 사건이 터졌다. 이는 사실 과부 켈레르 사건보다는 심각성이 덜한 사건이었다. 그럼에도 엑스 고등법원은 결석재판을 통해 후작에게 사형을 선고했다. 이 판결은 1778년 파기된다. 후작은 두 번째 유죄판결이 언도되기 바로 전날, 아내의 여동생을 납치하다시피 하여 이탈리아로 도주했다.

　몇몇 대도시를 돌아다닌 후, 그는 프랑스를 다시 기웃거리고 싶어졌고 결국 치암베리에 도착했다. 그곳에서 그는 사르데냐 왕국 경찰에 체포되었고 1772년 12월 8일 미올란 성에 투옥되었다. 그러나 젊은 아내의 조력에 힘입어, 1773년 5월 1일에서 2일로 넘어가는 밤을 틈타 탈옥에 성공했다. 잠시 이탈리아에 더 머문 다음, 그는 프랑스로 돌아왔고 라코스트 성에 안착해 또다시 방탕한 생활을 이어갔다. 그러면서 자주 파리를 드나들다가 1777년 1월 14일 마침내 검거되어 뱅센 망루 감옥에 투옥되었고, 거기서 다시 엑스로 압송되었다. 1772년에 그곳에서 내려진 선고는 1778년 6월 30일 새로운 판결에 의거해 파기되었다. 그러면서 '과도한 풍기 문란 행위'로 인해 재차 유죄 선고를 받았으며, 향후 3년 동안 마르세유에 발을 들이지 말 것과 수감자들을 돕기 위한 차원에서 50리브르의 벌금형이 언도되었다. 그렇다고 자유의 몸이 된 것은 아직 아니었다.

　하지만 엑스에서 뱅센으로 다시 이감되는 사이 거듭 아내의 도움을 받아 탈주에 성공했는데, 몇 달 후 라코스트 성에서 또다시 검거되었다. 1779년 4월 그는 뱅센 감옥에 재수감되었고, 그곳에서 아내의 벗인 루세 양과 옥중 서신을 통해 플라토닉한 연인 관계를 이어갔다. 이후 그가 뱅센 망루 감옥을 벗어난 건, 1784년 2월 29일 바스티유 감옥으로 이감되기 위해 잠깐 밖으로 나선 것이 전부였다. 그는 바스티유 감옥에서 작품의 대부분을 집필했다. 1789년이 되어 대혁명이 무르익고 있음을 간파한 사드 후작은 흥분하기 시작했다. 그로 인해 바스티유 요새드 로네 사령관과 마찰을 빚기도 했다. 7월 2일 그는 한 가지 묘안을 생각해냈는데, 생탕투안 거리 쪽 도랑으로 소변을 버리라고 내어준, 한쪽 끝이 깔때기 모양으로 된 기다란 양철 도관을 확성기처럼 사용해본다는 아이디어였다. 그는 그걸 입에 대고, "바스티유에서 수감자들을 도살하고 있다. 어서 와서 그들을 구해줘야 한다"[9]라며 여러 차례 고함을 질러댔다. 그 시절 바스티유에는 죄수가 거의 없었기 때문에, 군중의 화를 돋우어가며 텅 빈 것이나 다름없는 감옥으로 그들을 밀어붙이게 만든 요인이 무엇인지 해명하기가 쉽지는 않다. 정녕 사드 후작이 소리쳐 불렀기 때문일 가능성도 아주 없지는 않다. 죄수들을 상대로 성에서 자행된 고문을 그가 종이에 자세히 기록해 창밖으로 던졌고, 그것이 이미 어수선해진 군중의 정신 상태를 흥분의 도가니로 몰아가, 결국 낡은 요새의 함락을 촉발케 했을 수도 있다.

하지만 사드 후작은 이미 바스티유에 없었다. 우려되는 문제를 충분히 심각하게 받아들인(기우가 아니었다. 사드 후작이 7월 14일을 야기한 셈이니까) 드 로네 사령관이 사전에 죄수의 이감을 지시했던 것이다. 7월 3일 자로 발효된 왕명에 의거하여 사드 후작은 7월 4일 새벽 한 시, 샤랑통 시료원[10]으로 자리를 옮겼다. 곧이어 국민의회는 왕의 봉인장에 대한 집행정지명령을 내려, 후작을 석방했다. 사드 후작은 1790년 3월 23일 샤랑통 시료원에서 벗어났다.

그보다 먼저 생토르 수녀원에 은거해 있던 그의 아내는 더 이상 남편을 보길 원치 않았다. 그녀는 1790년 6월 9일 샤틀레 법원으로부터 두 사람 사이의 '주거와 신체상 결별 처분'을 받아냈다. 이 불행한 여인은 여생을 신앙생활에 헌신하다가, 결국 1810년 7월 7일 자기 소유의 에쇼푸르 성에서 숨을 거두었다.

자유의 몸이 된 사드 후작은 문필로 생계를 꾸려가며 온건한 삶을 이어갔다. 그는 자기 작품들을 출간했으며, 파리와 베르사유, 어쩌면 샤르트르에서도 자기가 쓴 극작품들을 무대에 올렸다. 그러는 가운데 심각하게 금전적 어려움을 겪었고, 닥치는 대로 일자리를 구했지만 허사였다. "부친이 20년을 종사해 온 협상 업무에 능하고, 유럽의 상당 부분 지리에 익숙할 뿐 아

9
「1782년 5월 15일 수요일부터 기록된 바스티유 성곽의 일지 혹은 일람표(Répertoire ou Journalier du château de la Bastille à commencer le mercredi 15 mai 1782)」, 알프레드 베지스(Alfred Bégis)가 『누벨 르뷔』지 1882년 11-12월호에 부분 발췌 게재. 그 밖에도 같은 잡지에 게재된 마뉘엘(Manuel)의 「공개된 바스티유(La Bastille dévoilée)」와 앙리 달메라스(Henri d'Alméras)의 「사드 후작(Le Marquis de Sade)」 참조.

10
샤랑통 시료원은 주로 정신 질환자로 간주된 사람을 수용했으며, 환자를 강제로 수용했다는 점에서 일반 요양원과 다르다.

니라, 어떤 문서든 작성 혹은 편집을 잘해낼 수 있으며 도서관이라든가 사무실 혹은 박물관의 관리와 운영에 적합한 능력을 갖추었습니다. 요컨대, 본인 사드는 소소한 재능을 바탕 삼아, 귀하의 공정한 판단과 자애로운 배려를 간청합니다."(국민의회 의원 베르나르 드 생타프리크에게 보낸 편지, 혁명력 3년 방토즈[風月] 8일[1795년 2월 27일]). 그는 자신이 거주하던 피크 지구의 인민위원회 모임에 열심히 참석했으며, 거기서 종종 대변인 노릇을 맡기도 했다. 당시 사드 후작은 진정한 공화주의자였고 마라의 예찬자였으나, 사형 제도에는 반대 입장이면서 정치적으로 자신의 원래 신분에 귀속된 의식을 가지고 있었다. 그는 여러 글에서 자신의 정치적 이론을 공개했다. 「법률의 비준 방식에 관한 견해(Idée sur le mode de la sanction des lois)」에서는 의원들이 발의한 법률이 민중에 의해 표결 처리되어야 한다는 생각을 어떻게 하게 되었는지 적시하고 있다. 즉, "신분상 가장 홀대받은 민중이야말로 법률적용에 가장 빈번하게 노출될 것이기에 그 법률에 대한 선택권은 당연히 민중 자신에게 돌아가야 한다는 이유에서, 민중을 법률 비준의 당사자로서 인정해야 한다"는 논지이다. 공포정치하에서 그의 처신은 분명 인간적이었고 나름 효험도 있었다. 필시 사형 제도에 대한 반대 의사표명으로 인해 의심받아 1793년 12월 6일에 체포되고서도, 1794년 10월 로베르 의원의 배려 덕분에 석방되었으니 말이다.

총재정부 시기에 후작은 정치 관련 행보를 끊었다. 그는 새로 이사한 포드페르 생쉴피스 가(街)의 집으로 많은 사람들을 맞아들였다. 창백하고 우수 어린 기색에 기품을 갖춘 한 여자가 안주인 역할을 톡톡히 해내고 있었다. 후작은 이따금 그녀를 '나의 쥐스틴'이라 불렀는데, 사람들 말로는 어느 망명 귀족의 여식이라고도 했다. 그런가 하면, 『쥐스틴』을 헌정한 콩스탕스라는 여인이 바로 그 여자라는 게 달메라스 씨의 견해다. 어찌 됐든, 문제의 '여자 친구'에 관한 정보는 턱없이 부실한 게 사실이다.

1800년 7월 후작은 『졸로에와 그 두 패거리(Zoloé et ses

deux acolytes)』를 출간하는데, 실화 소설인 이 작품은 대단한 스캔들을 불러왔다. 사람들은 그 작품 속에서 제1집정관(도르세크[d'Orsec]는 코르시카인[de Corse]의 철자 바꾸기)과 조제핀(졸로에), 탈리앵 부인(로르다), 비스콩티 부인(볼상주), 바라스(사바르) 그리고 탈리앵(페시노)의 존재를 알아보았던 것이다.[11] 후작은 그 작품을 자비로 출판할 수밖에 없었다. 결국 1801년 3월 5일 그에 대한 체포가 결정되었다. 그는 출판업자 베르트랑데의 사무실에서 붙잡혔는데, 마침 그곳에 제출하려던 「쥘리에트」의 교정지가 검거의 빌미로 작용했다. 그는 생트펠라지에 투옥되었고, 거기서 정신병자로 몰려 비세트르 병원으로 이감되었으며, 마지막으로 1803년 4월 27일 샤랑통 시료원에 수감되었다. 그곳에서 그는 1814년 12월 2일 일흔넷의 나이로 숨을 거두었다. 인생의 장년기 14년을 포함한 총 27년의 세월을 서로 다른 열한 곳의 감방에서 보내고 나서였다.

*

사드 후작의 결정적인 인상착의를 담은 초상은 아직까지 드러난 것이 없다. 드 라 포르트 씨의 소장품에서 나온 가상의 원형 부조가 쥘 자냉의 저서『사드 후작』[12] 첫머리에 실렸을 뿐이다. 한편 옥타브 위잔 씨[13]는 사드의 「소설에 관한 견해(Idée sur les romans)」에 첨부한 해설에서 이렇게 말하고 있다. "악마들에 둘러싸인 또 다른 초상은 사드의 젊었을 적 얼굴을 보여준다. 이 황당무계한 판화는 파리의 H 씨[14] 소장품 중 하나로 그 출처를 밝히고 있다. 물론 이 초상 역시 다른 것과 마찬가지로 상상의 산물일 뿐이다."[15] 이들 외에도 당연히 상상으로 그려낸 또 다른 초상이 존재한다. 드 라 포르트 씨의 원형 부조와 같은 방식으로 왕정복고 시대에 제작된 것인데, 여기엔 목신들과 광대 모자, 가죽 채찍이 첨가되어 있고, 밑에는 감옥에 갇혀 있는 후작의 모습이 그려져 있다.

106

11
괄호 안은 작중인물.

12
1834년 출간된 쥘 자냉(Jules Janin)의 이 책에는 '애서가 자콥'(본명은 폴 라크루아[Paul Lacroix])이 쓴 「사드 후작과 관련한 두 건의 형사소송에 관한 진실(La Vérité sur les deux procès criminels du marquis de Sade)」과 더불어 당시 파리에서 판매 중인 사드의 작품 목록이 함께 수록되어 있다.

13
Octave Uzanne(1851-1931). 문인, 애서가, 저널리스트, 출판인.

14
H. Biberstein.

15
이것은 『구르당 양의 서한집 (Correspondance de Mme Gourdan)』(1866) 표제 그림으로 실려 있다.

전하는 얘기로는, 어린 시절 그의 얼굴이 너무 예뻐 지나던 여인네들이 잠시 멈춰 뚫어지게 바라보곤 했다는 것이다. 그는 동그란 얼굴에 푸른 눈동자, 금발의 곱슬머리였다고 한다. 동작은 완벽하게 우아했고, 듣기 좋은 목소리에 억양까지 여심을 자극할 만했다.

어떤 저자들은 그가 여성스러운 외모를 가졌고, 어렸을 적부터 수동적 동성연애 경향을 보였다고 주장하기도 한다. 나는 그런 주장이 근거 있는 것이라고는 생각지 않는다.

샤를 노디에는 자신의 저서 『대혁명과 제정 시대의 여러 추억과 일화 그리고 초상』에서,[16] 1803년 자기가 그를 만난 적이 있음을 밝히고 있다. (달메라스에 의하면, 실제로는 1802년에 일어난 일이다.) 그는 후작과 같은 감방을 썼는데, 네 명의 죄수가 함께 있었다고 했다.

그들 중 한 명이 매우 이른 시각에 일어났는데, 다른 곳으로 옮길 예정임을 미리 통보받은 터라 그랬다. 첫인상은 엄청나게 살이 쪘다는 게 전부였다. 그 때문에 움직이는 것조차 힘들어, 전체 태도에서 어렴풋이 느껴지는 우아함과 품위의 잔재조차 제대로 드러내기가 만만치 않아 보였다. 지친 눈빛 어딘가에 뭔지 모를 번득임과 예민한 기운이 마치 꺼져가는 잉걸불의 불티처럼 언뜻언뜻 살아 움직였다. 반란 모의자 스타일은 아니었다. 정치적 사건에 연루되어 잡혀 들어온 것 같지 않았다. 그가 위태롭게 한 두 가지 사회적 권위는 나름 상당한 중요성을 갖춘 것이면서도 그 안정성 자체가 경찰의 비밀 업무상 그다지 큰 비중을 차지하는 것은 아니기에, 다시 말해서 그의 죄목은 종교와 윤리에 관한 범위로 국한되었기 때문에, 당국에서는 그에게 아주 관대한 처분을 내린 터였다. 그는 물 맑고 녹음 짙은 샤랑통으로 보내졌고, 자기가 원할 때 빠져나간 거다. 몇 달이 지나, 사드 씨가 탈주했다는 얘기가 우리 있는 감방에까지 들

107

16
샤를 노디에(Charles Nodier), 『대혁명과 제정 시대의 여러 추억과 일화 그리고 초상(Souvenirs, épisodes et portraits de la Révolution et de l'Empire)』(파리, 팔레 루아얄[Palais Royal], 1831) 2권 『집정정부 시대 감옥들』, 1부 「경시청 유치장과 재판소」.

려왔으니 말이다.

　나는 그가 쓴 글에 대해 명확한 견해를 가지고 있진 못하지만, 그 책들을 읽어 알고는 있다. 나는 그것들을 그냥 훑어봤다기보다는 자세히 검토해보았다. 거기 도처에 범죄적 징후가 드러나는지 이리저리 살펴보려고 노력했다. 그 모든 끔찍스럽고 파렴치한 글에서 나는 역겹고 경악스러웠다는 느낌만 어렴풋이 간직하고 있다. 그러나 제목 자체가 음란함을 떠올리게 만드는 저작이 그토록 처참하게 유린한 사회의 중요한 이해관계와 같은 수준으로 중요하게 다루어야 할 정치적 권익의 문제 또한 있는 것이다. 그 사드라는 사람은 총재정부와 제정 시대의 고등법원에 의해 재판 없이 처벌받은 전형적인 희생자에 속한다. 사회의 건전한 윤리를 너무나 심각하게 침해하여 그 전모를 따지는 것조차 위험할 정도의 범죄행위였기에, 그것을 재판에 회부하여 공식적인 절차를 밟아 공적인 논쟁을 진행할 엄두가 나지 않았던 것이다. 그런 역겨운 소송 관련 자료를 일일이 파헤치기보다는 처참한 변사체의 너덜너덜한 살점과 피투성이 누더기를 꼼꼼히 살펴 살인 사건을 밝혀내는 것이 덜 괴롭다고 말해도 과언이 아니다. 피고에게 지속적인 구금을 선고한 것은 필시 사법기관이 아닌 정권 수뇌부였을 것으로 짐작되거니와, 독재의 전횡이란, 오늘날 표현으로, 그런 임의적 '판례'에 근거하기 마련이었다….

　…나는 문제의 수감자가 내가 보는 앞을 그저 지나쳐 갔을 뿐이라고 말했다. 지금 기억나는 거라곤, 그가 비굴해 보일 정도로 다소곳하고, 도가 지나칠 만큼 서글서글하며, 사람들이 존중하는 모든 것에 대해 존중하는 발언을 했다는 사실밖에 없다.

앙주 피투 역시 이와 비슷한 시기에 후작을 보았을 것이다. 그가 묘사한 후작의 초상은 충분히 신빙성 있어 보인다. 실제로 사드 후작에 관한 피투의 진술에선 어느 정도 호감이 느껴지는데, 이는 잘 알지도 못하는 데다, 모두가 비방하는 한 남자에 대해 왕당파 가객(歌客)이 쉽게 품을 만한 감정이 아니었다. 남들이 다 그러하듯, 피투 본인도 의당 괴물로 묘사해야 마땅하다고 판단했을 법하지만, 웬일인지 그는 후작에게서 일련의 '선량한 자태'를 목격하고 있다.

앙주 피투의 얘기를 직접 들어보자.[17]

1802년에서 1803년에 걸친 18개월을, 오로지 사면장을 기다리며 생트펠라지에서 지내는 동안, 나는 인간의 변태적 성향이 빚어낸 가장 끔찍한 저작의 주인공인 저 유명한 사드 후작과 같은 층을 사용하고 있었다. 그 비참한 인간이 어찌나 지독한 죄악의 독기에 찌든 상태인지, 공권력은 그를 아예 정신병자로 분류해, 형벌에 처할 악당에도 미치지 못하는 존재로 강등시켜버린 것이었다. 사법 당국으로서는 그런 존재의 이름으로 서류를 더럽히는 것도 원치 않거니와, 형 집행자로 하여금 목을 치게 해 그토록 바라던 유명 인사로 만들어주기도 싫은 터라, 그냥 감옥 한쪽 구석에 처박아두기로 했다. 혹시라도 다른 수감자가 그 '부담스러운 짐짝'을 알아서 처치해준다면 다행한 일이고 말이다.

애초에 사악한 기질로 태어난 것이 아니기에, 이 남자에게는 문학적 명성을 향한 야욕이야말로 그 모든 일탈의 원인이었던 셈이다. 도덕적인 일급 작가 반열에는 어차피 오를 수 없었으므로, 그는 퇴폐의 심연을 열어 그 속으로 과감히 뛰어들기로 작정했다. 그러고 나서 악의 천재라는 눈부신 날개를 휘저으며 다시 솟아올라, 온갖 악을 노골적으로 신격화하고 모든 선을 짓눌러 스스로를 불멸의 존재로 선포하겠다는 야심이었다. 한데, 그럼에도 불구하고, 그의 모습에선 선량함이라 할 어떤 미덕의 흔적이 여전히 감지되곤 했다. 이 남자는 죽음을 생각하면서 몸을 파르르 떨었

17
『스물여섯 살 이래로 내가 겪어온 박해와 시련에 대한 분석(Analyse de mes malheurs et de mes persécutions depuis vingt-six ans)』, 『카이엔 여행기』와 『스튜어트왕조와 부르봉왕조의 유골 단지』의 저자인 L. A. 피투(Louis-Ange Pitou) 지음, 파리, 1816, 98쪽.

고, 자기 머리가 하얗게 센 것을 보고는 순간적으로 실신했다. 가끔은 두서없는 회한의 탄식을 내뱉기 시작하면서 울먹일 때도 있었다. "도대체 내가 왜 그렇게 끔찍한 놈이지? 죄악은 무엇 때문에 그리 달콤한 거냐고! 죄악은 나를 불멸의 존재로 만들어, 죄악이 세상을 지배하게 만들어야 해."

이 남자는 재산이 있었고 부족한 게 아무것도 없었다. 이따금 그가 내 방을 방문했을 때, 나는 감옥에서 주는 수프나 검은 빵 조각을 아무 거리낌 없이 즐겁게 먹으며 노래까지 흥얼거리고 있었다. 그 모습을 본 후작은 얼굴이 벌겋게 달아오르면서 이렇게 말했다. "당신은 행복한 모양이네요?" "네, 그렇습니다." "맙소사, 행복하다니!" "네, 그렇다니까요." 나는 가슴에 손을 얹고 팔짝팔짝 뛰면서, 이렇게 대꾸했다. "여기 이곳을 짓누르는 것이 하나도 없거든요. 저 같은 사람이 바로 부자랍니다, 후작님! 보세요. 스카프와 손수건에도 레이스가 달렸지 않습니까! 여기 이 허름한 소매엔 푼돈밖에 안 들어갔고요. 자수 대신 옷에 술 장식을 다는 유행이나 도입해볼까 합니다." "피투 씨, 당신 미쳤구려." "맞습니다, 후작님. 하지만 가난해도 제 마음만은 편안하죠." 그는 테이블 쪽으로 다가왔고, 대화는 계속 이어졌다. "무얼 읽고 있는 거요?" "성서입니다." "토비트라는 자는 괜찮은 사람이지만, 그 욥이라는 자는 정말 황당무계하죠." "그 황당무계함이 후작님이나 저에게 현실이 될 수 있답니다." "현실이라니! 당신은 어찌 그런 망상을 곧이곧대로 믿으면서도 그렇게 웃을 수가 있소?" "어차피 우리는 너 나 할 것 없이 미친 사람들입니다. 후작님은 망상이 두려워 몸을 사리다 보니 미쳤고, 저는 현실을 믿으며 웃어젖히다 보니 미쳤고."

그 남자가 최근에 샤랑통에서 숨을 거두었다…. 나는 자유의 몸이 되었고 말이다….

그런가 하면 P. F. T. J. 지로의 저작에서도 사드 후작에 관한 언급이 나온다.[18]

더할 나위 없이 끔찍한 소설들을 쓴 가증스러운 작가 사드는 여러 해 동안 비세트르, 샤랑통 그리고 생트펠라지에 갇혀 지냈다. 그러면서 자신은 저 끔찍한 *J****을 절대로 쓰지 않았노라고 줄기차게 주장해왔다.[19] 이 문제로 걸핏하면 그에게서 야단을 들어온 젊은 작가 *G****는 어느 날 그에게 이런 식으로 따지고들었다. "당신은 『사랑의 죄악』이 본인 이름을 달고 나온, 거의 도덕적이라 할 수 있는 작품이라고 하지요. 그러고는 책 제목에 덧붙여 이런 말을 병기합니다. '『알린과 발쿠르』의 저자'. 한데 *J****보다 더 나쁜 바로 이 책의 머리말에서 당신은 자신이 그 혐오스러운 작품의 저자임을 드러내고 있어요. 그러니 이제 포기하시죠." 생리학적인 관점에서 볼 때, 죄악의 화가라 불러도 될 이 작가의 두뇌는 자연이 낳은 가장 기괴한 괴물 덩어리일지도 모른다. 장담하건대, 그가 가공할 만한 에너지를 발휘해 묘사하고 있는 몇 가지 방탕한 짓거리들은 그 자신이 직접 시도해본 것이 확실하다. 그의 머릿속은 무시무시한 생각들로 가득했고, 워낙에 추악한 상상력이 왕성하던 터라 그 지옥의 재능을 압살하기 위해 사람들이 처넣은 감옥에서조차 끔찍한 무언가를 빚어내고 싶어 했다. 그가 몸담은 장소마다 틈만 나면 쳐들어가 눈에 띄는 모든 글을 압수해오는 임무가 수사관들에게 부여되었는데, 얼마나 꽁꽁 숨겨두었는지 수색이 여의치 않을 때도 가끔 있었다. 그와 같은 임무를 자주 맡았던 *V⋯* 씨는 몇몇 사람에게 증언하기를, 이젠 머리가 굳은 나이임에도 불구하고 그자는 진정 활화산 같은 상상력의 불길을 뿜고 이전까지 대중에 알려진 것 이상으로 끔찍한 많은 글을 여전히 양산해내고 있더라는 것이었다.

차마 입에 담기 어려운 그 혐오스러운 타락의 씨앗들에

111

18
P. F. T. J. 지로(P. F. T. J. Giraud), 『보나파르트 치하의 감옥 일반사. 콩시에르주리와 뱅센, 비세트르, 생트펠라지, 라 포르스, 샤토 드 주 등의 감옥 시설에 얽힌 재미난 일화들과 그곳에 수감되었던 저명인사들(Histoire générale des prisons sous le règne de Buonaparte, avec des Anecdotes curieuses et intéressantes sur la Conciergerie, Vincennes, Bicêtre, Sainte-Pélagie, la Force, le Château de Joux, etc., et les personnages marquants qui y ont été détenus)』, 파리, 1814.

19
*J****은 『쥐스틴 혹은 미덕의 불행(Justine ou les malheurs de la vertu)』을 일컫는다.

게 경찰청 풍기 단속반 서류함은 합장 묘터나 다름없는 셈
이다. 하지만 정녕 그것들이 깡그리 사라져 다시는 바깥세
상을 구경하지 못하게 될지는 아직 두고 볼 일이라 하겠다.

카바네스 박사는 (1902년 12월 15일 자 『의학 연보』에서) 사람
들이 사드 후작의 실제 모습을 전혀 모르고 있다는 점을 아쉬
워하며, 이렇게 덧붙인다. "하지만, 그를 묘사한 근사한 세밀화
하나가 어느 박식한 수집가의 소장 목록 안에 포함된 것으로
우리는 알고 있다. 그 수집가는 복제할 용도로조차 자기가 가진
세밀화를 쉽게는 내놓지 않을 눈치다."
　　사드 후작의 작품을 인쇄된 형태로든 원고 상태로든 익히
알고, 또 면밀히 연구까지 한 레티프 드 라 브르통의 경우, 실제
로는 후작을 직접 만난 적이 없었다. 『니콜라 씨』에서 그는 이
렇게 이야기하고 있다. "그는 하얀 수염을 길게 기른 남자다. 사
람들이 그를 바스티유에서 구해낼 때도 그의 흰 수염은 도도하
게 휘날리고 있었다." 바스티유가 함락되던 7월 14일, 사드 후작
은 그곳에 있지도 않았다는 사실을 우리는 잘 알고 있다.
　　어린 시절 사드 후작은 아주 다양한 책을 열심히 읽었다.
그가 읽은 온갖 종류의 책 중에서도 특히 좋아하는 책은 철학
과 역사 그리고 무엇보다도 먼 곳에 사는 사람들의 풍습에 관
해 정보를 주는 여행기였다. 그 자신 역시 많은 것을 관찰했다.
그는 또한 음악에도 조예가 깊었으며, 춤동작은 완벽했다. 말
을 아주 잘 탔고, 검술 실력이 일품인 데다가, 조각에도 열심이
었다. 그는 그림을 무척 좋아했는데, 회화 전시실에서 장시간을
보내곤 했다. 루브르 전시실에서도 그의 모습이 자주 목격되었
다. 그가 가진 지식은 모든 분야에 걸쳐 폭넓게 퍼져 있었다. 이
탈리아어와 프로방스어(그는 자신을 '프로방스의 음유시인'이
라 불렀고, 프로방스어로 시를 지었다) 그리고 독일어를 할 줄
알았다. 그는 여러 차례에 걸쳐 자신의 용맹함을 증명했고, 무
엇보다 자유를 사랑했다. 그의 행동거지나 철학 이론 모두 자유

를 향한 열정 어린 취향을 증언하고 있으며, 하인 카르트롱이 '주인님의 고된 삶'이라 불렀던 그 오랜 세월을 바로 그런 자유를 박탈당한 채로 살아갔다. 카르트롱이라는 자는, 현재 '아르스날 도서관'에 보관 중인 편지들을 통해, 사드 후작이 "해적 선장처럼" 파이프를 피워댔고, "엄청나게" 먹어댔다고 전한다. 오랜 영어 생활은 독선적이긴 하나 원만한 편인 그의 천성을 까다로우면서 격하기 쉬운 성격으로 변질시켰다. 바스티유와 비세트르, 샤랑통에서의 구금 기간 동안 그가 발끈하며 화를 참지 못했다는 증언이 다수 전해진다. 1780년 6월 28일, 미라보는 자신의 전담 대리인이자 "착한 천사"인 부셰에게 편지를 쓰면서, 사드 후작과 말다툼했던 경험을 이야기하고 있다. 당시 두 사람 다 뱅센 감옥에 수감 중이었다.

어제 사드 씨는 망루 감옥을 발칵 뒤집어 놓았답니다. 나는 아무 도발도 하지 않았는데 황공하게도 자기 정체를 밝히고는, 다짜고짜 별의별 파렴치한 얘기를 떠벌리는 것이었어요. 점잖지 못한 투로 내게 이러는 겁니다. "내가 바로 R*** 씨[20]의 빠구리 상대였거든. 그래서 그 양반 산책 시간을 빼서 내게 대신 준 것이지." 그러고는 내 이름을 물으며 한다는 말이, 자기 마음대로 내 귀를 잘라버리고 싶다는 겁니다.

결국 나도 더 이상 참지 못하고 이렇게 쏘아붙였죠. "내 이름으로 말할 것 같으면, 누구처럼 여자들을 독살한다거나 난도질 따위는 절대로 하지 않는 점잖은 사람의 것이올시다. 당신이 일찌감치 차형을 당하지 않는다면, 내가 그 등짝에다 지팡이로 내 이름을 휘갈겨줄 의향은 있소만. 물론 언제든 그레브 광장에서 당신을 위해 상복을 걸친 채 애도의 눈물을 흘릴 준비도 되어 있고 말이오."[21] 그러고 나서야 그는 입을 다물고, 다시는 허튼소리를 못 하더군요. 내가 심했다고 나무라려면 얼마든지 나무라시구려. 멀리서 바라보

113

20
뱅센 요새 사령관인 루즈몽 씨를 말한다.

21
미라보와 사드는 모계 쪽으로 인척 관계가 있는 사이였다(앙리 달레마스 씨의 주석).

기는 쉬운 법입니다. 그런 괴물이랑 같은 장소에서 숙식하는 사람만 그저 딱할 뿐이지.[22]

그는 미식가이며 안락한 생활을 즐겼다. 색을 밝히는 기질에 대해서는 굳이 강조할 필요가 없으리라. 공포정치 시절에 보여준 그의 인간적인 면모들은, 이전까지 왜곡되고 과장되어 전해진 소문이라든가 작품들을 읽고 느껴지는 것보다는 그가 훨씬 덜 잔인한 사람이라는 점을 확언할 수 있게 해준다. 이제 우리는 그가 미치광이도 정신병자도 아니었음을 알고 있다. 쥘 자냉이 쓴 이야기나 빅토리앵 사르두[23]가 전하는 일화에서처럼, 비세트르로 장미 다발을 배달시켜와 그것을 곧장 도랑 속 썩은 진창에 담그는 사드 후작의 모습(1902년 12월 15일 자『의학 연보』)은 아마도 실제 있었던 일에 토대는 두고 있지만 상당 부분 변형된, 일종의 전설이라 보아도 무방할 것이다.「쥐스틴」같은 작품을 그 의미도 중요성도 이해하지 못한 채 읽고는, 그걸 쓴 저자를 역겹고 잔혹한 미치광이로밖에는 생각할 수 없었던 자들이 제멋대로 꾸며낸 전설 말이다. 따지고 보면, 총재정부와 제정 시대의 경찰이야말로 후작을 비세트르와 샤랑통에 속절없이 가둠으로써 잡다한 풍문들과 터무니없는 믿음을 세간에 만연케 한 가장 큰 원인 제공자라 할 수 있다. 만약 사드 후작에게 광인이 될 기질이 조금만이라도 있었다면, 그 오랜 감금 생활의 고통만으로 충분히 정신병자가 되고도 남았을 테니 말이다. 대혁명기 입법의회 의원을 역임했던 마르크앙투안 보도가 쓰고 마담 에드가 키네가 펴낸『역사 단편』에서 사드는 다음과 같은 식으로 거론되고 있다.

이자는 끔찍한 외설과 악마적인 윤리를 담은 몇몇 작품들의 저자다. 원칙적으로 그가 타락한 인간이었다는 점엔 이론의 여지가 없다. 다만 그가 미친 사람은 아니었으며, 작품을 통해서 그를 판단해야만 하는 상황이었을 뿐이다.

114

22
이 편지는 자주 인용되면서도 다소 왜곡된 형태로 전해져왔다. 그 가장 정확한 텍스트는 1909년 3월 호『자필 문서 수집가(Amateur d'autographes)』에 제시되어 있다. 미라보는 1777년 6월 8일 뱅센 감옥에 투옥되었다. 당시만 해도 그는 모계 쪽 인척인 사드 후작 역시 같은 해 1월 14일부터 그곳에 수감 중이었음을 알지 못했다. 1778년 1월 1일 그가 르누아르 씨에게 보낸 편지를 보면 그 같은 정황이 드러난다.

"…프랑스에는 끔찍한 범죄를 저질러서 유명해진 흉악범들이 몇몇 있지요. 그들에게는 평생을 감옥에 가두는 것조차 군주로서 그나마 베풀 수 있는 은혜라고 할 수 있습니다. 그런 흉악범들이 지금 버젓이 가진 재산 다 누리고, 즐거운 사교 생활을 해가면서, 수감 생활의 불편과 고통과는 동떨어진 온갖 편익을 누리고 있답니다…. 여기서 나의 인척 중 한 명을 꼭 거론해야 할까요? 못할 건 또 뭡니까? 창피는 개인적인 문제 아닐까요? 바로 두 번이나 실형을 선고받고, 그중 두 번째는 산 채로 사지가 끊기는 형을 선고받은 사드 후작 얘깁니다. 허수아비로 처형을 대신한 사드 후작 말이지요. 반면 그의 수하들은 차형을 당해 죽었습니다. 사드 후작이 저지른 악행은 가장 지독한 악당들조차 혀를 내두르게 만드는 것입니다. 현재 그는 연대장 계급을 달고서, 세상에 나와 잘 살고 있지요. 또다시 어떤 잔혹한 짓을 저질러 모든 걸 망치지 않는 한, 되찾은 자유를 언제까지나 누리며 살 겁니다…. 당신은 사드 씨와 나 자신을 나란히 비교할 정도로 내가 비참해졌느냐며 힐난할지도 모르겠습니다. 하지만 간단한 질문 하나만 해봅시다. 도대체 내가 무슨 죄를 지은 거죠? 물론 잘못은 많이 했지요. 그러나 누가 감히 나의 명예까지 건드린단 말입니까? …그런데도 지금 내가 처한 상황과 앞서 언급한 괴물이 처한 상황은 어쩜 이렇게 다를 수 있단 말입니까!"

하지만 이미 본문에서 인용된 부세 대리인 관련 편지가 증언하고 있듯이, 사드 후작은 머잖아 그의 앞에 모습을 드러낼 것이었다.

23
Victorien Sardou(1831-1908). 19세기 말 프랑스 극작가로, 푸치니의 오페라「토스카」의 원작인「라 토스카」를 썼다.

그가 쓴 작품들 속에는 일탈적 요소들이 있긴 하나, 그 것이 정신 질환은 아니었다. 오히려 그와 같은 글쓰기는 잘 정돈된 두뇌를 전제로 하는 작업이었다. 다만 신구(新舊) 문 학에 두루 걸치는 상당량의 연구가 필요했는데, 오로지 고 대 그리스 로마 시대부터 엄청난 일탈 행위가 용인되었음 을 증명하려는 목적에서였다. 물론 그런 식의 연구 작업이 도덕적인 것이었다고 할 수는 없다. 하지만 그걸 수행하기 위해선 이성과 사고 과정이 반드시 수반되어야 했다. 자료 를 조사해서 그 성과물을 소설이라는 형태 속에 살아 숨 쉬 게 만들고, 여러 사실들에 기초하여 학설이나 이론을 정립 하는 작업은 반드시 온전한 이성을 필요로 했던 것이다….

쥘 자냉의 저서『책』(파리, 1870)에 실린 사드 후작의 유언 중 마지막 대목은 그가 얼마나 당당한 자존심과 품격 그리고 양식 의 소유자였는지를, 그 밖의 여러 증언들과 마찬가지로, 충분히 보여주고 있다.

나는 어떤 이유에서건 내 몸을 열어보는 것을 금한다. 나는 내가 죽은 방에서 내 몸이 목관 안에 놓인 채로 뚜껑에 못 질을 하지 않고 48시간 동안 머물러 있기를 강력히 요청한 다. 그 시간이 다 지나고 나서야 관에 못질을 하도록 한다. 그동안 베르사유의 에갈리테 대로 101번지에서 목재상으로 일하는 르노르망 선생에게 속달을 보내, 짐수레를 끌고 나 있는 데로 와주기를 청하도록 한다. 그렇게 해서 내 몸은 그의 에스코트를 받아 에페르농 근처, 말메종의 내 영지에 속한 숲으로 운구될 것이다. 거기 도착해서 고성(古城) 쪽으 로 난 널찍한 오솔길로 들어가면 숲의 우측으로 제일 처음 나타나는 우거진 덤불이 있는데, 그 속에 나는 내 몸이 아 무런 의식 없이 묻히기를 바란다. 덤불을 파내고 무덤을 만 드는 작업은 르노르망 씨의 감독하에 말메종의 소작인이

맡아 할 것이며, 르노르망 씨는 내 몸이 완전히 안장되기 전에는 결코 현장을 떠나서는 안 된다. 만약 원한다면 그는 기꺼이 마지막 애정을 보여줄 내 친구와 인척들을 대동할 수도 있는데, 이때도 역시 그들 누구 하나 특별한 복장이나 준비를 할 필요가 없다. 무덤에 흙을 덮고 나면 그 위에는 떡갈나무, 너도밤나무 등등의 열매들을 뿌려두어, 시간이 지남에 따라 자연스럽게 토양이 회복되고 이전처럼 덤불숲이 우거질 수 있도록 한다. 내 무덤의 흔적은 그렇게 하여 대지의 표면으로부터 완전히 사라질 것이요, 나로서는 사람들의 뇌리에서 나에 대한 기억이 깨끗이 사라지는 게 더 없이 기쁠 따름이다.

1806년 1월 30일, 온전한 정신과 몸 상태로 생모리스 샤랑통에서 작성함.

D. A. F. 사드

앙리 달메라스 씨는 말한다. "이토록 비통한 글을 쓴 사람, 신체와 영혼 모두 무와 망각 속으로 완전히 사라져 버리기를 요청한 이 자는, 그를 보는 사람들의 눈이 어떠하든, 분명 평범한 사람은 아니었다."

그렇다, 과연 평범한 사람은 아니었다. 특히 그는 자기 아내에게 몹쓸 짓을 많이 했다. 아내를 사랑하지 않았다. 그의 결혼은 다소 강요된 것이었고, 사랑은 뜻대로 되는 것이 아니다. 그 자신이 직접 어느 연극 대사를 통해 표명한 취지가 아닌 한, 그는 미친 사람이 아니었다.

인간은 모두 미쳤다오. 그 꼴을 보지 않으려거든,
혼자 방에 처박혀, 거울부터 깨트려버려야 합니다.

그는 또한 자신이 쓴 작품들을 마무리하는 종결어로 쓰면 적절할 것 같은 문구를 다음과 같은 2행시로 남기기도 했다.

자연이 불어넣은 괴이한 성향들을 낱낱이 묘사한들
범죄자가 되는 것은 결코 아니리.

후작이 사람들의 기억에서 자신이 사라질 것을 기대한 게 사실
이라면, 그 전에 "후세로부터" 호된 대우를 받을 것까지도 함께
바랐을 것이다.

　한 세기 동안 평단은 그를 함부로 대했다. 그의 작품에 담
긴 사상을 논하기보다는, 온갖 일화들을 지어내 그의 삶과 성향
을 왜곡하기에 바빴다. 그의 삶에 관해서는 오이겐 뒤렌 박사가
한 말이 일리가 있다. "한 개인으로서 사드에 대한 조명은 역사
적 현상으로서 그를 면밀히 살펴볼 때 비로소 가능해진다."

　그의 작품들에 관해서 아나톨 프랑스 씨는 경멸 조로 이
렇게 썼다. "사드 후작의 글을 파스칼의 글처럼 대접할 필요는
없다." 일부 자유로운 정신의 소유자들은 사드 후작의 작품들
에 대한 공포심과 혐오감이 어쩌면 부당한 평가의 결과일지 모
른다고 생각했다. 1882년에 이미 에밀 슈베는 시집 『비릴리테
(Virilités)』에서 사드 후작의 책들에 깃든 위대함과 권위를 어
느 정도 인정하고 있었다.

　후작이여, 그대의 책은 너무도 강렬해, 미래의 어떤 책도
　추악의 그토록 깊은 경지 파고들지 못하리.
　그대 이후 어느 누구도 영혼의 모든 독(毒)
　그만한 꽃다발로 엮어낼 순 없으리….

　…적어도 그대는 음탕의 영역에서 엄청난 일 이루었지!
　강간과 존속살해, 근친상간과 강도질이
　그대의 펜 닿는 곳마다 흘러넘치니, 우리네 인간성 깊숙이
　사람 고기 좋아하는 그대의 뮤즈 으르렁대는 게 느껴지네….

이른바 시적인 철학자 니체조차 철두철미한 후작의 강력한 사

상을 모른 척할 수 없었다는 독일에서, 오이겐 뒤렌 박사는 사드의 생애를 조명하고 그의 글들을 알리는 일에 분연히 발 벗고 나섰다. 그는 말한다. "때는 1740년 6월 2일. 18세기, 아니 현대 인류 전반에 걸쳐 가장 주목할 만한 인물 중 하나가 세상에 태어났다. 사드 후작의 저작들은 의학에서만큼이나 역사와 문명에서도 연구 대상이 되고 있다. 처음부터 이 괴이한 인간은 우리에게 강렬한 흥미를 불러일으켰다. 그동안 우리는 그를 설명할 방법을 찾기 위한 이해를 모색해왔는데, 그와 같은 경우에는 의사 역시 문명사의 관점에서 들여다보아야 가장 중요한 정보를 취할 수 있다는 확신을 곧바로 얻게 되었다."

더 나아가 그는 이렇게 덧붙인다.

"문명을 다루는 역사가와 의사, 법학자, 경제학자, 모랄리스트의 입장에서 사드 후작의 작품을 새로운 개념과 지식의 진정한 보고로 만들어주는 또 다른 관점이 존재한다. 사드 후작의 부정할 수 없는 통찰력이 꿰뚫어 본 것은 성적 본능이 어떤 식으로든 인간관계 전반에 영향을 미친다는 사실인데, 사드의 작품은 바로 그 성 본능과 밀접한 관계를 맺는 우리 삶의 모든 양상을 보여준다는 점에서 탐구할 가치가 매우 크다. 가령 사랑의 사회학적 중요성을 규명하고자 하는 연구가라면 무조건 사드 후작의 중요 작품들을 읽어야 할 것이다. 굶주림을 벗어나 그 이상의 차원에서는, 사랑이 우주의 운행을 주도하는 법이다."

그러고 보니 단테가 『신곡』의 말미에 이렇게 외치지 않았던가.

해와 별들을 움직이는 사랑

자코뷔스 X 박사는 이런 뒤렌 박사를 프랑스 혐오론자로 규정하면서, 현재 프랑스에서 일어나고 있는 정치적 사건들과 사드 후작이 주장하는 교의들 사이의 깊은 유사점에 그가 주목하고 있음을 꼬집었다. 실제로 그 둘의 유사점은 매우 의미심장하면서 진행형인 것으로 보인다. 사드에게서 공화주의자의 면모를 확인하는 것은 전혀 놀랄 일이 아니다. 1785년경 자신의 콩트 중 하나를 다음과 같은 식으로[24] 시작할 정도의 사람이라면, 의당 왕정의 노예들을 버리고 공화정의 왕들 앞으로 아무 주저 없이 나아가, 평등이나 우애는 아니어도 자유의 공화국을 희망하는 것은 당연지사 아니겠나….

제후들이 자신의 영지에서 전권을 휘두르던 시절, 단 하나의 군주 앞에 비천하게 머리 조아리는 3천의 노예 대신, 한 무리의 군주가 군웅할거하던 프랑스의 저 영광스러운 시절….

라마르크에서 스펜서에 이르는[25] 수많은 작가와 철학자, 경제학자, 박물학자, 사회학자가 사드 후작의 작품을 접해왔으며, 당대의 지식인들을 경악시킨 후작의 여러 사상이 오늘날까지도 여전히 살아 숨 쉬고 있다. 그는 이렇게 썼다. "혹자는 우리의 사상이 다소 급진적이라 할지도 모르겠다. 무슨 상관인가? 우리는 모든 것을 말할 권리를 획득하지 않았는가?" 참으로 오랜 기간 금서 보관소의 고약한 공기 속에 처박혀 농익어온 그 사상들이 바야흐로 기를 펼 때가 온 것 같다. 19세기 내내 별것 아닌 것처럼 치부되었던 이 남자는 20세기를 확실히 지배할 수 있게 될 것이다.

*

사드 후작, 여태껏 존재해온 가장 자유로운 정신의 소유자는 여성에 관해 독특한 사고를 가지고 있었고, 여성이 남성만큼 자유로워지기를 바랐다. 앞으로 우리가 살펴볼 그 사고가 바로 『쥐스틴』과 『쥘리에트』라는 두 소설을 낳았다. 후작이 남자 주인공 아닌 여자 주인공을 선택한 것은 우연이 아니다. 쥐스틴은

24
이 미발표작의 제목은 '한을 푼 여자 혹은 롱그빌의 성주(La Femme vengée ou la Châtelaine de Longueville)'이다(국립도서관 소장 원고).

25
장바티스트 라마르크(Jean-Baptiste Lamarck, 1744-1829). 생물학자. 최초로 진화론을 주장했다. 허버트 스펜서(Herbert Spencer, 1820-1903). 영국의 철학자, 인류학자, 생물학자, 사회학자.

고분고분하고 가련하면서 인간성에 구속된 구식 여성이다. 반대로 쥘리에트는 새로운 여성상을 대표한다. 후작은 그에게서 아직도 개념이 제대로 정립되지 못한 어떤 존재, 인간성을 초월하고, 언젠가는 날개를 달아 세상을 혁신할 여성을 본 것이다.

이들 소설을 접하는 독자는 종종 거기 담긴 역겨운 문자에 주목하는 데 그친다. 유감스럽지만, 그렇다고 아래 펼치는 해설이 그 너머의 어떤 진의를 드러낼 수 있는 것도 아니다. 이 자리에 인물들의 초상을 일일이 제시하는 것이 불가능한 만큼, "사람의 정신과 육체는 극밀한 관계를 갖는다"는 사드 후작의 지론을 첨언해두는 것이 좋겠다.

쥐스틴과 쥘리에트는 파리 어느 부유한 은행가의 딸들이다.[26] 둘은 각각 열네 살, 열다섯 살이 되기까지 파리의 유명한 수녀원 부속 기숙사에서 자랐다. 그러다 예기치 못한 일련의 사태가 닥친다. 먼저 아버지가 파산하고 사망한 뒤, 곧바로 어머니마저 사망함으로써 두 어린 자매의 운명이 완전히 틀어진다. 그들은 수녀원을 떠나 자기 힘으로 생활비를 벌어야 한다. 생기발랄하고 대범하면서 의욕 넘치는 성격에 당당한 미모까지 갖춘 쥘리에트는 오히려 이런 자유가 달갑다. 반면 동생인 쥐스틴은 순진하고 연약하며 소극적인 성격이라, 자신의 처지가 마냥 서글프다. 자기가 예쁘다는 것을 알고 있는 쥘리에트는 즉각 미모를 활용할 궁리에 들어간다. 반면 쥐스틴은 조신한 천성 그대로를 유지하고 싶어 한다. 두 자매는 서로 떨어져 지내게 된다. 쥐스틴은 가문의 친지들을 찾아가지만 문전박대당한다. 어떤 사제가 그녀를 유혹하려고 한다. 마침내 그녀는 뒤부르 씨라는 한 상인의 집에 들어가는데, 그는 툭하면 아이들을 울리길 좋아한다. 그가 대놓고 늘어놓는 방탕의 이론을 들으며 쥐스틴은 놀람과 혐오감을 감추지 않는다. 그녀는 저항하고, 결국 집에서 쫓겨난다. 그 와중에 쥐스틴은 데로슈 부인이라는 여자의 집에 묵게 되는데, 거기서 가진 것 모두를 털리고 만다. 하는 수 없이 그 여자의 처분에 맡겨진 쥐스틴은 델몽스 부인에게 소개

26
이는 『쥐스틴』 제3판을 대상으로 한 해설이다.

되고, 세련된 화류계 여성인 부인은 그녀 앞에서 매춘의 즐거움을 보란 듯 역설한다. 쥐스틴에게 매춘을 강요하려는 시도가 거듭되고, 마침내 뒤부르 영감에게 데려가지만, 그녀는 거듭 그를 거부한다. 몇몇 처절한 일들을 겪고 난 뒤, 쥐스틴은 결백함에도 불구하고 감옥에 수감된다. 거기서 뒤부아라는 여자를 만나는데, 알고 보니 상상할 수 있는 온갖 범죄를 저지른 계집이다. 두 사람 다 사형선고를 받는다. 하지만 뒤부아가 감옥에 불을 질러 두 여자는 탈옥에 성공한다. 이어서 두 여자는 하필 마주칠 수 있는 가장 고약한 떼강도 속에 섞여 들어간다. 쥐스틴은 잡혀온 생플로랑이라는 상인을 구해주면서 함께 도망치는데, 삼촌을 자처하는 그에게 결국 강간당하고 혼절한 상태로 내버려진다. 이후 쥐스틴은 다시 브레삭이라는 젊은 남자를 알게된다. 그는 자기 하인을 상대로 자연에 반하는 온갖 유희에 빠진 위인이다. 그들은 쥐스틴에게 의도적으로 접근한 뒤, 브레삭 부인에게 데려간다. 덕을 갖춘 부인은 쥐스틴의 팔자를 가엽게 여기고, 파리로 데려가 재활에 힘을 보태준다. 불행하게도 델몽스 양이 아메리카로 떠났지만, 사태가 선명하게 수습되지 않는다. 그 와중에 브레삭은 끔찍한 난행을 일삼고, 자기 어머니까지 더럽히는가 하면, 쥐스틴으로 하여금 그녀를 살해하도록 강요한다. 쥐스틴은 파리 근교의 생마르셀이란 마을로 간신히 도망친다. 거기서 로댕이라는 이름의 외과 의사 집으로 들어가는데, 그는 누이 셀레스틴과 더불어 남녀공학 학교를 꾸려나가고 있다. 그곳은 열두 살 이상 열일곱 살 이하의 연령에, 상당히 어여쁜 소년 소녀만 각기 100명까지 받아들이는 것을 원칙으로 하는 학교. 로댕은 남학생을 가르치고, 셀레스틴은 여학생을 가르친다. 쥐스틴은 로댕의 딸 로잘리와 친하게 지낸다. 로댕은 근친상간을 저지를 뿐 아니라, 동료 의사인 랑보와 함께 가공할 생체 실험을 일삼는다. 그들은 가엾은 쥐스틴을 대상으로 그런 짓을 벌이려 하나, 기적적으로 죽음을 모면한 그녀는 상스로 내뺀다. 하루는 황혼 녘 연못가에 앉아 있는데, 누군가 물에 무언가를 던지는 소리가 들린다. 어린 여자아이가 물에 빠진 것을 보고 그녀는 얼른 구해낸다. 하지만 살인자는 다시 그 아이를 물에 던져 넣고는, 쥐스틴을 자기 성으로 끌고 간다. 그는 술을 일절 입에 대지 않는 철저한 채식주의자인데, 여자들을 보면 무조건 임신시키면서 그 각각을 오로지 딱 한 번씩만 상대하는 기벽의 소유자다. 이름은 방돌 씨라고 하며, 여성의 수태 현상에 관해 정말 괴이한 사고를 가지고 있다. 이를테면 성교를 한 다음, 그는 여자들이 확실히 임신하게끔 머리를 아래로 하여 아흐레 동안 거꾸로 매달아놓는다. 쥐스틴은 뒤부아 양의 오빠에 의해 그런 방돌 씨의 손아귀에서 구출된다. 뒤부아 양의 오빠는 '무쇠심(心)'이라는 별명으로 통하는 강도다. 이후 쥐스틴은 베네딕트파(派) 수도원으로 들어가는데, 그곳에선 악마주의가 횡행하고 있다. 남녀 아이들이 수용된 대규모 하렘까지 갖춰진 곳이다. 제롬 수사는 살인과 근친상간으로 얼룩진 기나긴 생애의 온갖 추악한 경험담을 들려준다. 살아오면서 그가 거쳐온 지명은 독일, 이탈리아, 튀니스, 마르세유 등등이다. 쥐스틴은 수도원을 떠난다. 그러고 나서 만나게 되는 사람은 도로테 에스테르발이란 여자다. 숙박업을 하는 그녀의 남편은 외딴 여인숙을 차려놓고 어쩌다 그곳에 발길을 들이는 나그네들을 대상으로 무차별 살인 행각을 일삼는 자다. 그런 남편이 도로테는 무섭다. 그녀는 쥐스틴에게 자기와 같이 있어 달라고 청한다. 쥐스틴은 그녀를 따라 숱한 살인이 자행되고 있는 여인숙으로 간다. 그곳에 브레삭이 나타난다. 사실 그는 에스테르발의 친척이다. 모두 다 함께 제르망드 백작의 집을 방문한다. 백작 역시 에스테르발 부부와는 인척 관계다. 백작에겐 놀라운 미모의 소유자인 자기 아내를 틈만 나면 학대하는 잔혹한 버릇이 있다. 즉, 나흘마다 아내의 몸에서 "의료용 트레이 두 개 분량의 피"를 뽑아내는 것이다. 이어서 쥐스틴은 베르뇌이 가문이라든가 예수회 성직자들, 여자 동성연애자들과 갖가지 성도착자들 속에서 딱히 요약하기 어려운 온갖 일들을 더 겪는다. 그런 다음 화폐 위조범 롤

122

랑을 알게 되어 그르노블 감옥에 수감되고 만다. 그리고 그 도시의 변호사인 M. S***의 도움으로 석방된다. 그녀는 여관에서 뒤부아 양을 만나는데, 또 그녀 손에 의해 그르노블 대주교의 시골 별장으로 끌려간다. 그곳에 있는 거울 방은 언제든 무시무시한 고문실로 전환될 수 있다. 대주교는 거기서 여자들을 무참히 유린한 다음 참수한다.

여자들이 고위 성직자와 함께 들어서자, 그곳에는 마흔다섯 살 먹은 뚱뚱한 사제가 버티고 있다. 흉측한 얼굴에 거대한 몸집의 소유자다. 그는 소파에 앉아 『규방 철학』[27]을 읽고 있다.

쥐스틴은 도망친다. 경악할 사건들이 계속해서 일어난다. 그녀는 다시 투옥되고, 또 사형선고를 받는다. 또다시 탈출에 성공한 그녀는 슬픔에 젖어 헤매다가, 남자 네 명이 동행하는 어느 어여쁜 귀부인과 조우한다. 그건 다름 아닌 쥘리에트다. 그녀는 동생을 반갑게 맞이하고 범죄로 얼룩진 자신의 생활을 자랑스레 떠벌린다. "나로 말할 것 같으면, 악행으로 점철된 길을 걸어왔단다. 눈 닿는 곳마다 온통 장미꽃만 만개하더라고."

이상이 『쥐스틴』의 요약된 줄거리다. 사드 후작은 그것이 자기 작품이 아니라고 끈질기게 주장해왔다. 물론 그럴 만한 이유는 있었다. 작품을 부인한다고 해서 명예가 실추되기는커녕, 자기가 쓴 글이라고 자백했다가는 동시대인들의 눈에 그간 겪었던 핍박이 당연한 것으로 비쳐지리라는 걸 본인 스스로 잘 알고 있었던 것이다. 그가 작품을 부인했다는 사실과 관련해서는 글로 인쇄된 명백한 증거가 있다. 신문 문예란을 통해 『사랑의 죄악』을 신랄하게 비평하면서 『쥐스틴』을 쓴 후작을 혹독하게 비난한 빌테르크에게 사드 자신이 직접 응수한 것이다. 즉, '『사랑의 죄악』을 쓴 저자가 사이비 기자 빌테르크에게'라는 제목의 팸플릿을 곧 발간할 거라고 호언장담한 것인데, 자기가 쓴 작품에 대해 저자 자신이 나서서 그토록 열정적으로 부인을 한 예는 없었다.

그러나 지금 내 앞에는 이 작품의 원본 원고가 아직 세간에

27
앙리 달메라스 씨는 『규방 철학』을 사드 후작의 작품이 아니라고 생각한다. 하지만 이 인용만 보아도 그런 착오는 깨끗이 청산될 것이다. 게다가 사드의 작품을 잘 알고 있던 레티프나 다른 어느 누가 지금껏 그와 관련해 잘못된 판단을 했을 리 없다. 『규방 철학』은 모든 면에서 후작의 천재성을 확연하게 드러내며, 어느 대목에서나 그의 문체를 손쉽게 알아볼 수 있다. 이 작품은 어쩌면 다른 무엇보다 뛰어난 오푸스 사디쿰(opus sadicum), 즉 그의 대표작일지 모른다.

알려지지 않은 상태로 있다.『쥐스틴』의 첫 번째 판본이 처음 쓰여진 그대로, 교정 흔적과 더불어 초고 상태로 놓여 있는 것이다. 후작의 다른 원고들도 포함된, '9호 노트'라는 제목의 공책 69쪽부터 작품이 시작된다. 그리고 계속해서 '10호 노트', '11호 노트', '12호 노트'까지 공책 세 권 분량에 걸쳐 작품이 이어지다가, '13호 노트'에서 마무리된다. 요컨대,『쥐스틴』은 공책 다섯 권 분량의 작품인 셈이다.

처음에 사드 후작은 작품 제목을 '미덕의 불운(Les Infortunes de la vertu)'이라고 지었다. 국립도서관에 보관된 원고 뭉치의 451쪽 뒷면을 보면 그가 이미 여백에다 다음과 같은 메모를 적어놓았는데, 그걸 통해『쥐스틴』을 집필할 즈음 그에게 어떤 생각이 떠올랐는지를 점쳐볼 수 있다. "완전히 새로운 취향의 작품『미덕의 불행(Les Malheurs de la vertu)』을 소설 항목에 추가하도록 하자. 처음부터 끝까지 악덕이 승리하고 미덕은 바닥을 긴다. 결말은 미덕에게 합당한 영광을 돌려주어야 하며, 미덕을 바람직할 뿐 아니라 아름다워 보이게 만들어야 한다. 이 작품을 다 읽고 나서 죄악이 거두는 잘못된 승리를 혐오하지 않을 자 없으며, 미덕을 들볶는 역경과 굴욕을 귀하게 여기지 않을 사람 없다."

제목을 정한 데 이어 사드 후작은 "열아홉 번째 콩트"라고 명기함으로써, 그 주제로 소설을 써보겠다는 처음 생각에 변화가 있음을 내비친다.

그것을 콩트로 만들어, 필경『18세기 콩트와 우화, 프로방스 음유시인이 씀(Contes et fabliaux du XVIIIe siècle, par un troubadour provençal)』(국립도서관 소장 원고 450쪽 뒷면과 451쪽)에 포함시키겠다는 뜻이다.『사랑의 죄악』은 결국 거기 포함될 콩트들 대부분으로 구성된다. 그렇지만『미덕의 불운』은, 그저 상상만 했을 뿐 아직 집필에 착수하지 않은『콩트와 우화』의 작품 목록에 전혀 나타나지 않는다. 당시 사드 후작의 생각은 그 이상의 어떤 소설을 써내겠다는 거였다. 그걸 단념한 다음,

그는 '12호 노트'(사실상 네 번째 공책) 표지에 자신이 쓸 콩트의 결말을 "'미덕의 불행' 끝"이라고 일찌감치 표시해두었다.

'9호 노트'의 표지에 그는 이렇게 적어둔 상태였다. "『미덕의 불행』에 할애된 공책은 노트 여덟 권에 해당하는 총 192쪽 분량이며, 초고는 175쪽 분량이다. 따라서 초고보다 17쪽이 많은 셈인데, 계획된 추가 분량으로는(이탤릭체로 표기된 부분은 저자 자신에 의해 추후 삭제 처리되었다) 그리 과한 것이 아니다." 이는 인쇄용으로 마련한 공책을 말하며, 후작은 그 안에 자신의 콩트를 정서해 넣고자 했다. 사실 초고는 179쪽에 표지 6장으로 이루어져 있다. 원고 말미에 사드 후작은 이런 메모를 남겨놓았다. "1784년 7월 8일, 2주 만에 완성." 결국 6월 23일이나 24일경에 집필을 시작했다는 얘기다.

『언니 쥘리에트 혹은 악덕의 번영(Juliette ou les Prospérités du vice)』은 『쥐스틴』의 속편이자, 완벽한 대조를 이루는 작품이다.

동생과 함께 수녀원을 나오면서 쥘리에트는 뚜쟁이의 집에 들어가고, "파리 최고의 도둑"인 도르발이라는 자에게 소개된다. 그는 그녀로 하여금 독일인 두 명을 유혹해, 가진 것을 털게 한다. 이어서 그녀는 누아르쇠이라는 악당을 만나는데, 그는 그녀 아버지를 파산하게 만든 장본인인 데다, 수많은 가정의 재산을 갈취해 부를 쌓은 인물이다. 그는 쥘리에트를 대신(大臣)인 생퐁에게 소개하고, 이 사람은 일련의 배려에 대한 대가로, 그녀의 광적인 사치 욕구를 만족시켜줄 수단을 제공한다. 즉, 그녀를 독극물 관리국 책임자로 들어앉힌 것이다. 그 결과 공직에 몸담은 희생자에 대한 각종 고문과 더불어 정치적 독살 사건들이 빈발한다.

쥘리에트의 영국인 귀족 친구 클레어윌 부인은 생퐁이 일원으로 있는 '범죄인 동지 연합'에 쥘리에트를 가입시킨다. 대신은 프랑스의 인구 감소를 위한 자신의 계획을 쥘리에트에게 들려주고, 쥘리에트는 놀라고 두려운 마음을 감추지 못한다.

생퐁은 즉각 그 낌새를 알아챈다. 쥘리에트는 생명의 위협을 느낀다. 그녀는 앙제로 도망쳐, 하급 뚜쟁이의 집에 의탁한다. 그리고 거기서 만난 어느 돈 많은 신사와 결혼한 뒤, 그를 독살한다. 그 후 이탈리아로 떠난 그녀는 대도시를 떠돌면서 최고 부유층 인사들에게 닥치는 대로 몸을 판다. 그러던 중 스브리가니라는 이름의 사기꾼을 만나 의기투합한다. 둘은 피렌체로 이동해 얼마간 머문다. 쥘리에트는 그간 지나온 모든 도시들과 마찬가지로 그곳에서도 궁정의 초대를 받는다. 나는 이 소설의 페이지를 넘길 때마다 어김없이 튀어나오는 모든 범죄 장면들을 일일이 짚고 넘어가지는 않겠다. 그중에는 식인 현장이 중요한 자리를 차지한다. 로마에서 쥘리에트는 교황 비오7세의 환대를 받는다. 그 앞에서 그녀는 역대 교황이 저지른 범죄들을 시대순으로 나열해 들려준다. 교황이 중간에 말을 끊으려 하자, 쥘리에트는 "닥쳐, 이 늙은 원숭이야!"라고 일갈한다. 마침내 비오7세는 이렇게 외친다. "오, 쥘리에트! 그대가 총명하다는 소문은 익히 들었지만, 이 정도일 줄은 내 미처 몰랐소. 이렇게 높은 단계의 사고력은 여자에게서 극히 보기 드문 일이오."

쥘리에트의 다음 행선지는 나폴리다. 가는 도중 떼강도와 여러 차례 마주치며 각종 일을 겪는데, 그중 한 집단에게서 클레어윌 부인을 다시 만난다. 나폴리의 왕 페르디난도1세가 쥘리에트를 극진히 맞아들인다. 이어서 헤르쿨라네움과 폼페이에 대한 묘사가 나온다. 쥘리에트는 마리아 카롤리나 왕비의 도움으로 나폴리 국왕의 어마어마한 재화를 훔친다. 도둑질이 무사히 성공하자, 그녀는 왕비를 고발한 뒤 프랑스로 떠나버린다.

알시드 보노[28]는 말한다. "이런 자잘한 일화들은 사드 후작이 이탈리아 궁정의 각종 비사(秘史)에 관한 지식을 과시하지만, 그 진수에는 이르지 못함을 보여준다. 나폴리 왕비와 후궁들의 음모는 충분히 알려진 이야기이니 말이다. 아무리 강렬한 상상력을 발휘해 이야기를 꾸며내도 역사 자체에는 미치지 못

[28]
알시드 보노(Alcide Bonneau, 1836-1904). 프랑스의 문헌학자, 평론가, 번역가. 에로티시즘 관련 저술 활동을 활발히 했다.

했던 것이다." 하긴『쥘리에트』에서 우리를 이탈리아 궁정뿐
아니라 스톡홀름이랄지 상트페테르부르크 같은 북구의 궁정에
까지 이끌고 다니는 후작이니만큼, 아무리 역사라 해도 그의 철
학적 이야기쯤 얼마든지 용인한 셈이다.

한편 뒤렌 박사는 1904년 사드의 가장 대담한 작품 중 하나가
수록된 원고를 출간했다. 다름 아닌『소돔 120일 혹은 방탕주
의 학교(Les 120 jours de Sodome ou l'École du libertinage)』[29]
라는 작품인데, 후작이 바스티유에 수감된 당시 빼앗긴 원고로,
훗날 그는 이 일을 두고두고 원통해했다. 레티프 드 라 브르통
이『니콜라 씨』에서 언급한 "방탕주의 이론(Théorie du liber-
tinage)"[30]은 분명 이 작품을 두고 한 말이다. 하지만 그는 분명
이 작품을 눈으로 보지 못했다. 그가 다음과 같은 불만을 토로
한 것을 보면, 아마도 사드가 그 전에 공들여 작업했으며, 레티
프 자신의『포르노그라프』라는 작품과 유사점이 있는 것으로
알려진 '공창(公娼) 기획'을 그것과 혼동한 모양이다. "거기서 괴
물 작가는『포르노그라프』를 흉내 내, 방탕을 위한 시설을 제안
하고 있습니다. 나는 자연의 타락을 막아보려고 그토록 열심히
일했습니다만, 그 파렴치한 생체 해부학자는 내 젊은 시절 작품
을 모방해가면서 저 끔찍하고 혐오스러운 타락상을 극단으로
몰아가려 하더군요…."

1877년 피사누스 프락시는『소돔 120일』의 원고를 직접 눈
으로 확인한 건 아니었지만, 자신의 손에 들어온 어떤 문서의
내용에 입각해 그럴듯하게 묘사하기도 했다.[31]

문제의 원고는 사드 후작이 사용한 바스티유의 감방 안에
서 아르누 생막시맹에 의해 발견되어, 빌뇌브트랑스 후작의 조
부 손에 넘어간 뒤 3대에 걸쳐 그 집안 소장품으로 보존되었다.
뒤렌 박사는 파리의 한 서적상의 중개로 그 원고를 매우 비싼
가격에 사들였다. 원고는 11센티미터 너비의 종이들을 이어 붙
인, 총 길이 12미터 10센티미터에 이르는 두루마리 형태로 이루

127

29
'애서가 클럽' 소속 회원 상대로 1904년
총 160부 한정 출간되었다.

30
'libertinage(리베르티나주)'와
'libertin(리베르탱)'이라는 단어는
어원적으로 '자유(liberté)'의 개념을
내포하며, 그 철학사적 의미만을 고려할
경우, '무신론적 자유사상(가)'이라고
옮기면 무난할 것이다. 그러나 사드의
문학은 물론 18세기를 풍미한 소위
'리베르탱 소설(romans libertins)'
전반에 걸쳐 그 단어가 등장할 때마다
일괄하여 '무신론적 자유사상(가)'으로
옮기기에는 현저한 무리가 따른다.
문학적 문맥과 철학적 정의는 다를 수
있기 때문이다.
'libertinage'와 'libertin'을 적절하게
옮기기 위해 옮긴이가 고려한 점은
다음과 같다. 우선 'libertinage'는 17세기
초에 처음 나타난 용어로 두 가지
층위에서 중요한 의미를 내포한다. 첫째,
종교(기독교)와 윤리의 형이상학적
도그마를 부정하여 그로부터 전적인
자유를 추구하는 '사상적 입장'과
둘째, 그 입장을 토대로 하여 모든
육체적, 물질적 쾌락을 무제한적으로
추구하는 '삶의 방식'이 그것이다.
중요한 것은 이 두 의미의 합집합이
아닌 교집합 속에 'libertinage'의 진정한
의미가 존재한다는 점이다. 사상적
차원(무신앙)과 풍속적 차원(방탕)을
동시에 포괄하는 이 단어의 마땅한
번역어를 찾기 어려운 이유다.
그런가 하면 'libertinage'를 실천하며
살아가는 사람인 'libertin' 역시 사전에
등재된 '(17, 18세기) 자유사상가'로
옮기기에는 의미의 어느 한 면(사상적
차원)에 치우친 듯해 문학 번역어로서
부족하다는 판단이다. 그렇다고 기존의
일부 번역본에서처럼 '탕아', '난봉꾼'으로
간단히 옮기는 것 또한 의미의 한쪽
면(풍속적 차원)에 치우친 감이 짙어
아쉽긴 마찬가지다.
하여, 본 전집에서는 'libertinage'를
'방탕주의(放蕩主義)'라는 번역어로
옮기되, 'libertin'은 17, 18세기라는
특정 시대적 배경을 가진 용어라는
점에서―1960년대의 시대적 배경을
가진 히피(hippie)라는 용어가
그러하듯―원어 '리베르탱'을
그대로 살리는 절충안을 택하기로
한다. 일반적으로 '방탕주의'라는
표현은 '의식적 차원에서
방탕을 추구하는―체계적인
철학이라기보다는―삶의 자세'를 뜻하는
것으로 받아들일 수 있는데, 삶의 방식
즉 '풍속의 범주'에 속하는 단어('방탕')와
정신적 입장 즉 '사상의 범주'에 속하는
단어('주의')를 결합함으로써, 완벽하진
않지만, 'libertinage'가 포괄하는 두 가지
의미의 뉘앙스를 무난히 담아낸 것으로
판단한다. 디디에 푸코(Didier Foucault),

『리베르티나주의 역사(Histoire du libertinage)』(페랭[Perrin], 2007) 참조.

31
피사누스 프락시(Pisanus Fraxi, 1834-1900)의 본명은 헨리 스펜서 애슈비(Henry Spencer Ashbee), 영국의 장서가, 서지학자. 3권 분량의 에로티시즘 문헌 자료집 『금서 목록(Index Librorum Prohibitorum)』(1877)으로 유명하다.

어져 있다. 거의 현미경으로 들여다봐야 할 정도의 작은 글씨들이 종이 양면에 빼곡하게 들어차 있다. 원고의 최종 소유자는 그것을 남근 모양의 사물함 속에 넣어 보관하고 있었다. 집필은 바스티유에서 매일 저녁 7시부터 10시까지 37일 동안 이어졌고, 1785년 11월 27일 끝났다.

뒤렌 박사가 보기에 이 작품은 사드 후작의 글이라는 점뿐 아니라 인류사 차원에서도 지극히 중요한 것이었다. 성 본능과 관련한 인간의 모든 정념(passion)을 엄격한 과학성에 입각하여 분류한 사례가 거기서 확인된다. 사드 후작은 그것을 쓰면서 자신의 새로운 이론 모두를 그 안에 응집시켰고, 크라프트에빙 박사보다 100년이나 앞서 성(性) 정신 질환의 개념을 창안했다.

"자연이 불러일으키는 기이한 성향들"에 관한 작품을 쓰면서 사드 후작은 자신이 쓰는 글의 새로움과 중요성을 일찌감치 의식하고 있었다. 이렇게 말하고 있으니 말이다. "그와 같은 일탈 행위들을 똑바로 응시하고 세밀히 묘사할 수 있다면 아마 풍속에 관한 가장 훌륭하면서 가장 흥미로운 저작 중 하나가 될 것이다." 나아가 그는 이 작품의 과학적이고 체계적인 면모를 강조하면서 다음과 같이 덧붙인다. "상상해보라, 모든 점잖은 쾌락들, 아니 그대가 잘 알지도 못하면서 끊임없이 입에 올리는, 그 자연이라 부르는 짐승이 권하는 쾌락들은 이 책의 목록에서 단호하게 제외될 것임을."

루이14세 재위 기간이 끝나갈 무렵, 섭정이 시작되기 직전, 요컨대 태양왕이 일으킨 크고 작은 전쟁들로 인해 프랑스 민중이 피폐해질 대로 피폐해진 그 시절, 소수의 흡혈귀들이 악착같이 나라의 피를 빨아먹으며 다수의 고통으로 제 살을 불렸는가 하면, 그런 부류에 속한 여기 네 명은 그들 나름의 "기발한 방탕의 잔치판"을 고안해냈으니, 바로 그 상세한 기록이 작품의 내용을 이룬다.

블랑지스 공작과 그의 동생인 아무개 주교는 우선 계획을 세우고, 파렴치한 인간 뒤르세와 판사인 퀴르발에게 알린다. 서로의 관계를 보다 공고히 하기 위해 그들은 제각기 상대의 딸과 혼인을 했으며, 공동 기금을 조성해 매년 그중 200만 프랑을 쾌락에 투자하기로 한다. 또한 계집애들을 모집할 여자 뚜쟁이 네 명과 소년들을 끌어모을 남자 포주 네 명을 고용한다. 매달 파리의 서로 다른 네 구역에 위치한 네 곳의 별장에서 주색야찬(酒色夜餐)이 모두 네 차례에 걸쳐 펼쳐진다. 첫 번째 야찬은 동성애적 향락에 바쳐진다. 스무 살에서 서른 살까지의 젊은 남자 열여섯 명이 능동적인 역할을 맡고, 열두 살에서 열여덟 살까지의 소년 열여섯 명이 수동적인 역할을 맡는 이 "남자들만의 대향연(orgie)에서는 소돔과 고모라가 만들어낸 더없이 관능적인 모든 행위"가 판을 친다. 두 번째 야찬은 "조신한 계집들"을 위해 차려지는데, 모두 합해 열두 명이다. 세 번째 야찬은 장안의 가장 저속하고 추악한 계집들 차지인데, 그 수가 100명에 이른다. 네 번째 야찬에는 일곱 살에서 열다섯 살에 이르는 숫처녀 스무 명이 자리한다. 뿐만 아니라 매주 금요일은 따로 "비밀 회식"이 있는 날인데, 거기엔 부모에게서 납치당해온 여자아이 네 명과 우리 난봉꾼들의 부인 네 명이 참석한다. 이들 각 회식에는 1만 프랑의 비용이 들어가고, 능히 짐작하겠지만, 계절별로 보통 사람들은 구경조차 하지 못할 가장 희소한 과일들과 더불어 세계 모든 나라에서 들여온 포도주가 풍성하게 차려진다. 이제 우리는 네 명의 리베르탱들에 대한 묘사로 시작하는 대목을 살펴보기로 한다. 기만적인 필체로 순화시킨 감이 전혀 들지 않는, 지극히 적나라한 묘사가 일사불란하게 펼쳐진다.

제일 먼저 저자는 블랑지스 공작의 인상착의를 그려 보이고, 그의 인생에 관해 알려준다. 열여덟 살에 이미 어마어마한 재산을 거머쥔 그는 숱한 협잡질과 범죄행위를 통해 그것을 불려왔다. 그는 온갖 욕정과 악덕을 타고났으며, 더없이 딱딱하게 굳은 마음의 소유자다. 살면서 그는 모든 범죄와 모든 파렴치한 짓을 닥치는 대로 저질러왔다. 사람은 철저하게 악질이어야 하며, "죄악 속에서 덕 있는 체하거나, 미덕을 두른 채 죄를 범하는" 것은 금물이다. 그에게 악덕은 "가장 감미로운 쾌락"의 원천이다. 최강자의 논리가 언제나 최선이다라는 것이 그의 지론이다. 그는 자기 어머니를 살해했고, 자기 누이를 강간했다. "악덕의 세 동료들"과 친분을 맺은 것은 그의 나이 스물셋이었을 때다.

그는 강도질에 뛰어들었고, 오페라극장 무도회에서 예쁜 두 여자아이를 그 어미로부터 강탈한다. 그는 자기 아내를 살해한 다음 동생의 정부와 재혼하는데, 알린의 어머니인 그녀는 소설의 중요 인물 중 하나다.

체격으로 말하자면, 헤라클레스가 따로 없다. 이제 나이가 오십인 이 사내는 그야말로 "자연이 빚어낸 걸작"이다. 이 신성 모독자는 가히 음탕의 신이라 해도 과언이 아닐 것이다. 그는 양다리로 말을 죄어 몸통을 으스러뜨릴 정도로 괴력의 소유자다. 과도한 식탐은 상상을 초월한다. 매번 식사할 때마다 그는 부르고뉴산 포도주를 열 병씩 들이켠다….

동생인 대주교는 형을 닮았지만, 그보다는 힘이 덜 세고 대신 좀 더 정신적이다. 그의 건강 역시 형만큼 대단하지 않고, 보다 섬세한 편이다. 나이는 마흔다섯. 눈은 아름다운데 입이 흉하고, 몸은 여성스럽다.

이들 리베르탱 가운데 최연장자는 예순 살인 퀴르발 판사다. 키가 크고 깡마른 체형인 그는 마치 해골 같은 인상이다. 길고 가느다란 콧날 아래 납빛의 입술이 자리한다. 사티로스처럼 온몸이 털투성이다. 그는 발기부전에 시달리고 있다. 그는 항상 범죄를 즐긴다. "그는 방방곡곡에서 희생자를 물색해 데려오게 한 뒤, 자신의 변덕스러운 취향을 만족시키기 위한 제물로 삼았다."

네 번째 리베르탱인 뒤르세는 쉰세 살이다. 그는 키가 작고 여성적인 체격에 통통하고 기름진 몸집이다. 얼굴은 포동포동하다. 아주 흰 피부와 여성적인 엉덩이, 부드럽고 그윽한 목소리를 가졌다는 사실을 그는 몹시 자랑스러워한다. 그 모두는 동성애 관계에서 여자 역할의 징후를 확연히 드러내는 점들로, 어렸을 적부터 그는 공작이 아끼는 미동(美童)이었다.

리베르탱들에 대한 묘사 다음으로는 그 배우자들에 대한 묘사가 이어진다. 공작의 부인이자 뒤르세의 딸인 콩스탕스는 키가 크고 날씬해서, 그림처럼 완벽한 몸매의 소유자다. 마치 백합 같다고나 할까. 고상함과 섬세함이 곳곳에 배어 있는 자태다. 불꽃이 이글거리는 검고 큰 눈동자와 새하얗고 앙증맞은 치아를 가진 그녀의 현재 나이는 스물두 살. 아버지는 그녀를 딸이라기보다는 정부인 것처럼 키워왔지만, 그의 고운 심성과 순박한 기질을 완전히 빼앗지는 못했다.

아델라이드는 뒤르세의 아내이자 퀴르발 판사의 딸인데, 갈색 머리의 콩스탕스와는 전혀 다른 종류의 미모를 갖췄다. 그녀의 나이는 스무 살. 작은 키에, 금발이고, 감상적이면서 비현실적인 성향의 소유자다. 눈동자는 푸르고 자태에선 품위가 묻어난다. 아름다운 눈썹에, 귀티 나는 이마와 작은 매부리코, 다소 큰 입을 가졌다. 보기 좋은 모습이며, 고개를 약간 오른쪽 어깨 위로 기울인 자세다. 하지만 "미의 전형이라기보다는 초벌 스케치"에 가까운 외모다. 그녀는 혼자 있기를 좋아하고 남몰래 우는 일이 잦다. 판사는 그녀의 종교적 심성을 파괴할 수 없었다. 그녀는 툭하면 기도하는데, 그로 인해 아버지와 남편으로부터 심심찮게 체벌을 받곤 한다. 가난한 사람들을 돕는 일에 적극적으로 나서고, 그들을 위해 희생하기를 마다하지 않는다.

쥘리는 판사의 아내이면서 공작의 맏딸이다. 훤칠한 체격에 살집도 상당한 편이다. 아름다운 갈색 눈과 예쁘장한 코, 밝고 쾌활한 생김새에 밤색 머리카락을 가졌지만, 못생긴 입안으로는 다소 불결한 성향으로 인해 충치가 가득하다. 그 때문에 악취를 좋아하는 판사의 총애를 받고 있다. 대식가인 데다 술고래이며, 완전히 무사태평한 성격의 소유자다.

쥘리의 여동생인 알린은 사실 대주교의 딸이다. 나이는 열여덟 살밖에 되지 않았으며, 상큼하면서 새침한 얼굴에 약간 들창코이고, 생기 넘치는 갈색 눈을 가졌다. 그윽한 입매에 매혹적인 몸매, 살짝 가무잡잡하면서 곱고 부드러운 피부의 소유자다. 어려서부터 대주교가 완전한 무지렁이 상태로 방치했기 때문에 그녀는 거의 읽고 쓸 줄을 모를뿐더러, 종교적 심성 따위는 전혀 알지 못하고, 생각과 감정이 어린아이 수준이다. 어떤 일 앞에서도 반응이 갑작스럽고 엉뚱하다. 그녀는 항상 언니랑 놀고, 대주교를 싫어하는가 하면, 공작은 "불처럼" 무서워한다. 천성적으로 무척 게으르다.

그다음으로는 작품의 전체 계획과 네 명의 리베르탱들이 상상해낸 쾌락들이 소개된다. 사드의 입장에서 볼 때, 언어로부터 오는 관능적 자극이란 매우 강렬하다. 네 명의 리베르탱들은 "음란을 통해 여타 감각을 만족시켜줄 수 있는 모든 수단"을 총동원하기로 결정한다. 그리하여 모든 종류의 성적 일탈 행위와 난행을 "등급에 따라" 이야기로 풀어내도록 규칙을 정한다.

리베르탱들은 오랜 물색 끝에, 많은 것을 경험하고 기억하는 네 명의 노파를 데려온다. 그 노파들은 하나같이 모든 성적 도착 행위를 꿰고 있으며, 그것들을 체계적인 이야기 속에 담아낼 줄 안다.

첫 번째 노파는 가장 단순하고, 가장 평범하며, 가장 덜 기교적인 성적 일탈을 150가지 이야기해야 한다. 두 번째 노파는 한 명 혹은 그 이상의 남자들이 여러 여자들과 행하는 "좀 더 희귀하고 더 복잡한" 성적 일탈을 마찬가지로 150가지 이야기해야 한다. 세 번째 노파는 법과 자연, 종교에 대한 범죄적 타락상을 150가지 펼쳐 보여야 한다. 이런 범주의 사례들이 극단으로 치달아 결국 살인에 이르고, 살인에서 얻는 쾌감이 다시 가지를 쳐, 네 번째 노파는 살인을 부르는 다양한 고문 기술들을 150가지 선보여야 한다.

네 명의 리베르탱들은 그 이야기들을 토대로 각자의 부인들과 그 밖의 "노리개들"을 데리고 실습을 하고자 한다.

네 명의 늙은 "이야기꾼"들은 상당한 지식의 소유자들이며 전직 매춘부들로서, 지금은 모두 뚜쟁이 노릇을 하고 있다.

마담 뒤클로는 마흔여덟 살이며, 아직은 괜찮은 외모다.

마담 샹빌은 쉰 살이며, 남자 역할에 광적으로 탐닉하는 동성연애자다.

마담 마르텐은 쉰두 살로, 음부가 막혀 있는 탓에 소싯적부터 항문 성교만을 하게 되어 있다.

마담 데그랑주는 쉰 살이다. 그녀는 글자 그대로 "악의 화신"이며, 피골이 상접한 몰골에 치아 열 개가 없고, 손가락이 세 개 없으며, 눈이 하나 없다. 그녀는 다리를 절고 궤양으로 만신창이다. 그녀의 영혼은 "모든 악덕의 집합소"다. 그녀가 저지르지 않은 범죄는 없다. 고로 그 동료들 또한 천사가 아니다.

소녀 여덟 명, 소년 여덟 명, 성인 남자 여덟 명 그리고 하녀 네 명으로 이루어진 "음욕의 노리개들"이 신경 써서 조달된다. 지극히 정제된 안목으로 재료를 선발하기 위해 프랑스에서 내로라하는 뚜쟁이와 포주들을 고용한다. 수녀원, 일반 가정 할 것 없이 방방곡곡 뒤져서 열두 살에서 열다섯 살까지의 소녀 130명을 색출하는데, 그 비용으로 뚜쟁이들에게 지불된 금액이 총 3만 프랑이다. 결국 이들 130명의 소녀들 중 여덟 명만을 취한 셈이다.

"남색 중개인들"에 의해 넘겨진 소년들과 성인 남자들 역시 그런 식으로 조달된 것이다.

공작의 시골 별장에서 진행되는 소녀들에 대한 검사는 13일간 이어진다. 하루에 열 명 꼴인 셈이다.

소년과 남색 상대들, 하녀들에 대한 검사도 마찬가지 일정으로 전개된다.

본격적인 판이 벌어지는 장소는 공작의 성채. 그곳에서 이야기 구술과 통음 난무의 대향연이 아홉 달[32] 동안 펼쳐진다. 가구들은 미리 구비해두었고, 음식과 술도 비축해두었다. 성채는 접근 자체가 거의 불가능할 만큼 깎아지른 산들로 둘러싸인 데다, 숲속 한가운데 위치해 있다. 성의 영내는 높은 성벽과 깊은 외호(外濠)로 외부 세계로부터 겹겹이 차단되어 있다. 고요하다 못해 거의 종교적이기까지 한 풍광은 오히려 방탕주의를 더

133

32. 사실은 넉 달임.

욱 부추기는 느낌이다. 성의 모든 방은 내부의 널찍한 광장을 향하고 있다. 2층에는 거대한 회랑이 주방들에 인접한 식당으로까지 이어져 있다. 식당은 오토만 의자와 안락의자, 양탄자가 구비되어 있어 아주 편안한 분위기다. 그곳에서 조금만 더 가면 노파 넷이 버티고 있는 회합실 바로 옆, 가구들이 잘 비치된 살롱이 나온다. "음란한 회동"의 현장답게 걸맞는 시설이 갖춰진 그곳은 한마디로 "전투가 벌어지는 장소"다. 전체적으로 반원 형태인 공간에는 거울이 설치된 네 개의 큼직한 벽감이 눈에 띈다. 한쪽 구석에는 오토만 의자가 놓여 있다. 방 한복판에는 이야기꾼을 위한 옥좌가 자리하고, 그 아래로 펼쳐진 계단에는 "방탕의 신하들"이 대기해, 이야기가 진행되는 동안 리베르탱들의 흥분한 감각을 위로해주기로 되어 있다. 옥좌와 계단은 금빛 줄무늬가 가미된 흑청색 새틴으로 덮여 있고, 벽감들은 연한 푸른빛 새틴으로 단장되어 있다. 각 벽감 속에는 "벽장문처럼 생긴 수수께끼 같은 쪽문"이 달려 있어, 한껏 달아오른 리베르탱이 욕망의 노리개를 데리고 들어가면, 소파와 함께 "오만 가지 음란 행위들에 필요한 그 밖의 온갖 설비들"이 갖춰진 별도의 공간이 나타난다. 옥좌 양쪽으로 안이 움푹하게 파인 기둥들이 천장까지 닿도록 서 있는데, 그 안에 벌 받을 사람들을 가두어둔다. 기둥 안에는 또한 고문 도구들이 갖추어져 있고, 보는 것만으로도 끔찍한 그것들이 피해자에게 안기는 엄청난 공포로부터 "가해자들의 영혼을 사로잡는 관능의 거의 모든 매혹이 비롯된다." 이 큰 방 옆에는 가장 은밀한 쾌락을 위한 규방이 자리한다. 성의 건너편 익면(翼面)부에는 삼색의 다마스크 터키풍 침대가 비치되어 있으면서, 별도의 규방과 옷방들이 딸린 네 개의 아름다운 침실이 더할 나위 없이 호사스럽고 "가장 관능적인 색욕"을 북돋기 위한 최적의 장식들을 갖추고 있다.

두 개의 층에 걸쳐 몇 개의 방들이 이야기꾼들과 소년들, 소녀들, 하녀들 등등을 위해 배정된다. 경당(經堂)을 벗어나 회랑 끝에 이르면 지하로 통하는 300계단 규모의 나선형 층계가 있고, 그 끝에 세 개의 철문으로 차단된 어두컴컴한 방이 궁륭형 천장을 이고 있다. 그곳에는 가장 잔혹한 기술과 가장 교묘한 악의가 고안해낸 가장 무시무시한 것이 준비되어 있다.

10월 29일 저녁 여덟 시, 전원 성안으로 들어온다. 공작의 요구에 따라 마치 콘클라베처럼 모든 출입로와 출입구를 봉쇄한다. 11월 1일까지(나흘 동안) 희생될 사람들은 휴식을 취하고, 네 명의 리베르탱들은 규칙을 만든다. 규칙은 간단하다.

오전 10시 기상, 소년들을 방문한다.

11시, 하렘에서의 간단한 요기(쇼콜라, 구운 고기, 포도주). 소녀들이 무릎 꿇고 시중든다.

오후 3시에서 5시까지 만찬. 노파들과 배우자들이 나서서 시중을 든다. 살롱에서 커피를 마신다. 6시에는 이야기가 구술될 방으로 입장한다.

여자들의 옷은 매일 바뀐다. 아시아와 에스파냐, 그리스의 전통 복장을 비롯해, 수녀, 요정, 여자 마법사, 과부 등등의 차림새.

6시 종소리가 울리면 이야기꾼이 이야기를 시작한다. 이는 장장 네 시간에 걸쳐 진행되는데, 리베르탱들이 잡다하게 쾌락을 맛보고 싶을 때마다 중간중간 막간을 빌미로 이야기를 중단시킬 수 있다. 밤 10시는 야찬을 위한 시간이다. 이때부터 대낮같이 불 밝힌 회합실에서의 통음 난무의 대향연이 개시된다. 그것은 새벽 2시까지 이어진다. 상당수의 향연이 개최되고, 매주 일요일 저녁에는 사소한 잘못을 저지른 소년 소녀들에게 체벌이 가해진다. 오로지 음탕한 언어만을 구사해야 하며, 신이라는 명칭은 신성모독의 경우에만 입에 담을 수 있다. 휴식은 있을 수 없으며, 리베르탱의 배우자들과 소녀들은 우아한 태도로 가장 저질적이고 역겨운 시중에 나서야 한다.

규칙을 다듬어 만든 다음, 공작은 10월 31일 살롱에 모인 여자들 앞에서 일장 연설을 한다. 연설 내용은 별로 고무적이지 못하다. 결론을 간추리자면 대충 이런 정도다. 여자에게 있을 수 있는 최선의 상황은 가급적 빨리 죽는 것! 이는 곧 사드 자신이 독자를 향해 행하는 연설이나 마찬가지이며, 요지는 단단히 각오를 하고 책을 펼치라는 것이다. 이제 그는 세상에 존재하는 600가지의 성적도착을 적나라하게 펼쳐 보일 작정이다. "이 욕정들을 하나하나 여백에 줄을 치고 그 밑에 이름을 붙여가며 면밀히 분류해보았다."

'소돔 120일'은 그렇게 시작된다. 11월 1일, 마담 뒤클로는 초급 수준에 해당하는 단순한 일탈 행위 150가지를 공개함으로써 개시를 알린다. 매일 다섯 가지씩 이야기를 진행한다. 이야기는 중간중간 토론과 논평, 다양한 여흥 때문에 중단되기도 한다.

이렇게 해서, 사드가 해당 주제에 포함되는 모든 것을 유일하게 완전한 규모로 담아낸 제1부가 완성된다. 그다음부터는 아마도 종이가 모자란 것 같다.

나머지 내용들, 즉 제2부 마담 샹빌이 풀어내는 150가지의 "복합적인 욕정들"과 제3부 마담 마르텐이 이야기하는 150가지의 범죄성 도착 행위들 그리고 제4부 마담 데그랑주가 펼쳐 보이는 150가지의 일탈적 살인 행위들은 축약된 형태로 제시되어, 초안 수준에 머문다고도 할 수 있다. 마담 뒤클로는 11월에 이야기하고, 마담 샹빌은 12월에, 마담 마르텐은 1월에, 마담 데그랑주는 2월에 이야기한다. 이야기들은 마지막 날에 가서야 종료되고, 결국 최종 희생 제물들에 대한 학살과 더불어 모든 것이 끝난다. 다음은 그 모든 과정에 대한 총괄 계산서다.

> 3월 1일 이전 대향연 와중에 살육된 인원 ———————— 10명
> 3월 1일 이후 살육된 인원 ——————————————— 20명
> 생환하는 인원 ——————————————————— 16명

이상이, 뒤렌 박사의 소견에 따르자면, 사드 후작을 18세기 작가들 중 최고의 반열에 오르게 해주는 작품의 요약된 내용이다. 후작은 성 정신 질환의 모든 양태에 대한 객관적인 설명을 그 작품 안에 다져 넣고 있다.

뒤렌 박사는 사드 후작의 또 다른 작품과 관련한 구상에 대해서도 파악하고 있는데, 이름하여 「플로르벨의 나날들 혹은 폭로된 자연, 그리고 모도르 신부의 회고록(Les Journées de Florbelle ou la Nature dévoilée, suivies des Mémoires de l'abbé de Modore)」이라는 작품이다. 소설은 상당히 많은 권수로 펼쳐질 참이었고, 그 첫 권은 종교와 영혼, 신에 관한 대화들로 채워질 예정이었다.

둘째 권은 도금양과 장미가 우거진 숲속이 배경이다. 여기서는 쾌락의 기술에 관한 대화가 펼쳐진다.

셋째 권에서는 파리에 매음굴 서른두 곳을 만들 계획이 다루어진다.

넷째 권에서는 모도르의 사연이 스물네 장에 걸쳐 기술된다.

다섯째 권은 전권에서 다룬 사연을 열한 장에 걸쳐 계속 다룬 다음, 불행한 여자 외독시에게 가해지는 잔혹한 행위들을 공개한다.

여섯째 권에서는 모도르의 사연이 스물여섯 장에 걸쳐 다루어지고… 그런 식으로 권수가 쌓여간다.

마지막에 가서 후작은 모도르의 사연을 위한 또 다른 제목을 다음과 같이 적어놓는다. '악덕의 승리 혹은 모도르의 진솔한 이야기'.[33]

'비오그라피 미쇼(Biographie Michaud)'[34]에 제시된 사드 후작의 원고 목록을 살펴보면, 분실되었거나 압수된 글들로 네 권 분량의 『콩트』와 네 권 분량의 『어느 문인의 잡문집(Le Porte-feuille d'un homme de lettres)』이 눈에 띈다. 나는 이들 원고가 사실상 국립도서관에 보관 중인 문집에 포함되어 있다고 생각한다.

거기 451장 뒷면과 453장의 콩트들에는 『어느 문인의 잡문집』 초안이 이런 식으로 기술되어 있다. "두 자매가 시골에 산다. 한 명은 애교가 많고, 다른 한 명은 다정하면서도 조금은 더 얌전하다. 둘 다 파리에 사는 어느 문인 한 명과 규칙적인 서신

33
나는 이 자리에서 공공연하게 출간된 사드의 작품들에 대해 따로 분석하지는 않겠다. 『규방 철학』과 관련해서는, 굳이 강조할 필요가 없을 정도로 주제가 뻔하다.

34
프랑스 작가이자 출판업자인 루이가브리엘 미쇼(Louis-Gabriel Michaud, 1773-1858)가 1843년에 펴낸 총 45권 분량의 인명사전을 말한다. 원제목은 '신구대전기(新舊大傳記): 만인의 공적, 사적 삶의 알파벳순 역사(Biographie universelle ancienne et moderne: histoire par ordre alphabétique de la vie publique et privée de tous les hommes)'.

을 통해 교제 중이다."

사드는 각 권의 내용을 간추려 제시하는데, 적어도 초안을 놓고 볼 때, 가장 흥미로운 것은 첫째 권과 둘째 권의 내용이다.

제1권의 내용은 사형에 관한 논설들, 국가에 유익을 도모하기 위해 범죄자들이 해야 할 일에 관한 계획, 호사스러운 생활에 관한 편지, 도덕과 관련한 마흔네 개의 질문이 제시된 교육에 관한 편지 등등….

제2권의 내용은 극본을 쓰는 기법에 관한 편지, 대사가 운문으로 처리된 소규모 연극 설계도, 연극 종사자들에게 유익한 모든 것을 담아내는 쉰 개의 지침들….

사드 후작은 이 두 번째 부분의 계획을 구체화시키고 있는데, 원고 뒷면에 이렇게 적혀 있다.

폴로에와 제노크라트.[35] [폴로에가] 연극에 종사할 계획을 밝힌다.

제노크라트와 폴로에. 계획을 두고 다투지만 연극에 관한 조언이 오간다.

폴로에가 제노크라트에게. 그녀들[두 자매]은 돌아가서 그에게 보여줄 연극을 만든다. 지금 그녀들은 심심해하고, 그에게 뭐 좀 재미있는 일이 없는지 묻는다.

제노크라트가 폴로에에게. 그는 여러 일화들과 어원 알아맞히기 퀴즈를 (공책에 담아) 보낸다. 미라마의 일화로 이야기는 마무리된다.

폴로에가 제노크라트에게. 그녀는 시골을 떠나 그에게 상을 주기 위해 파리로 향한다.

사드 후작은 언제나 연극 문제에 골몰해 있었다. 우리는 1772년

138

35
'폴로에와 제노크라트(Pholoé et Zénocrate)'는 미완의 서한체 소설 제목이다.

그가 지라르 씨에게 보낸 편지를 한 장 가지고 있다. 지라르 씨는 필리프 드 지라르[36]의 부친으로, 황제의 대관식 때 카드네(보클뤼즈 주[州]) 면 의회 의장직을 맡고 있던 인물이다.

편지는, 1772년 1월 20일 월요일 사드 후작이 연극 한 편을 무대에 올렸음을 말해주고 있다. 다음은 1911년 12월 11일 자 『프티트 가제트 압테지엔』에 실린 편지 전문이다.

선생님, 지난번 저희 집 연극을 공연한 자리에서 저는 라코스트와 루르마랭의 여러 분들께 선생님의 방문을 제가 얼마나 학수고대하는지 꼭 전해달라고 당부를 드렸었지요. 하지만 저는 아직까지 제가 그토록 바랐음에도 선생님을 저희 집에 영접하는 기쁨을 누리지 못하고 있답니다. 감히 희망하건대, 제가 직접 제작해 이번 달 20일 월요일에 무대에 올릴, 그리하여 선생님의 소감을 그 무엇보다 듣고 싶은 저의 연극 공연이 계기가 되어, 그토록 오랜 세월 선생님을 뵙고자 열망해온 저의 바람이 기쁘게 충족될 수 있기를 원합니다. 선생님처럼 양식을 갖추신 관객분들, 평론가분들이 저에게는 무척 소중하답니다. 하여, 그날 성의를 다해 선생님을 청하고자 하는 저의 정중한 뜻을 만약 외면하신다면 제 마음 적잖이 서운하리라는 점을 굳이 숨기지 않겠습니다. 날씨만 나쁘지 않다면, 제가 일찌감치 선생님 댁에 직접 모시러 갈 수도 있었을 텐데 말이죠. 조만간 온화한 계절이 도래하는 대로 선생님과 저의 관계가 더욱 돈독해지길 희망하며, 그처럼 흐뭇한 친분을 조금 더 일찍 누리지 못한 저의 불찰을 만회할 기회가 주어졌으면 하는 마음입니다.

모쪼록 선생님의 건강과 만사형통을 깊이 머리 숙여 바라옵니다.

1772년 1월 15일
사드 배상

36
Philippe de Girard(1775-1845). 프랑스 기술자, 발명가. 아마포 방적기를 발명했다.

그는 『어느 문인의 잡문집』 중 한 권을 연극에 할애했다. 그는 엄청난 양의 연극 작품을 썼고, 그 대부분은 '비오그라피 미쇼'에서 제시된 목록에 열거되어 있다. 따라서 지금도 그 원고들 만큼은 사드 가문의 수중에 현존해 있을 가능성이 크다. 국립도서관에 보관된 원고의 450장에서 사드 후작은 지금껏 제목조차 알려지지 않은 연극 세 편을 자세히 열거한다. 운문으로 이루어진 3막극 「바람둥이(L'Inconstant)」, 3막극 「이중의 시험 혹은 독직자(瀆職者)(La Double épreuve ou le Prévaricateur)」, 자유 운문으로 된 단막극 「순진한 남편 혹은 정신 나간 시험(Le Mari crédule ou la Folle épreuve)」이 그것이다.

다음은 '비오그라피 미쇼'에도 언급된 산문 단막극 「사랑의 계략(La Ruse d'amour)」에 대해 사드 후작 자신이 언급한 내용이다.

한 젊은 백작이 파리 근교에 거주하는 사람의 여식에게 홀딱 반해 있다. 엄청난 부자인 늙은 연적 몽동이 이제 곧 그 여자의 집에 손님으로 방문하여 융숭한 대접을 받으리라는 사실을 간파한 백작은 그 예정된 일정을 방해하기로 마음먹는데…. 그는 대규모 배우들을 이끌고 여자 아버지의 성에 당도한다. 그러고는 잔치판의 흥을 돋우어 주겠다고 성주(城主)에게 제의한다. 그의 속셈은 떠들썩하고 자유분방한 분위기를 틈타 애인을 납치하든지, 연적을 쫓아 버리든지 하겠다는 것이다. 제의를 선뜻 수락한 여자의 아버지는, 모두 합심하는 뜻에서, 자신은 물론 성의 다른 손님들까지 배우로 변장한 백작의 패거리에 적극 호응하기로 작정한다…. 젊은 백작은 모든 연극 장르에 걸쳐 솜씨를 발휘하고 싶어 한다. 최대한 다양한 변신을 감행할수록, 작전의 성공 기회가 많아지리라 판단한 것이다. 먼저 12음절 시구로 진행하는 단막 비극 「믈룅의 외페미 혹은 알제 공략(Euphémie de Melun ou le Siège d'Alger)」을 공연

한다. 그다음으로는 10음절 시구로 이루어진 희극 「유혹자
(Le Suborneur)」를 공연한다. 이어서 산문으로 된 드라마
「불행한 아가씨(La Fille malheureuse)」로 넘어가고, 곧바
로 자유시행으로 진행하는 요정극 「아젤리스 혹은 벌 받은
요부(Azelis ou la Coquette punie)」를 거쳐, 음악이 가미
된 희가극과 보드빌 공연이 연달아 이어진다. 마지막으로
화려한 발레 무언극으로 모든 것이 마무리된다.[37] 대단원을
장식하는 젊은 백작과 애인의 혼인식이 희가극에 바로 뒤
이은 배경 장면으로 다루어지는 가운데, 발레 무언극은 막
간의 여흥으로 기능하는 셈이다.

　　작품 전체는 온갖 종류의 운문과 산문 도합 6천 행으로
이루어지고, 공연하는 데 다섯 시간이 소요된다. 이런 장르
로는 전례가 없으며, 이탈리아인에게 특히 호응을 얻을 만
한 작품이다.

사드 후작은 '코메디 프랑세즈'와도 교류한 적이 있었다. 그곳
에 보관 중인 사드의 편지가 일곱 통 있는데, 「소설에 관한 견
해」의 재판본에 옥타브 위잔 씨가 붙인 해설은 처음으로 그중
네 통을 공개하고 있다. 나는 이 자리에서 일곱 통의 편지 모두
를 지금껏 공개된 것보다 더 정확한 텍스트로 정리해 제시할
생각이다. 일곱 통 중 두 통은 프랑스어로 소개된 적이 없다. 뒤
렌 박사가 독일어로 번역된 것만을 따로 출판했던 것이다. 따라
서 그 두 통 역시 우리에게는 미발표 서한이나 마찬가지다. 일
곱 번째 편지가 가장 긴데, 여태껏 주목을 받은 적이 한 번도 없
다. 자, 그럼 미발표 서한 세 통을 포함해, 총 일곱 통의 편지를
하나씩 살펴보도록 하자.

프랑부르주아 가(街), 포르트 생미셸, 127번지
코메디 프랑세즈 사무국장 겸 프롬프터
드 라 포르트 귀하

여백에는 사드 후작의 이런 메모가 적혀
있다. "각각의 무대마다 고유의 줄거리가
펼쳐지지만, 결국 전체적인 계획에 따라
젊은 백작의 목표를 지향하고 있다는
사실이 중요하다."

지난번 제가 제출한 작품에 대한 위원회의 매우 부당하고
도 부실한 결정과 관련하여 코메디 프랑세즈 차원의 보상
이 있을 거라는 기대를 저에게 불어넣어주신 만큼, 이제 저
는 이전(여기서 두세 개의 단어가 빗금으로 지워져 판독이
불가능함)과 유사한 두세 작품을 새로운 독회(讀會) 심사
대상에 추가로 등재해주실 것을 청합니다. 제가 귀하는 물
론 코메디 프랑세즈를 더 이상 곤혹스럽게 할 일이 없을 것
이라는 점은 너무나도 분명한 사실입니다.
　　귀하께 한결같은 존경과 경의를 바치며.

　　　　　　　　　　　　　　　　　　　　　　드 사드
　　　　　　　　　　　　　　　　　　　1791년 2월 17일

　　　　　　　　　　○────────────○

극단 심사 위원 여러분들께
　　지난 수년간 여러분의 극단(劇團)과 저를 이어주는 애
정과 존경의 감정을 이렇게 변함없이 표할 수 있다는 것 자
체가 저에게는 영광이 아닐 수 없습니다. 저는 항상 저의 그
런 자세를 공언해왔으며, 감히 말씀드리건대(증거도 있습니
다만), 최근 힘든 사태를 겪는 여러분의 입장을 과도한 열정
을 다해 지지한 탓에 신문 지상에서 여러분의 적들에 의해
철저히 매도당했지만, 저는 전혀 위축되지 않았습니다. 그
런 저의 애정에 대한 보답으로 여러분은 독회 때 제가 낭독
해드린, 감히 말씀드리건대, 그처럼 혹독한 대접을 받을 이
유가 없는 최근작과 관련하여 거부를 결정하셨고 말이죠.
　　그런 총체적이고도 단호하면서 가혹한 거부 결정이 설
사 제 마음에 심한 상처를 주었다 할지라도, 저는 현재 제
문집에 남은 작품들, 새로 채워질 작품들을 앞으로도 꾸준
히 여러분 앞에 선보이는 사람입니다. 다만, 방금 언급한 상
황에서 심히 가혹한 처사를 당했음에도, 두 가지 다른 사안
과 관련해서는 최소한 여러분의 공정함과 너그러움을 기대

하는 저를 용인해주시길 바라고 있지요.

오래전, 여러분의 수정 권고를 제가 수용하자마자 만장일치로 받아주신 저의 작품 하나가[38] 지금도 여러분 수중에 있는 것으로 알고 있습니다. 그 작품을 가능한 한 조속히 무대에 올려주실 것을 간절히 청합니다. 그로써 제가 용기를 가질 수 있도록 해주십시오, 부탁입니다. 들리는 소문에 의하면, 다른 작가들은 여러분의 수정 권고를 수용하지 않고 작품을 모두 철회한 것으로 아는데, 그것이 사실이라면 일은 그만큼 쉬워졌을 것이 분명합니다. 저는 모든 것에 동의하는 입장입니다. 여러분께 바라는 것이라곤, 저를 애태우지 말아달라는 것뿐이죠.

또 하나 제가 여러분께 간청하는 사안은, 지난번 제출한 작품을 부당하게 취급한 데 대해 보상을 약속해주신 만큼, 제가 다른 곳에 내밀지 않고 여러분께 선보이고자 완벽히 준비한 서너 편 작품이 최대한 빠른 시일 내에 심사될 수 있게끔 조처해주십사 하는 것입니다.

저에게 날을 잡아 통보해주시는 즉시, 저는 그 서너 개 중에서도 여러분 앞에 선보이기에 부끄럼 없는 최고의 작품을 시작으로 독회에 나설 것입니다.

여러분께 지극히 감사한 마음을 담아, 한결같은 존경과 경의를 표하는 바입니다.

드 사드

1791년 5월 2일

━━━━━━━━━━━━━━━━━━━━━━━

아래 서명한 본인은 코메디 프랑세즈 하루 지출 비용으로 700리브르만을 산정해야 한다고 주장하는 작가 명단에 본인의 이름이 올라 있는 것은 전적으로 착오에 의한 것이며, 저의 의도에 반하고 저의 동의를 전혀 거치지 않은 일임을 분명히 밝힙니다. 저는 단지 특별한 사정을 참작해 800리브르를

38
「사랑이 만든 인간 혐오론자 혹은 소피와 데프랑(Le Misanthrope par amour ou Sophie et Desfrancs)」, 자유 시행으로 이루어진 3막극.

산정해야 한다고 서명한 소수파 작가 명단에 제 이름을 올렸을 뿐임을 증언합니다. 아울러 제 그런 입장을 확실히 하는 뜻에서, 저는 최근 작가분들께 그런 내용을 담은 공개편지를 보냈거니와, 코메디 프랑세즈 단원 여러분께도 조만간 그 편지의 사본을 공개해 저의 입장을 확인시켜 드리도록 할 것입니다.

드 사드

1791년 9월 17일 월요일, 파리에서

○────────────────○

저는 코메디 프랑세즈 정단원이 공연할 작품들을 어떤 법적 규정에 준해서 채택하는지, 그 각 작품당 어떤 금전적 협약을 맺는지를 알게 되었습니다.

저는 그 법적 규정에 전적으로 동의하며, 운문과 산문, 보드빌로 이루어진 제 작품 「사랑의 계략」이 채택될 경우 금전적 타협에도 응할 것을 약속드립니다.

드 사드

1792년 1월 27일, 파리에서

○────────────────○

국립극장 사무국장, 드 라 포르트 동지(同志, citoyen)께 동지여,

저는 열여덟 달 전 코메디 프랑세즈에서 독회한 자유 시행 단막극 한 편을 동봉해서 동지 앞으로 보내드립니다. 기록을 살펴보면 아시겠지만, 당시 이 작품은 단 한 표가 모자라 받아들여지지 못했습니다. 하지만 위원회는 수정 권고를 제가 받아들일 경우 재심사가 가능함을 약속했고, 수정 권고는 전면 이행되었습니다. 따라서 저는 이제 위원회가 기꺼이 제 헌정의 뜻을 받아주기를 간청합니다. 저는 오로지 작품 공연이 즉시 이루어진다는 조건만으로, 작가

에게 돌아오는 모든 합법적 수익과 권리를 흔쾌히 포기할 테니까요. 이런 문제와 관련해 코메디 프랑세즈가 무척 신중하다는 것을 저는 잘 알고 있습니다. 하지만 저 역시 저 자신의 신중한 목소리에 귀 기울인 결정이며, 그 결과 이 보잘것없는 헌납을 받아들여 달라고 위원회 측에 간청하고 있음을 고려해주십사 하는 것입니다. 제가 알기로는 세귀르 씨에게도 똑같은 배려가 있었지요. 그러니 저만 거부된 다면 마땅히 불만을 토로할 이유가 된다고 생각합니다. 국가를 대표하는 배우 여러분으로 인해 저의 자존심이 그렇게까지 유린당하는 것은 도저히 있을 수 없는 일이죠.

기꺼이 동지와 뜻을 같이하며.

사드
1793년, 공화력 2년, 3월 1일
뇌브 데 마튀랭 가(街) 20번지, 쇼세 뒤 몽블랑

—————————◦—————————

코메디 프랑세즈 사무국장, 드 라 포르트 동지께 제가 마지막으로 보내드린 소소한 단막극과 관련한 제안을 코메디 프랑세즈가 정녕 받아들이지 않을 거라면, 청하건대 그것을 제게 도로 반송해 주시기를 바랍니다. 거저 주는 것과 대가를 받고 파는 것이 동일한 기한을 잡아먹어야 한다고는 생각지 않습니다.

요컨대, 이 거래의 운명이 어찌 될 것인지를 제게 알려주시기 바라며, 저를 신뢰해 주시기를 간청합니다.

귀하의 동지
사드
1793년 공화력 2년, 3월 15일
뇌브 데 마튀랭 가(街), 쇼세 당탱[39]

145

39
이 편지에 간발의 차이로 앞서 코메디 프랑세즈 측의 다음과 같은 편지가 사드 후작에게 당도했다. "코메디 프랑세즈는 관례상 작가에게 보수를 지급하지 않고서는 그 어떤 작품도 수용하지 않습니다. 본 기관은 작가분의 작품을 독회할 것과 그 결과에 따라 정식 거래 절차를 진행할 것을 결정한 바 있으나, 일정상 사드 씨가 요구하는 정도로 빨리 택일하기가 불가능한 상황입니다. 고로 작품을 반송해 드리겠습니다."

동지여, 아무래도 코메디 프랑세즈 측에서 저에 관해 좋지 않은 심기를 품으신 것 같습니다… 저의 소소한 작품과 관련한 제안에 대해 신속한 답변을 달라는 지난번 편지에 다소 놀라신 모양입니다. 만약 그렇다면, 진의와는 다르게 예법 문제로 서로 사이가 틀어지는 일이어서 매우 유감스럽다고 할 것입니다.

저로서는 이런 석연치 않은 사태를 더 이상 방치할 수도 없거니와 그래서도 안 됩니다. 저는 귀하의 기관으로부터 신망을 잃을 만한 일을 한 적이 없습니다. 저는 귀하의 기관에 애정을 갖고 있으며, 스물다섯 살 때부터 늘 지지해오고 있습니다. 몰레 씨가 그 점은 확인해주리라 믿고 있습니다.

동지여, 청하건대, 귀하의 기관에 저의 정당함을 호소해주시기 바랍니다. 공정한 기관이니만큼, 제가 실제로는 잘못을 범하지 않았으며, 앞으로도 그러하리라는 점을 확인시켜주는 것으로 충분할 겁니다. 제가 바란 것은 제 작품에 대한 독회 심사였으며, 아직도 그것을 바라고 있습니다. 저는 제 작품이 성공하리라는 것을 알고 있으며, 최대한 신속한 공연이 이루어지길 요청하고 있습니다. 제가 갈망하는 것은 코메디 프랑세즈 측이 도움의 손길을 내밀어주십사 하는 것이며, 저로서는 그걸 갈망할 충분한 이유가 있습니다. 저는 어떤 이득 때문에 이런 간청을 한다고 오해받고 싶지 않을뿐더러, 이번 작품으로 무언가를 노리는 것도 아니며, 아카데미 프랑세즈의 신중함 역시 그런 타협에 반대하는 입장이니만큼, 이해관계와는 무관한 쌍방 입장을 제가 나서서 화해시키고자 하는 것입니다. 저는 이 별 볼 일 없는 물건이 창출할 이윤을 그간의 갈등에 따른 비용으로 생각해 포기합니다. 단지, 저는 작품을 무대에 올려달라고 간청하는 것입니다. 동지여, 부탁하건대 답장을 보내주십시오… 코메디 프랑세즈에 경의를 바치며, 저는 항상 귀하와 귀하의 기관에 누가 되지 않도록 유의하고 있습니다.

146

귀하의 동지
사드
(뒷장을 보시오.)

　　　　　　　　　　1793년 공화력 2년, 4월 12일
고맙게도 귀하께서 보내주신 편지를 방금 받았습니다. 기
꺼이 저를 기억해주시는 것을 보니 제 마음 기쁘기 그지없
습니다. 이제는 저에게 지정해주실 날짜만을 기다리고 있
겠습니다. 아울러 날짜 지정과 함께, 작품 낭독을 제 스스로
할지 아니면 생팔 동지가 하게 될지도 알려주시면 감사하
겠습니다. 전자의 경우라면, 제가 한번 검토할 수 있도록 원
고를 돌려주셨으면 합니다. 물론 후자의 경우에는 그럴 필
요가 없겠지요.[40]

이렇게 해서「사랑이 만든 인간 혐오론자 혹은 소피와 데프랑」
을 '만장일치'로 받아들인 코메디 프랑세즈는 향후 5년간 작가
에게 무료입장 권한을 부여했음에도 작품을 공연하지는 않았
다. 사드 후작은 다른 곳에서 더 큰 행복을 맛보았다. 바로 몰리
에르 극장에서 산문으로 이루어진 3막 드라마「옥스티에른 혹
은 방탕주의의 결과(Oxtiern ou les Effets du libertinage)」를
무대에 올린 것이다.
　　몰리에르 극장은 1791년 6월 11일 생마르탱 가(街)에서 개장
했다. 운영 책임자는 본인이 연기까지 겸하면서 일명 말레르브[41]
라고도 불리는 장프랑수아 부르소였다. 몰리에르 극장은 공연
작품을 가리지 않으면서도, 주로 애국적 내용의 극작품을 통해
유명해졌다. 1791년 11월 11일『르 모니퇴르』지는 다음과 같이
논평하고 있다. "이 극장은 개장하면서부터 애국주의와 혁명에
대한 애정으로 이름을 알렸다." 경영이 여의치 않게 되자, 극장
은 결국 1년 뒤 문을 닫아야 했다. 그러고는 얼마 안 있어 다시
문을 열었는데, 이번에는 다른 이름이었다. 그런 식으로 극장은

147

40
미공개 편지다. "1793년 4월 13일, 오후
1시 수신"이라는 주석이 첨가되어 있다.
코메디 프랑세즈의 신망 높으신 도서관
사서 쿠에 씨의 자상한 배려에 이 자리를
빌려 감사 말씀 올린다.

41
프랑수아 드 말레르브(François de
Malherbe, 1555-1628). 17세기 초 프랑스
궁정시인으로 프랑스어를 순화하고
고전주의 시학의 기틀을 다진 인물.
고전주의 문학의 선구자로 불린다.

연거푸 숱한 경영난에 시달렸다. 처음으로 성공을 거둔 것은 롱생의 「광신도와 폭군의 동맹」이었다. 부르소는 거기서 국회의원 역을 맡았으며, 마송 양도 출연했다. 대사는 이런 식으로 전개되었다.

> 마지막 루이 왕에서 최초의 카이사르까지,
> 까마득한 시대를 거슬러 그대의 시선을 더듬어가라.
> 제왕의 범죄로 얼룩진 역사를 캐들어가라.
> 미덕이 영광의 빛을 발한 경우가 하나라면,
> 흉포한 폭력에 물든 경우 수천이요,
> 자신들의 나라를 피의 홍수로 뒤덮은 경우 수천이라.

그런가 하면 쇼사르가 쓴 희가극 「혁신 프랑스」도 성공리에 공연되었다. 아래 대사를 보면 그 대강의 내용을 점쳐볼 수 있다.

> 고위 성직자. 아! 다들 글을 함부로 쓰면서부터 모든 게 뒤집어졌소.
> 교구사제. 사람들이 글을 깨치고 나서야 비로소 이성의 지배가 시작됐습니다.

막간에는 아르노바퀼라르의 「콜리니의 죽음 혹은 성 바르텔레미」, 빌맹 다방쿠르의 「앙리4세의 사냥」이 무대에 올랐다.

1791년 10월 22일, 몰리에르 극장에서는 「옥스티에른 백작」의 초연이 이루어졌다.

즉각적인 성공이 보이는 듯했으나, 작가의 이름이 알려지면서 두 번째 공연부터는 떠들썩해진 여론 때문에, 적어도 파리에서만은 더 이상 공연할 수가 없었다. 어쨌든 두 번째 공연은 1791년 11월 4일에 이루어졌다. 이때 「옥스티에른 백작」과 더불어 후속으로 공연된 작품은 몰리에르의 「남편들의 학교」였다. 얼마나 떠들썩한 반응을 불러일으켰는지, 아직 몰리에르 극장에 대해서 별다른 언급을 하지 않던『르 모니퇴르』지도 1791년 11월 6일에는 다음과 같은 기사를 게재했다.

산문으로 이루어진 3막극「옥스티에른 백작 혹은 방탕주의의 결과」가 몰리에르 극장에서 성황리에 공연되었다.

스웨덴의 대귀족이자 단호한 리베르탱인 옥스티에른은 팔켄하임 백작의 여식인 에르네스틴을 강간하고 납치했다. 뿐만 아니라 그녀의 애인에게는 거짓 누명을 뒤집어씌워 감옥에 처넣었다. 그는 가엾은 여자를 스톡홀름에 있는 어느 여인숙으로 끌고 간다. 여인숙 주인은 선한 사람으로 이름은 파브리스다. 한편 에르네스틴의 아버지는 딸의 흔적을 추적해, 결국 그녀를 찾아낸다. 젊은 여자는 처절한 심정에 사무치다 못해 자신의 명예를 더럽힌 괴물에게 복수할 방법을 생각해낸다. 그녀는 밤 열한 시에 정원에서 그와 만날 약속을 한다. 검술로 싸우겠다는 각오다. 그녀는 마치 자기 오빠가 쓴 것처럼 편지를 위장한다. 한데 그녀의 아버지 역시 옥스티에른에게 결투장을 보낸 상태다. 에르네스틴의 속셈을 알아챈 옥스티에른은 아버지와 딸을 서로 싸우게 만들 끔찍한 계획을 세운다. 실제로 부녀는 약속 장소에 도착하고, 서로 격렬하게 싸운다. 그때 어떤 젊은 남자가 나타나 둘을 떼어놓는다. 다름 아닌 에르네스틴의 애인인데, 선한 파브리스가 감옥에서 빼내준 것이었다. 자유의 몸이 되자 에르네스틴의 애인이 제일 먼저 한 일은 옥스티에른을 찾아가 숨통을 끊어놓는 것이었다. 결국 젊은이는 애인의 복수에 성공하고, 무사히 혼인까지 치른다.

이 작품은 나름대로 흥미가 있고 에너지도 넘친다. 하지만 옥스티에른 역이 거부감 들 정도로 잔인하다. 그는 러브레이스[42]보다 더 사악하고 야비할 뿐, 그만큼 매력적이지는 못하다.

자칫 어떤 사건 하나가 이 작품의 두 번째 공연을 무산

42
새뮤얼 리처드슨의 소설
『클래리사』(1748) 속 악역 등장인물.

시킬 뻔했다. 제2막이 시작될 즈음, 웬 관객이 뭐가 불만스러운지 아니면 일부러 악의를 품은 건지, 아주 대놓고 이렇게 소리를 지르는 것이었다. "막(幕) 내려!" 공연을 중단시킬 권한이 없는 관객으로서 그러면 안 되는 거였다. 한데 극단의 스태프 중 한 명이 얼떨결에 그 엉뚱한 지시에 따라 무대 막을 반쯤 내리는 실수를 범하고 말았다. 급기야 다른 많은 관객들이 막을 다시 올리게 한 다음, 소란을 떤 관객을 향해 일제히 "꺼져버려!"라며 외쳐대기 시작했다. 물론 이 역시 잘못된 일이긴 하다. 자신의 견해를 표명했다고 해서 관객을 강제로 쫓아낼 권리는 누구에게도 없으니 말이다. 아무튼 그로써 관객 사이에 분열이 일어나게 되었다. 극소수의 관객이 야유의 휘파람을 무척 소심하게 부는 반면, 다수의 관객은 우레와 같은 갈채를 보내고 있어, 필경 작가는 충분히 보상받는 기분이었을 것이다. 공연이 끝난 뒤, 무대 인사로 모습을 드러낸 이는 다름 아닌 사드 후작이었다.

후작은 극의 주제를 자신이 쓴 작품집 『사랑의 죄악』 중 한 편에서 가져왔다. 바로 「에르네스틴, 뉴 스웨덴 출신 여인(Ernestine, nouvelle suédoise)」이라는 작품인데 그 초고가 아직 국립도서관 소장 원고 속에 포함되어 있다.

소설 속에서 작가는 스웨덴 타페르그의 광산에서 강제 노동자로 일하는 옥스티에른을 직접 만나, 그의 사연을 전하는 형식으로 이야기를 전개하고 있다. 주인공 에르네스틴은 아버지의 손에 살해당하고, 아버지가 왕명으로 얻어낸 자유는 옥스티에른에게 돌아가면서 이야기가 끝난다.

극작품으로서 「옥스티에른 백작」은 그로부터 8년이 지난 1799년 12월 13일이 되어서야 '옥스티에른 혹은 방탕주의의 불행(Oxtiern ou les Malheurs du libertinage)'이라는 약간 수정된 제목으로 베르사유 극장에 다시 모습을 드러낸다.

베르사유에서 사드 후작은 또 다른 작품도 무대에 올렸는데,

거기에선 직접 배역을 하나 맡기도 했다. 그 사실은 1798년 1월 30일 자 편지에 다음과 같이 기록되어 있는데, 나로서는 수신자가 누구인지 알 수가 없었다.

만세, 드디어 반가운 편지가 당도했습니다. 감사합니다. 제가 원한 건 그것뿐이었어요. 저는 바이양 씨가 제시한 타협안을 수용합니다. 일전에도 그가 제게 말했던 내용이에요. 어제 제가 편지를 보낸 이유도 거기 있고요. 거기까지가 저의 능력입니다. 부탁입니다. 최대한 빠른 시일 내에 돈을 기다리고 있겠습니다.

이제 연극 얘기인데요. 최근 베르사유 극장에서 무대에 올린 연극 대본 두 부를 발송인 요금 부담으로 첨부해 보내 드립니다. 감히 말씀드리건대, 최고의 성공을 거둔 작품이지요. 거기서 제가 파브리스 역을 맡기도 했답니다. 대본 두 부 중 한 부는 당신께 드리는 것이고요. 나머지 한 부의 용도에 관해서는 이제부터 말씀드리겠습니다.

부탁입니다만, 그걸 당신이 소속된 최고의 극단 대표께 보여주셨으면 합니다. 그리고 당신이 작가를 대신해서 그 작품의 공연을 제안하는 거라고 말씀해 주시기를 바랍니다. 극단에서 원한다면, 제가 베르사유에서 맡았던 역(파브리스 역)을 다시 맡을 수도 있다고 말씀해 주십시오. 저는 샤르트르에 제가 직접 가서 그들 앞에서 그 역을 리허설 해 보여 드리겠다고 약속합니다.

깊은 배려에 성심을 다해 감사드립니다.

사드
공화력 6년 플뤼비오즈[雨月] 10일, 베르사유

이와 더불어 사드 후작은 파바르 극장을 설득해 「위험한 남자 혹은 유혹하는 자(L'Homme dangereux ou le Suborneur)」를 받아들이게 했다. 이것은 혼합극 「사랑의 계략」에 포함되는 작품인데, 1792년 공연되었다. 또 다른 작품 「질투쟁이 학교 혹은 규방(L'École du jaloux ou le Boudoir)」 역시 파바르 극장에 수용되었지만, 무대에 오르지는 못했다. 사드 후작은 계속해서 봉디 가(街)의 극장에 「아젤리스 혹은 벌 받은 요부」를, 루부아 극장에는 「변덕쟁이 혹은 종잡을 수 없는 남자(Le Capricieux ou l'Homme inégal)」를 넘겼다. 이 두 작품 모두 무대에 오르지 못했고, 두 번째 작품은 작가 스스로 철회했다. 그는 또 테아트르 프랑세에 「잔 레네 혹은 보베 공략(Jeanne Laisné ou le Siège de Beauvais)」을 계속 강권했지만 끝내 받아들여지진 않았다. 애당초 루이11세에 관한 내용이라 거부당한 작품이었던 것이다.

1798년 7월 21일 사드 후작은 『주르날 드 파리』지에 다음과 같은 편지를 보냈다.

> 어떤 학자가 하늘에서 벌어지는 사건의 역사에 심오한 이해와 통찰력, 정확성을 발휘해준다면, 우리는 그가 땅에서 일어나는 사건의 역사를 논하다가 가끔 사소한 실수를 범하더라도 충분히 눈감아줄 수 있어야 합니다. 그토록 진지한 문제와 정교하면서도 흥미로운 계산에 골몰하는 라랑드[43] 동지가 설사 보베의 여걸 이름을 깜박했기로서니, 근대의 거의 모든 역사가들이 그와 관련하여 같은 오류의 길을 답습하는 마당에, 능히 용서해줄 수 있는 것 아닐까요?[44] 그에게는 죄송스럽지만 저는, 그런 미미한 잘못을 굳이 들추기 위함이 아니라 위대한 여걸의 진짜 이름을 영원히 기리는 뜻에서, 역사 속 그 처녀의 성(姓)이 '아셰트'가 아니었음을 이 자리를 빌려 확인해 드립니다.
>
> 바로 그 사건을 다루는 극작품을 1791년 11월 24일 테아트르 프랑세에서 독회한 저로서는, 실제 역사적 사실관계를 명확히 하기 위해 최대한 정확성을 기하도록 각별히 신경을 썼습니다. 에노와 가르니에[45]는 물론 다른 저자들의 저서를

43
조제프 제롬 르프랑수아 드 라랑드(Joseph Jérôme Lefrançois de Lalande, 1732-1807). 천문학자, 작가.

44
'보베의 여걸(héroïne de Beauvais)'이란, 15세기 후반 프랑스의 통일을 추진하는 루이11세와 부르고뉴 공 샤를의 세력 다툼이 한창일 때, 포위 공격 당하는 보베 시를 앞장서서 구한 시골 처녀 잔 레네를 일컫는다. 그녀는 손에 도끼를 쥐고 용감히 싸웠다 해서 일명 잔 아셰트(hachette, 도끼)라고도 불린다.

45
샤를 장 프랑수아 에노(Charles Jean Francois Henault, 1685-1770), 장 자크 가르니에(Jean Jacques Garnier, 1729-1805). 둘 다 작가이자 역사가.

보아도, 라랑드 동지와 마찬가지로 저 역시 그 여자 이름이 잔 아셰트일 거라 생각하는 것은 지극히 자연스러운 일이었습니다. 하지만 저는 사실을 보다 분명히 하기 위해 직접 보베로 가서, 그 도시의 유명한 여전사에게 루이11세가 하사했고, 그때부터 시청 관내에 보관 중인 왕의 공개 명령장을 확인해야만 한다고 생각했습니다. 저는 그 내용을 꼼꼼히 옮겨 적었고, 그것은 언젠가 제 극작품과 더불어 전면 그대로 발간될 것입니다. 이는, 가르니에와 에노, 라랑드와 같은 학자들에 대한 과감한 비판은 그만큼의 정당성을 동반해야 마땅함을 제가 확인한 사안을 통해서 입증하기 위함입니다.

루이11세가 애국의 여자 주인공에게 내린 공개 명령장은 정해진 양식에 따라 이렇게 시작하고 있지요. "고하노라, 지난해(1472년) 보베 시에서 마티외 레네의 여식인 우리의 사랑스럽고 소중한 잔 레네 양이 부르고뉴인들을 상대로 치른 용기 있는 저항을 치하하고자 하니… 기타 등등."

이만하면, 장안의 여자들을 대표해 보베의 성벽으로부터 부르고뉴 공의 군대를 용감하게 무찌른 유명한 처자의 이름이 무엇인지는 누가 봐도 분명해진 셈입니다. 명령장의 나머지 내용은 오로지 잔 레네와 그녀의 연인인 콜랭 필롱에게 용기 있는 행동에 걸맞는 보상과 명예를 수여하는 데 모아지고 있지요.

혹시라도 이러한 진실에 이의를 제기하고 싶은 사람이 있다면, 그 전에 저처럼 직접 보베로 가서 위에 언급한 왕의 공개 명령장을 눈으로 확인하는 수고를 해주길 바랍니다. 그러면 이 정도 확실한 증거를 토대로 논한 사실에 더 이상 토를 달 생각은 하지 않을 테니까요.

사드

이 편지는 「잔 레네」를 무대에 올리게끔 극장 측을 설득하지는 못했다. 1799년 10월 1일, 사드는 평소 친분이 있는 국민의회 의

원 구필로 드 몽태귀에게 개입을 부탁했다.[46]

의원 동지,

먼저 지난번 생투앵을 친히 방문해주셔서 너무나도 감사하다는 것과 그 당시 그곳에 제가 없어서 몹시 유감이었다는 말씀부터 드려야겠습니다. 그 문제로 직접 찾아뵙기도 했습니다만, 저희에게 보상을 해주실 생각이시라면 언제든 미리 알려주셨으면 하는 마음 간절합니다.

실은 달리 의논드릴 용건이 있어 이렇게 편지를 씁니다.

무릇 좋은 글과 본보기를 통해 대중의 정신에 활기를 불어넣는 일이 무엇보다 중요하다는 점에는 의원 동지 여러분과 모든 선량한 공화주의자가 공감할 것입니다. 사람들은 저의 필력을 상당한 수준으로 보고 있으며, 제가 쓴 철학소설[47]은 그것을 증명한 바 있지요. 저는 공화국을 위해 제가 가진 능력을 바치고 있으며, 충심을 다해 헌신하고 있는 것입니다. 구체제하에서 온갖 불행을 겪은 자로서, 누구보다 먼저 피해 당사자가 될 질서의 도래를 제가 얼마나 두려워할지 당신은 잘 아실 겁니다. 공화국을 위해 저의 능력을 바치는 이 행위에는 어떠한 이해타산도 개입되지 않습니다. 저에게 계획을 부여해주시면 저는 반드시 그것을 실행할 것이며, 그 결과 역시 만족스러울 것임을 저는 감히 믿습니다. 저는 의원 동지께 간청합니다. 얼토당토않은 부당함으로 저의 열정 어린 감정을 누그러뜨리는 처사를 이만 중단해 주십시오. 마음 같아선 숱한 생을 바쳐 이바지하고픈 정부에 대해 저로 하여금 불만을 품게 만들려는 의도가 도대체 무엇인가요? 지난 2년간 왜 저의 재산을 갈취하시는 건지요? 그런 끔찍한 대우를 받을 이유가 전혀 없는 제가 왜 거지꼴이 되어야만 하는지요? 대혁명의 가장 무시무시한 시절을 거치면서도 제가 다른 나라로 이주하는 대신 온갖 일에 몸담았다는 사실을 믿지 못하시는 겁니까? 그걸 증명

154

46 다음 소개하는 두 통의 편지는 1859년 『문학 통신』지에 게재된 것으로, 루아르 도청 사무국장인 지라르도 남작이 제공한 자료다.

47 『알린과 발쿠르 혹은 철학소설』을 말한다.

할 각종 문서들을 제가 소지하지 않았던가요? 저의 결백함을 확신하신다면, 도대체 왜 저를 죄인 취급하시는 건지요? 가장 열정적이고 적극적인 동지를 무슨 이유에서 공공의 적으로 몰아붙이는 건가요? 아무래도 이런 것은 정책상의 실수이기보다 부당한 결정에서 나온 처사가 아닐까 합니다.

의원 동지, 어찌 됐든 저는 정부를 위해서 저의 필력과 재능을 계속 바칠 것입니다. 다만 불평등과 불운, 가난이 더 이상 저의 머리를 짓누르는 일만은 없기를 바랍니다. 제발 부탁인데, 저를 요주의 명단에서 제외시켜 주십시오. 귀족이든 아니든, 저는 상관없습니다. 제가 언제 귀족 행세를 한 적이 있나요? 제가 귀족처럼 행동하거나 귀족의 감정을 드러내는 걸 본 적이 한 번이라도 있습니까? 저는 제 출생의 오점을 행동으로 이미 지웠습니다. 저의 그런 처신을 문제 삼아 왕당파 사람들은 물론이고, 심지어 풀티에 같은 이까지 지난 '결실의 달' 22일 자 어떤 지면을 통해 저를 무참하게 깔아뭉갠 것이지요.[48] 그러나 저는 그들을 혐오하기에 죄다 무시할 수 있습니다. 반면 정부는 저와 관련하여 어떤 잘못을 범하든, 이 목숨 다하는 날까지 저의 충성과 필력, 진정어린 애정을 온전히 누릴 것입니다. 이런 비교를 용서하신다면, 저는 애인의 변심에 가슴 아파하며 그 발치에서 신음하고 눈물 흘릴 연인으로 언제까지나 남아 있을 것입니다.

요컨대, 의원 동지, 제 헌신의 첫 시도로 이번에 5막짜리 비극 한 편을 보여드리고자 합니다. 모든 이의 가슴에 애국심을 불 지펴줄 최고의 작품입니다. 아시다시피, 모든 프랑스인이 자신의 나라에 바쳐야 할 애정의 꺼져가는 불씨를 되살릴 만한 곳은 뭐니 뭐니 해도 연극 무대라고 해야 할 것입니다. 무대 위에서만이 프랑스인은 폭군의 압제 속으로 다시금 전락할 경우 자신에게 닥치고 말 위험이 어떤 것인지를 깨닫게 될 것입니다. 연극을 보면서 각자 가슴속에 용솟음친 열정은 그대로 각 가정으로 옮겨져, 가족의 삶

48
프랑수아마르탱 풀티에
델모트(Francois-Martin Poultier
d'Elmotte, 1753-1826)는 혁명기 산악당
의원으로서 『법의 친구들(L'Ami des
lois)』이라는 신문을 창간했다.

에 녹아들어 가지요. 연극이란 어디까지나 눈에 보이는 본보기를 통해 교훈을 전달하기에 그만큼 사람의 기억에 깊숙이 자리합니다. 신문 기사나 팸플릿의 선언문이 한순간 프랑스인의 가슴에 불을 지피는 것보다 훨씬 더 지속적이고 강렬한 영향력을 행사하는 것이지요.

제 비극 작품의 내용은 지금 우리와 너무 가까운 시대의 사건에서 따온 것이 결코 아닙니다. 관객은 옛날의 역사적 사건에서 느끼는 감흥을 요즘 사건을 통해서는 전혀 맛보지 못합니다. 게다가 색다른 것도 싫어하고, 기만당할지 모른다는 두려움도 있어, 이미 보았듯이, 두 번째 공연에 이르면 극장이 텅 비기 일쑤이지요. 극의 소재는 프랑스 역사에서 가져왔습니다. 물론 프랑스인에게 보다 생동감 넘치는 흥미를 불어넣기 위함이지요. 루이11세 치하의 이야기인데, 부르고뉴 공인 샤를이 보베 시를 포위 공격하려던 시기가 배경입니다. 잔 레네가 장안의 모든 여성을 이끌고 나가, 용감하게 방어하고 압제자의 야욕으로부터 지켜낸 도시 말입니다. 당시 용감한 여성 시민들의 가슴속엔 오로지 애국심만이 들끓었으며, 제가 쓴 5막 분량의 연극에서도 그 하나의 감정만을 그려냈습니다. 하긴 루이11세 같은 전제군주 치하에서 그들이 어찌 다른 감정을 품을 수 있겠습니까? 저는 항상 그 감정을 말하기 위해, 그걸 증명하기 위해 신경 쓰고 있으며, 그 결과 제 작품은 가장 순수하고 가장 공명정대한 애국심을 가르치는 교육의 장이 되어가는 중입니다. 공화주의자이건 왕정주의자이건, 누구나 다 저의 작품 속에서 애국이라는 주제 하나만을 보게 될 겁니다. 모두 다 입을 모아 이렇게 이야기하겠죠. "애국심은 언제나 프랑스인의 가장 중요한 덕목이었다. 우리는 국가적 정체성을 부정해선 안 된다." 그런가 하면 공화주의자는 이렇게 말할 겁니다. "폭군이 다스리는 조국도 우리는 사랑했노라. 그러니 폭군이 두렵다면 조국을 사랑합시다." 왕정주의자는 또 이렇게 얘기하겠죠. "폭군을 갈망해서라도 조국을 사랑합시다. 다만 그럼으로써 우리는 어떤 위험에 대비해야 하는지를 배웁시다." 따라서 제 작품은 매우 중요합니다… 수작(秀作)이지요… 모든 사람에게, 모든 점에서 유익한 작품이라고나 할까요. 이미 말씀드렸듯, 상황극과는 비교가 안 될 만큼 고대 역사와 관련한 지대한 관심을 담아내고 있으며, 공화주의자가 비웃고 왕정주의자가 야유하는 그 흔한 유료 매체들과는 차원이 다르다는 확신이 구현되어 있습니다.

의원 동지, 이것이 바로 제가 당신 손에 맡기고자 하는 작품입니다. 제가 간절히 청하는 독회 심사의 결과가 당신 마음에 든다면, 그리하여 당신 판단에 제 의도가 좋다고 여겨진다면, 이젠 그것을 서둘러 무대에 올리는 것이 중요하다고 생각합니다. 정말이지 이것은 절박한… 아주 절박한 문제입니다. 그 경우, 당신이 담당자를 앞세워 테아트르 프랑세 측에 지시를 하달해, 작품을 숙지하고 즉시 공연에 임해줄 것을 종용해 주셨으면 합니다. 그런 구체적인 지시가 있어야만 배우들의 더딘 일 처리를 사전에 방지할 수 있습니다. 그렇지 않을 경우, 저들은 작품이 마음에 들지 않는다는 핑계로 아예 공연을 거부하거나, 참을 수 없이 늑장을 부려 작가를 절망에 빠트리기 일쑤이지요.

의원 동지, 편지가 길어져 죄송하긴 하나, 그 안에 담긴 세세한 내용이 당신처럼 공화국과 예술을 아끼는 분에게는 그다지 부담스럽지만은 않을 거라고 생각합니다. 그럼 더 없는 존경과 감사의 뜻을 전하며 이만 펜을 놓겠습니다.

사드

공화력 8년 방데미에르[葡萄月] 9일

구필로 의원의 호의적인 조치가 따랐음이 분명하다. 다음은 후작이 다시 보낸 10월 30일 자 편지의 내용이다.

사드가 구필로 동지께 존경의 마음을 표합니다. 바라옵건대, 다음 두 건의 탄원서를 맡아 처리해 주시기를 간청합니다. 하나는 국외 망명자 제명 위원회 앞으로, 다른 하나는 법무부 장관 앞으로 보내는 것입니다.[49]

본인은 구필로 동지께서 「보베 공략」의 독회를 위해 날짜를 지정해 주기만을 고대하고 있습니다. 작품 독회는 작가 자신에 의해 진행되어야 합니다. 구필로 동지께서 자신과 마찬가지로 평가 자격을 갖춘 몇몇 인사들을 당일 댁으로 모아주신다면 사드로서는 무척 만족할 것입니다. 작품만 괜찮다면, 정부가 직접 애국적 작품임을 내세워 무대에 올리도록 조처해야 할 것입니다. 그렇지 않으면 아무것도 마무리되지 못할 것이며, 작품 공연을 위한 최적의 시기만 점점 멀어지고 말 것입니다. 그러지 않아도 승승장구하는 우리의 모습에 비해 이미 작품 내용은 다소 고리타분해진 감이 없지 않습니다.

존경을 다 바쳐 건강을 기원합니다.

사드

공화력 8년 브뤼메르[霧月] 8일

1799년 9월, 분명 사드 후작의 작품일 것으로 의심되는 극작품 「쥐스틴 혹은 미덕의 불행」을 금지시키기 위해 경찰이 개입했다. 이는 상프레탕시옹 극장에서 공연될 예정이었다.

우리는 베르사유에서 사드가 자신의 극작품 공연을 위해 직접 무대 위에 올랐던 사실을 알고 있다. 아마 샤르트르에서도 같은 역을 맡기로 되어 있었을 것이다. 실제로 그는 좋은 배우였으며, 특히 연인 역할을 빼어나게 잘했다. 연기의 감수성이 뛰어났고, 자태에선 귀티가 절로 묻어났다. 그는 일찍이 몰레[50]의 연기에서 많은 것을 배우고 있었다. 포드페르 생쉴피스 가(街)에 거주할 때[51]에는 집에서 가끔 연극을 공연하기도 했다. 연극에 대한 그의 취향, 극작가이자 연기자로서 그가 가진 재능

49
사드는 1797년 서류상 실수로 국외 망명자 명부에 이름이 오르는 바람에, 재산을 압수당하고 경제적인 궁핍에 시달리는 상황이었다.

50
프랑수아르네 몰레(François-René Molé, 1734-1802). 사드가 평소 동경하던 당대의 유명 배우로, 코메디 프랑세즈 소속이었다.

51
1793년에서 1801년까지.

은 샤랑통에 장기간 감금되어 살면서 무언가 위안거리가 필요할 때마다 매우 유용하게 작용했다.

　다음은 카바네스 박사의 저작('역사의 밀실 시리즈', 제4편)에 언급된 내용인데, 사드 후작이 직접 연출을 맡은 공연들이 최상류층 사람들의 꾸준한 호응을 얻어냈음을 말하고 있다.

　「쥐스틴」의 저자가 연극에 대한 타고난 재능을 십분 발휘하여 무대에 올린 공연들은 매우 큰 인기를 모았다. 최상류층에 속한 귀부인들조차 아무 부끄러움 없이 그 공연을 참관했을 정도다. 아래 제시한 두 건의 편지는, 연극의 제작 및 연출과 관련한 모든 재량권이 후작에게 맡겨져 있음을 보여준다.

───────────◦────◦───────────

네덜란드 왕비의 시녀이신 코슐레 부인께
1810년 5월 23일 공연

부인,

　저의 집 재원자들이 선보이는 연극 활동에 지대한 관심을 보여주셨기에, 앞으로 매 공연마다 부인께 입장권을 보내드리도록 하겠습니다. 부인 같은 관객들의 존재야말로 저들의 자긍심을 한껏 고양시켜, 관객의 마음을 즐겁게 하려는 희망만으로도 상상력과 재능을 최고조로 끌어올릴 수 있게 해주지요. 돌아오는 28일 월요일에는 「반박의 정신」과 「마르통과 프롱탱」 그리고 「두 명의 사부아인」[52]을 공연합니다.

　그럼 입장권을 보내라는 지시가 당도하기만을 기다리며, 모든 프랑스인의 마음을 매료시킬 만큼 귀하고 소중한 자질을 갖추신 네덜란드 왕비마마의 궁녀들께 존경하는 저의 마음을 전해주시길 간청하나이다.

사드

159

52
차례대로 샤를 리비에르 뒤프레니(Charles Rivière Dufresny, 1648-1724), 장바티스트 뒤부아(Jean-Baptiste Dubois, 1752-1808) 그리고 니콜라 달레라크(Nicolas Dalayrac, 1753-1809)의 작품들.

샤랑통 병원 원장이신 쿨미에 씨께

쿨미에 씨께 심심한 안부 인사를 드리며, 우리 사이에 확정한 대로 공연 목록을 보내드립니다. 이번 기획은 기관장의 승인을 거치지 않으면 아무도 비용을 부담하려 들지 않을 것이기에, 그와 관련하여 승인해주십사 간곡히 부탁드렸던 것이지요. 아울러, 일전에 말씀드렸던 로메이 부부의 공식 요청서를 보내드립니다. 두 사람 모두 일전에 제출한 명부에는 이름이 올라 있습니다.

부디 거절하지 않으시면 감사하겠습니다.

그럼 늘 평안하시길 기원하며 이만 줄입니다.

사드

카바네스 박사가 발굴한 새로운 명부에 로메이라는 성이 없는 것으로 보아, 사드의 이 요청은 거부된 것이 확실해 보인다.(…)

샤랑통의 직원인지 재원자인지는 모르겠으나 티에리라는 사람이 쓴 다음 편지는 후작의 성격과 그가 제작한 연극의 특성에 관해 자세하고도 흥미로운 정보를 제공하고 있다. 편지의 수신인은 아마도 병원장인 것 같다. 카바네스 박사는 그중 중요한 대목을 다음과 같이 발췌했다.

선생님,

저와 사드 씨 사이에 있었던 일과 관련하여 일전에 약속드린 대로 해명을 하겠습니다.

베이예 씨가 보는 앞에서 그가 저에게 무대장치를 위해 필요한 어떤 일을 하라고 지시하기에, 저는 곧장 돌아서서 그가 요구한 것을 가지러 갈 참이었습니다. 한데 그가 별안간 제 어깨를 덥석 붙들더니 이러는 겁니다. "어이 또라이 양반, 사람이 말을 하면 귀를 기울여야지." 저는 그런 식으로 말하는 건 잘못이라고 조용히 대꾸했지요. 그러지 않아도 방금 시키는 대로 하려던 참이었다고 말입니다. 그는

160

거짓말 말라고 하더니, 제가 무례하게 등을 돌렸다고 말하면서, 몽둥이로 50대는 맞아야 정신을 차릴 놈이라며 악담을 내뱉는 것이었습니다. 그래서 저 역시 더 이상 참을 수만은 없었고, 그가 내뱉는 것과 똑같은 말투로 응수할 수밖에 없었습니다. 이 자리를 빌려 분명히 말씀드리건대, 지난 며칠간 저는 사드 씨와 아예 상종을 하지 않았습니다. 그의 거친 태도에 아주 질려 버렸거든요. 물론 한때는 저에게 잘 대해주었다는 건 인정합니다. 하지만, 선생님, 저 역시 그가 바라는 일, 그에게 유익한 일을 그동안 열심히 해줌으로써 그 정도 호의는 충분히 갚은 셈입니다.

친분 관계란 서로 선행을 주고받는 가운데 유지되는 것이지요. 감히 말씀드립니다만, 사드 씨가 저에게 해준 만큼 저 역시 사드 씨에게 해주었습니다. 솔직히 그는 이따금 저녁 식사에 초대한 것 말고는 저에게 딱히 해준 것이 없습니다. 저는 이제 그의 시종 노릇을 하는 데 지쳤습니다. 그런 식의 대우를 받는 데 질렸어요. 저는 오로지 친구로서 그의 시중을 들어주었을 뿐입니다.

일이 이렇게 된 이상, 사드 씨가 저에게 연극 배역을 맡기는 일은 더 이상 없겠지요… 기타 등등, 기타 등등.

다음은 샤랑통 정신병원의 수석 의사인 루아예콜라르 박사가 쓴 편지다. 그는 사드 후작을 신랄하게 공격하고 있다.

1808년 8월 2일, 파리
샤랑통 정신병원 수석 의사로부터
상원 의원이신 제국 경찰청장님께

각하,

저는 지금 제가 의료 행위를 책임진 병원의 올바른 질서 정착을 위시해, 제 직책상 매우 중요한 문제와 관련하여 각하의 도움을 청하고자 합니다.

현재 샤랑통에는 무지막지한 비도덕성으로 악명 높은 남자가 한 명 있습니다. 단순히 병원 안에 있다는 사실만으로도 더없이 심각한 문제가 되는 인물입니다. 제가 말하고자 하는 사람은 다름 아닌 「쥐스틴」이라는 파렴치한 소설의 저자입니다. 이 남자는 사실 정신이상자가 아닙니다. 그의 유일한 광기는 악에 대한 것인데, 정신이상을 의학적으로 치료하는 시설에서 그와 같은 광기는 다스릴 수가 없습니다. 그런 문제를 안고 있는 자는 광기로부터 다른 사람들을 보호하기 위해서나, 흉악한 욕정을 부추길지도 모를 대상들로부터 그 자신을 차단하기 위해서나, 가장 철저한 감금 상태에 처해져야 마땅합니다. 그런데 샤랑통 병원은 이런 경우 그 두 가지 조건 중 어느 것도 충족시켜주지 못합니다. 사드 씨는 여기서 너무 큰 자유를 누리고 있습니다. 그는 충분히 많은 수의 남녀와 교류를 할 수 있고, 그들을 자기 숙소로 초대해 맞아들이거나 자기가 그들 방으로 얼마든지 찾아갈 수 있습니다. 그에게는 정원을 산책할 권한이 있어, 같은 권한이 부여된 환자들과 빈번하게 조우합니다. 몇몇 사람들을 모아놓고 자신의 무시무시한 주장을 설파하는가 하면, 사람들한테 책도 빌려줍니다. 급기야는 자기 딸로 통하는 어떤 여자와 함께 지낸다는 소문이 병원에 파다합니다. 한데 그게 다가 아닙니다. 정신이상자들로 하여금 연극을 공연케 한다는 구실로 병원 안에다 주제넘게 극단을 꾸렸답니다. 그런 떠들썩한 조직이 환자들의 상상력에 미칠 불길한 영향은 전혀 개의치 않고서 말입니다. 사드 씨가 극단장인 셈입니다. 그가 작품을 지정하고, 배역을 부여하며, 리허설까지 주도한답니다. 남자 배우 여자 배우 가리지 않고 발성을 직접 가르치면서, 그들을 상대로 거창한 무대예술을 교육시킵니다. 공개 리허설이 있는 날이면, 언제나 상당량의 입장권이 그의 재량에 맡겨집니다. 그러면 관람하러 온 사람들에 둘러싸인 채, 부분적으로나마 자신이 무슨 안주인인 척합니다. 큰 행사가 있을 때마다 모든 걸 주관하고 나섭니다. 예컨대, 병원장님의 생신을 맞아서도 축하용 우화극을 만들어 무대에 올린다든가, 최소한 칭송하는 시구라도 몇 줄 만들어 바칩니다.

저는 각하 앞에서 그러한 존재가 빚어낼 추문을 구구절절 환기한다든가, 그것이 초래할 갖가지 위험을 일일이 거론하는 것이 굳이 필요하다고는 생각하지 않습니다. 온갖 세부적인 사실들이 저잣거리에 알려진다면, 그런 괴이한 파행을 용인하는 기관에 대해 사람들이 어떤 생각을 품겠습니까? 나아가 정신이상 치료의 도덕적 요소와 그러한 파행들이 어떻게 조화를 이룰 수 있겠습니까? 저 끔찍한 인간과 매일같이 접촉하는 이곳 환자들이 그의 고질적인 패악으로부터 끊임없이 영향받지 않겠습니까? 심지어 그자를 만나본 적 없는 환자들조차 같은 병원에 그가 산다는 사실만으로 온갖 망상에 시달리지 않겠습니까?

저는 각하께서 이상 사실들을 충분히 숙고하셔서, 사드 씨가 샤랑통 정신병원 이외의 다른 영어 시설을 배정받도록 조처해주시길 희망합니다. 병원 차원에서 그가 다른 환자들과 어떤 식으로든 접촉하지 못하도록 방지책을 개선하는 것은 소용이 없을 겁니다. 그런 방지책이 예전에 비해 효과적으로 시행될지 의문이거니와, 파행은 파행대로 여전할 것이기 때문입니다. 저는 그를 이전 수감 장소인 비세트르로 다시 보내달라고 요청하는 것이 아닙니다. 다만 가장 꼼꼼한 감시와 가장 섬세한 도덕적 주의가 요구되는 그 같은 자에게는 환자의 치료를 위한 시설보다 요새나 감옥이 적당하다는 사실을 각하께 상기시켜 드리지 않을 수 없는 것입니다.

각하께 극진한 존앙과 흠모의 정을 바치며.

의학박사 루아예콜라르

163

이쯤에서 카바네스 박사의 이야기를 더 들어보자.

정신 질환을 다루는 시설에 경찰력이 개입할 수 있다는 사실 자체는 충분히 놀랄 만하다. 이와 관련해서는, 후작이 감금될 당시 샤랑통 정신병원의 실제 용도가 어떤 것이었는지를 알아보는 게 유익할 것이다.

자세한 정보를 얻기 위해 우리는 그 분야 권위자인 정신병 전문의 에스키롤 박사의 설명을 조회해보았다. 고전으로 통하는 그의 저작 중 한 권에는, 공공질서 확립 차원에서 사드 후작이 연금당했던 시설의 가장 완벽한 내력이 소개되어 있다. 이제 그의 탁월한 연구 내용 중 중요한 몇 가지를 살펴보기로 하자.[53]

시설이 폐쇄된 지 2년 만인 1797년 6월 15일, 총재정부는 샤랑통 자선병원을 원래의 용도에 맞게 재가동시킬 것을 지시했다. 이에 따라, '애덕 수도회'가 있었던 바로 그 장소를 터전 삼아 광기의 완벽한 치료를 위한 모든 조치가 취해졌고, 남녀 불문하고 정신병을 앓는 환자들이 그곳에 속속 수용되었다. 아울러 내무부가 직접 나서서, 새로운 샤랑통 정신병원의 업무에 걸맞은 제도적 장치 마련과 함께 시설 전반에 대한 감독의 책임을 맡게 되었다.

병원 운영은 프레몽트레 수사였다가 지금은 입법의회 의원인 쿨미에 씨에게 위임되었다. 일명 '프로비당스'라 불리는 아비뇽 정신병원에서 의사로 일하던 가스탈디 씨가 샤랑통 내과 전문의로 부임하였고, 뒤무티에 씨는 회계 감독관으로, 고인이 되신 드기즈 씨는 외과 전문의의 직책을 맡았다. 이들에 대한 정식 임명 날짜는 1798년 9월 21일이었다.

1797년 6월 5일 자 시행령 제4호 조항에는, 샤랑통 총감독관이 병원의 재무행정에 관한 보고서를 내무부 장관 앞으로 직접 제출하게끔 명시되어 있다. 한데 실제로는 보고가 이루어진 적이 없으며, 그럴 수도 없었다. 같은 시행령

53
에스키롤(Esquirol), 『정신병에 관하여(Des Maladies mentales)』, II권, 561쪽.

제5호 조항은 파리 대학 의학부로 하여금 샤랑통의 다양한 업무 조정에 관한 규칙을 제정토록 못 박고 있다. 하지만 그 규칙이 제정되었다는 자료는 없고, 쿨미에 씨는 철저한 독립적 지위를 누리면서, 샤랑통 병원의 의료 업무와 행정 전반에 걸쳐 무소불위의 권력을 휘둘렀다.

이렇다 할 규칙이 없는 상황에서, 수석 의사는 병원장이 거머쥔 절대권과 비교해 그 어떠한 실제적 권한도 행사할 수 없었다. 반면 치료 방법에 있어 윤리적 수단의 적용을 자신이 행사하는 가장 중요한 권한 중 하나로 여기는 병원장으로서는 춤과 연극 공연이야말로 광기에 대한 가장 탁월한 치유책으로 보였다. 그는 병원 안에서 무도회와 연극 공연을 여러 차례 개최했다. 예전엔 병원 홀이었다가 지금은 여성 환자 입원실로 쓰이는 공간 바로 위층에 극장 무대와 오케스트라석, 일반 관람석이 배치되었고 무대 맞은 편에는 병원장과 그 친지들을 위한 박스석이 자리 잡았다. 일반 관람석으로 돌출한 박스석 양편에는 왼쪽과 오른쪽으로 각각 열다섯에서 스무 명 가량의 인원을 수용할 수 있는 계단식 관람석이 있어, 정신 질환을 겪고는 있으나 거의 치매 상태라 평상시엔 지극히 조용한 환자들이 남녀로 구분되어 착석했다. 일반 관람석에는 외부인들과 회복기에 있는 극소수 환자들로 채워졌다. 그 모든 축제와 공연과 춤을 너무나도 유명한 사드 씨가 도맡아 주관하는 가운데, 파리의 군소 극장에 소속된 배우와 무희들쯤은 얼마든지 초청해도 부끄럽지 않은 행사가 심심찮게 벌어지곤 했다.

사드 후작은 병원장의 든든한 후원에 힘입어 한동안 연출에 대한 자신의 취향을 실컷 발휘할 수 있었다. 그러나 감시의 눈을 번득이던 루아예 콜라르가 재차 탄원을 올린 끝에, 1813년 5월 6일 하달된 정부 지침이 결국 모든 행사를 폐지하기에 이른다.

『쥘리에트』 속에는 사드적 극작법의 새로운 특징들이 담겨 있다.

우리는 사드 작품의 발췌문들에 다량의 각주를 붙일 수도 있었다. 그리고 사드 후작과 아주 비슷한 사상들을 표명한 최근의, 심지어 오늘날의 작가와 학자, 철학자를 여러 명 인용할 수도 있었다. 하지만 '사드의 작품(opus sadicum)'[54] 속에 존재하는, 지금도 여전히 참신한 몇 가지 사상을 희석시킬 수 있다는 우려 때문에 그렇게 하지 않았다.

이제껏 존재해온 가장 놀라운 인간들 중 한 명에 관한 이 글을 마무리하면서, 그가 직접 쓴 문장 하나를 인용하는 것이 좋겠다. 자기 자신을 잘 알고 있던 사드 후작은 그가 질겁하게 만든 인간들, 그로 인해 발칵 뒤집힌 세상을 향해 흔들리지 않는 자부심을 갖고 이렇게 말했다.

나는 내 말을 알아들을 능력이 있는 사람들만을 상대로 이야기하니, 그들은 아무 위험 없이 나를 읽을 것이다.

[54] 'opus sadicum'은 검열의 눈을 피하기 위해 출판을 하려는 사드의 작품에 붙였던 일종의 거짓 제목이었다. 『쥐스틴 혹은 미덕의 불행』의 영역본이 1889년 처음 이지도르 리죄 출판사에서 나왔을 때, 제목이 '오푸스 사디쿰: 철학소설(Opus Sadicum: A philosophical romance)'이었다.

사드와 그의 시대

1733년
11월 3일, 장 바티스트 프랑수아 조제프 드 사드 백작(1702-67)과 마리 엘레오노르 드 마이예 드 카르망(1712-77)이 결혼한다. 신랑은 14세기에 페트라르카가 노래한 '불멸의 연인' 로르와 먼 친척 관계인 프로방스의 유서 깊은 가문 출신이며, 신부는 왕족인 콩데 가(家)의 인척이다. 사드 백작은 난봉꾼 전력이 있으며, 1724년 튈르리 정원에서 남색 상대를 찾다가 체포된 적이 있다. 갓 결혼한 사드 백작 부인은 콩데 공작 부인의 시중을 들며 말동무 역할을 하는 '수행 부인'으로, 파리에 위치한 콩데 가의 대저택에 기거했다. 사실 사드 백작이 그녀에게 청혼한 배경에는 콩데 공작 부인에게 보다 수월하게 접근하여 유혹하려는 의도가 숨어 있었다.

1740-4년: 출생에서 4세까지
1740년 6월 2일 사드 백작 부인이 사내아이를 출산한다. 백작 부부가 처음 아이에게 지어준 프로방스식 이름 루이 알동즈 도나시앵(Louis Aldonze Donatien)은, 생쉴피스 성당 교적에 등록되는 과정에서 지방 특색에 어두운 신부의 착각으로 도나시앵 알퐁스 프랑수아(Donatien Alphonse François)로 바뀌고 만다. 아이는 네 살 위 친척 형인 콩데 공(公) 루이 조제프 드 부르봉과 어울리며 생의 첫 몇 해를 보낸다. 훗날 그가 쓸 소설 『알린과 발쿠르』에는 이 시기의 상황이 다음과 같은 자전적 어조로 술회되고 있다. "나는 어머니 덕분에 왕국의 최고위 계층과 연결되어 있는 입장이었고, 아버지를 통해서는 랑그도크 지방의 내로라하는 가문에 속하는 처지였습니다. 파리의 풍요롭고 사치스러운 분위기 속에서 태어난 나는 뭔가 생각을 할 수 있는

1740년
영국 근대소설의 개척자 새뮤얼 리처드슨이 서한체 소설의 효시인 『파멜라(Virtue Rewarded Pamela)』를 발표한다. 프랑스는 루이15세 치하였고, 유럽은 오스트리아 왕위 계승 전쟁에 휘말리고 있었다.

1741년
피에르 쇼데를로 드 라클로가 태어난다.

1743년
콩도르세 후작이 태어난다.

나이가 되면서부터, 자연과 행운이 서로 힘을 합쳐 오직 나만을 위해 자신들의 선물을 풀어 내놓고 있다는 믿음을 갖게 되었죠. 주위의 어리석은 사람들이 부추기는 바람에 정말 나는 철석같이 그렇게 믿었고, 그런 우스꽝스러운 선입관은 갈수록 나를 오만하고 제멋대로이며, 성깔 사나운 아이로 만들어가고 있었어요. 모든 것이 내 뜻에 복종해야만 하고, 온 우주가 내 비위를 맞추어야만 하며, 나의 변덕을 만족시켜주기 위해 세상은 오로지 나 하나의 차지가 되어야 하는 것 같았습니다." 아버지 사드 백작은 1741년 프랑스 전권대사의 자격으로 쾰른에 부임해 선제후 클레멘스 아우구스트를 알현하지만, 맡은 임무를 충실히 수행하지 못할 뿐 아니라 선제후와 사이가 틀어진다. 하지만 보직을 잃을까 우려한 그는 이런 사정을 프랑스 궁정에 일절 알리지 않았고, 1743년 말에는 무단으로 근무지를 이탈하기까지 한다.

1744-50년: 4세에서 10세까지

어린 도나시앵은 네 살에서 열 살 때까지 아버지 쪽 친척들이 거주하는 프로방스에서 양육된다. 처음에는 아비뇽의 고모들 집으로 간 데 이어, 1745년 1월부터는 자유사상가(libertin)인 삼촌 폴 알퐁스 드 사드 신부의 거주지 소만 성과 그가 수도원장으로 있는 부르보네 지역 생레제 데브뢰이 수도원에 맡겨진다. 사드 신부는 당대의 거장 볼테르와 가까운 사이였는데, 고위 성직자로 발돋움할 때 볼테르에게서 받은 축하 서한시는 그가 어떤 인물인지를 짐작케 한다. "아! 그대가 아무리 사제라 해도, / 지체 높으신 나리, 그대는 사랑을 하리. / 그대가 주교가 되든 성 베드로가 되든, / 그대는 사랑을 하고 또 쾌락을 탐하리. / 그대가 진정으로 일할 곳은 / 교회와 또 키테라 섬(비너스의 신전이 있는 곳)." 이 박식하면서도 방탕한 기질의 삼촌은 어린 조카의 초기 훈육에 지대한 영향을 미친 것으로 알려져 있다. 한편, 공직 업무보다 유람을 즐기던 사드 백작은 7년전쟁의 전조가 고개를 들기 시작하던 1745년 2월 오스트리아의 마리아 테레지

1746년
드니 디드로가 『백과전서(Encyclopédie)』의 편찬 작업을 시작한다.

1747년
쥘리앵 오프루아 드 라메트리의 『인간기계(L'Homme-Machine)』가 출간된다.

1748년
샤를 루이 드 스콩다 몽테스키외가 『법의 정신(L'Esprit des Lois)』을 발표하고, 볼테르가 『자디그(Zadig)』를 발표한다. 데이비드 흄이 『인간 오성론(An Enquiry Concerning Human Understanding)』을 발표한다. 자크루이 다비드가 태어난다.

170

아 군대에 의해 앙베르에 억류당하는데, 몇 달에 걸친 구금 기간 동안 그를 빼내려는 선제후 측의 노력은 전혀 없었다. 결국 그는 쾰른에서의 업무 상황을 프랑스 궁정으로 보고해야만 할 처지에 몰렸고, 그 이후 어떤 공직도 맡지 못한다.

1750-7년: 10세에서 17세까지

1750년 파리로 돌아온 도나시앵은 개인 가정교사 앙블레 신부의 손에 맡겨지고, 예수회가 운영하는 루이 르 그랑 중등학교에 들어간다. 그곳은 고전에 관한 수준 높은 교육과 특히 연극 활동에 비중을 두는 것으로 유명해, 문학과 연극에 대한 관심을 어려서부터 북돋우는 데 큰 기여를 한 것으로 추정된다. 뿐만 아니라 그곳에서 사드는 동성애적 체험 또한 가졌던 듯하다. 1754년 5월쯤에는 가장 유서 깊은 귀족 가문의 자제만 받아들인다는 베르사유의 '근위 경기병' 예비 학교에 입학한다. 1755년 12월 그는 왕립 보병 연대의 무보직 소위로 임관한 뒤, 1757년 프로방스 백작의 기병 연대에서 기수(旗手)가 된다. 이 기간, 방탕한 장교 생활에 눈을 뜬 것으로 알려져 있다.

1757-63년: 17세에서 23세까지

7년전쟁이 발발하고 그가 속한 연대가 독일로 진격한다. 사드는 『알린과 발쿠르』에서 그 시절을 다음과 같이 회상한다. "전쟁이 터졌지요. 실제 군 복무가 급했기에, 교육은 마치지 못했습니다. 나는 (보병이든 기병이든) 교육받는 것이 아직은 자연스러울 나이에 내가 속한 부대로 떠났습니다. (…) 전투가 벌어질 때마다, 감히 말하건대, 나는 아주 잘 싸웠습니다. 천성으로 타고난 이 격한 성격, 자연으로부터 부여받은 이 불같은 영혼은 사람들이 용기라 부르는 흉포한 미덕에 최고의 활력과 생기로 작용했지요." 1759년 4월부터 사드는 부르고뉴 기병 연대 대위로 복무한다. 당시 전우 중 한 명은 그를 일컬어 "사드는 한번 불붙으면 끝을 보는 성격이라, 독일놈들 조심해야 할 겁니

171

1749년
디드로가 뱅센 감옥에 수감되고, 장 자크 루소는 그를 방문하러 가다가 철학에 새로운 눈을 뜨게 해줄 영감을 얻는다. 뷔퐁이 『박물지(Histoire Naturelle)』를 펴내기 시작한다. 존 클리랜드가 『패니 힐(Memoirs of a Woman of Pleasure, or, Fanny Hill)』을 발표한다. 요한 볼프강 폰 괴테가 태어난다.

1750년
요한 제바스티안 바흐가 숨을 거둔다. 루소의 「학문 예술론(Discours sur les sciences et les arts)」이 디종 아카데미 논문 현상 공모전에 당선된다.

1751년
『백과전서』가 출간되기 시작한다. 라메트리가 숨을 거둔다.

1754년
디드로가 『자연의 해석에 관한 단상들(Pensées sur l'Interprétation de la Nature)』을 발표한다. 에티엔 보노 드 콩디야크가 『감각론(Traité des sensations)』을 발표한다. 훗날 루이16세가 될 루이 오귀스트 드 프랑스가 출생한다.

1755년
몽테스키외가 숨을 거둔다. 루소의 『인간불평등 기원론(Discours sur l'origine et les fondements de l'inégalité parmi les hommes)』이 출간된다. 리스본에 대지진이 발생하여 유럽 전역의 사회 문화 전반에 지대한 영향을 미친다.

1756년
볼프강 아마데우스 모차르트가 태어난다. 7년전쟁이 발발한다.

1757년
장 필립 라모가 오페라 발레 「사랑의 놀라움(Les Surprises de l'Amour)」을 발표하고, 디드로가 희곡 「사생아(Le Fils naturel)」를 발표한다. 훗날 대혁명과 미국독립전쟁에서 큰 역할을 하는 라파예트 후작이 태어난다.

1758년
클로드 아드리앵 엘베시우스의 『정신에 관하여(De l'esprit)』가 출간된다.

1759년
볼테르의 『캉디드(Candide)』가 출간된다. 게오르크 프리드리히 헨델이 숨을 거둔다.

다"라고 했다. 그리고 어떤 상관은 "극히 문란하지만, 매우 용맹한 군인"으로 그를 기억했다. 훗날 사드는 한 편지에서 이 시절의 생활을 다음과 같이 술회한다. "아직 미혼의 몸으로 독일 땅에 여섯 차례 진군했을 당시, 자고로 말을 제대로 배우려면 그 지방 여자와 규칙적으로 잠을 자야만 한다는 얘기가 나돌았지. 클레브 인근의 한 동계 야영지에서였던가, 그 속설을 시험해볼 겸, 나보다 서너 배는 나이 많은 어느 뚱뚱하고 선량한 남작 부인과 자주 접촉했는데, 그녀는 제법 친절하게 나를 다독여주었어. 그 결과 6개월 만에 독일어가 마치 키케로처럼 내 입에서 술술 나오더란 말이지." 한편 1760년부터 모친인 사드 백작 부인은 앙페르 가에 위치한 카르멜 수녀원에서 은거 생활을 시작한다. 1763년 3월 파리조약이 체결되어 7년전쟁이 끝나고, 사드는 기병 대위로 전역하면서 후작의 지위에 봉해진다. 당시 아버지는 병환 중이었고 가문의 재정 상태는 최악이었다. 사드 백작은 오로지 부유한 상속녀에게 아들을 장가보낼 궁리뿐이었다. 그런 목적으로 간택한 규수가 바로 조세법원장의 여식인 르네펠라지 드 몽트뢰이. 하지만 젊은 후작은 프로방스 지역 유지의 여식인 로리스 양과 이미 열애 중이었던 듯하다. 마침내 5월 17일 생로크 성당에서 사드 후작과 르네펠라지의 결혼식이 거행된다. 아버지 사드 백작은 "좋은 성품은 없이 그저 못된 성질만 가득한 이 녀석을 떨쳐버린 것"이 그저 좋기만 하다. 그런가 하면 몽트뢰이 부인은 딸을 즐겁게 해주고 어딜 내놔도 번듯하게 보일 사위의 존재를 무척이나 달가워하는데, 정작 사위는 수도 근교에 자기만의 아지트로 쓸 별장을 한 채 임차한다. 거기서 벌인 온갖 방탕한 짓들이 결국 경찰의 주목을 끈다. 10월 18일, 젊은 여공 잔 테스타르를 상대로 혹독한 매질과 독신적(瀆神的) 행위들이 자행되고, 그 일로 인해 열흘 뒤 사드는 뱅센 요새에 수감된다. 11월 13일, 석방된 그는 노르망디에 있는 처가 소유의 성(城) 에쇼푸르로 거주지가 제한된다. 후작의 이후 동선과 엽색 행각은 마레 경감의 전담 감시하에 놓이고, 현지 포주

1761년
루소의 『쥘리 혹은 라 누벨 엘로이즈(Julie ou la Nouvelle Heloïse)』가 출간된다.

1762년
루소의 『에밀(Émile, ou De l'éducation)』과 『사회계약론(Du Contrat Social ou Principes du droit politique)』이 출간된다. 디드로가 『라모의 조카(Le Neveu de Rameau)』를 쓴다. 시인 앙드레 셰니에가 태어난다.

1763년
극작가이자 소설가인 피에르 드 마리보와 『마농 레스코(Manon Lescaut)』의 저자 앙투안 프랑수아 프레보(아베 프레보)가 숨을 거둔다. 7년전쟁이 종식되면서 프랑스는 캐나다와 인도를 영국에, 루이지애나를 에스파냐에 각각 넘겨준다.

들이 후작에게 여자를 공급하는 행위가 엄격히 차단된다.

1764-7년: 24세에서 27세까지

사드는 아버지로부터 지방 파견 국왕 대리관 직책을 이어받는다. 그와 관련하여 현지 고등법원에서 수락 연설을 하기 위해 그는 디종으로 향한다. 사드 집안과 몽트뢰이 집안은 그더러 궁정에 얼굴 좀 내밀어 왕의 총애를 얻어보라고 압박한다. 도나시앵은 그러나 왕의 총애보다 화류계 여자들의 호감에 더 관심이 있다. 그를 감시하던 마레 경감은 이즈음 매춘을 겸해온 거물급 여자 배우들과의 염문설을 상부에 보고하는데, 콜레(1764년), 보부아쟁(1765년), 도르빌과 르클레르(1766년) 양 등등의 이름이 오르내린다. 특히 후작은 보부아쟁 양을 자기 아내라 칭하면서 프로방스 지방을 보란 듯 돌아다닌다. 그는 또 가문의 영지인 라코스트 성곽 안에 버려진 극장을 새롭게 복원하고 툭하면 축제를 벌인다. 이와 관련하여 몽트뢰이 부인의 관용을 이끌어내기 위해 삼촌 사드 신부가 개입한다. "젊음의 혈기를 발산하는 것뿐입니다. 정념의 불길에 툭하면 휩싸일 때이니까요. 그가 살살 다루어야 할 존재라고 하신 건 전적으로 옳은 말씀입니다. 그의 부친처럼 마구잡이로 대하는 것은 위험한 방법이지요. 그러다간 아주 막 나가는 일도 서슴지 않을 위인입니다. 그저 애정을 갖고 관대하게, 순리에 맞도록 접근해야 그를 제자리로 끌어올 수 있을 겁니다." 이에 대해 갈수록 사위에 대한 불만과 우려가 쌓여만 가는 몽트뢰이 부인은 기가 막혀 이렇게 한탄한다. "딱하기도 하지! 같이 사는 사람의 행복을 이루어주기만 하면 자기 행복도 따놓은 당상인 것을. 제발 정신 차리고 단정하게 지내면 오죽 좋으련만…." 그런 사정을 아는지 모르는지, 1766년 11월 사드는 아르쾨이에 또 다른 별장을 빌린다. 그와 관련한 증언을 하나 들어보자. "그곳에서 온갖 추태를 일삼았지요. 남자 여자 할 것 없이 밤낮으로 사람들을 데려와 방탕한 짓거리를 벌였답니다." 1767년 1월 30일 부친인 사드 백작이 사망한다.

1764년
볼테르의 『철학 사전(Dictionnaire philosophique ou la Raison par alphabet)』이 출간된다. 예수회가 프랑스에서 추방된다.

1766년
스탈 부인이 태어난다. 루이 앙투안 드 부갱빌이 프랑스인 최초로 세계 일주 항해에 나선다(1766-9년).

8월 21일 사드는 라코스트의 영주로 정식 부임하기 위해 프로방스를 찾는다. 이제 그는 아버지의 뒤를 이어 자신이 사드 백작임을 천명하지만, 후작과 백작의 칭호가 앞으로도 계속 혼용된다. 8월 27일, 사드와 르네펠라지 사이에 첫아들 루이마리가 출생한다. 콩데 가의 대저택 경당에서 세례식이 거행되고, 콩데 공 부처가 아이의 대부모 역할을 맡아준다. 한편, 삼촌인 사드 신부의 역작인 『페트라르카의 생애, 그의 작품과 당대 작가들의 글을 통한 회고』가 1764년부터 1767년까지 연달아 세 권 출간되는데, 이는 페트라르카의 연인 로르와 사드 가문의 혈연관계를 증빙하는 문헌으로 여겨지고 있다.

1768-72년: 28세에서 32세까지

1768년 4월 중순부터인가, 아르쾨이 별장에서 벌어졌다는 끔찍한 일들에 관한 흉흉한 소문이 파리 장안에 파다하게 퍼진다. 어떤 여자가 피투성이가 되어 죽음의 문턱까지 갔다는 것에서 시작해, 급기야는 사람을 산 채로 해부했다는 둥, 시체 더미가 쌓여 있다는 둥 별의별 이야기가 나돈다. 사드의 생애에서 첫 번째로 불거진 대형 스캔들의 진상은 다음과 같다. 4월 3일 부활절 아침, 그는 길가에서 동냥 중이던 로즈 켈레르를 아르쾨이 별장으로 데려다가 강제로 옷을 벗기고 채찍질을 가하며 각종 신성모독 행위를 저질렀다. 때가 부활절 아침이었던 만큼 파장은 말할 수 없이 컸다. 로즈 켈레르는 가까스로 도망쳐 나와 곧장 고소했고, 여론이 들끓기 시작하면서 추문은 급속도로 커졌다. 결국 사드는 소뮈르를 거쳐, 5월 리옹 근처 피에르앙시즈에 수감된다. 그러는 가운데 사드의 석방을 위한 가족의 물밑 작업이 이어진다. 마침내 11월 16일, 기소유예 조치와 더불어 100리브르의 벌금형을 처분받고 풀려난 사드는 라코스트 성으로 주거가 제한된다. 감옥 문 앞을 지키며 남편의 출소를 기다려준 후작 부인은 1769년 6월 27일, 둘째 아들 도나시앵 클로드 아르망을 출산한다. 감옥으로 면회 가서 임신한 이 아이의 세례

1768년
낭만주의 문학의 선구자 프랑수아 르네 드 샤토브리앙이 태어난다. 루이15세는 뒤바리 부인을 애첩으로 맞아들였고, 제임스 쿡 선장은 제1차 세계 일주 항해를 시작했다.

1769년
디드로가 『달랑베르의 꿈(Le Rêve de D'Alembert)』을 쓴다. 보나파르트 나폴레옹이 태어난다.

식은 아주 가까운 지인들만 모아놓고 치러진다. 한편 사위의 방종한 생활 태도와 쌓여만 가는 빚에 대한 몽트뢰이 부인의 걱정은 이만저만이 아니다. 그럼에도 불구하고 그녀는 단념하지 않는다. "누가 알아듣게만 얘기해준다면, 정신 차리고 마음 다잡을 거라 믿고 있습니다." 9월과 10월, 사드는 네덜란드를 여행하면서 「서한체로 쓴 네덜란드 기행문」을 집필한다. 이와 관련하여 그는 "아레티노의 필치"를 휘두른 덕분에 프랑스에서 "소소한 즐거움"을 6개월간 누릴 수 있었고, "내 돈은 땡전 한 푼 들이지 않고도 두 달여 네덜란드를 여행할 수 있었다"라고 훗날 술회한다. 필시 외설적 색채가 다분했을 그 문헌은 지금까지도 확인되지 않고 있다. 1770년 프랑스로 돌아온 사드는 부르고뉴 연대로 복귀함으로써 다시 군에 적을 두길 원했으나, 가뜩이나 나빠진 평판에 상관과도 불화를 일으켜 군 경력은 거기서 마침표를 찍는다. 이 시기 파리에서는 테레(재무 대신), 데귀용(외무 대신), 모푸(국새 상서)가 구체제 내 핵심 3인방으로 권력을 장악한다. 이들은 특권층과 법관들의 저항을 분쇄하고, 고등법원에 대한 근본적 개혁을 단행한다. 이는 국가 재정 악화를 극복하고 귀족의 특권을 제한하려는 조치로, 성공할 시 구체제 왕정의 안위가 보장될 수도 있었다. 1771년 4월 17일, 딸 마들렌 로르가 태어난다. 사드 가문이 줄기차게 조상임을 주장해온 페트라르카의 연인 '로르'를 따서 붙인 이름임은 물론이다. 같은 해 9월 사드는 채무 관계 때문에 파리의 포르 레베크 감옥에 잠깐 구금되었다가 풀려난다. 1772년 그는 프로방스에 머물며 라코스트와 마장 성(城)에 수시로 잔치판을 벌인다. 세속 수녀인 처제 안 프로스페르 드 로네를 범하고 연인 관계로 발전한 것도 이 무렵이다. 그는 또 프로방스 전역을 다니며 연극 공연을 주도하기도 한다.

1772-7년: 32세에서 37세까지
1772년 6월 27일 토요일은 사드의 생애에서 두 번째 대형 스캔

1770년
폴 앙리 티리 돌바크 남작의 『자연의 체계(Le Système de la Nature)』가 미라보(Mirabaud)라는 가명으로 출간된다. 낭만주의의 선구자 중 한 명인 에티엔 피베르 드 세낭쿠르가 태어난다. 게오르크 빌헬름 프리드리히 헤겔이 태어난다. 루트비히 판 베토벤이 태어난다. 요한 크리스티안 프리드리히 횔덜린이 태어난다. 대혁명 발발로 이어질 프랑스의 심각한 경제 위기가 이때부터 본격적으로 시작한다.

1771년
『아이반호(Ivanhoe)』의 저자 월터 스콧이 태어나고, 영국에선 산업혁명이 시작되고 있었다. 부갱빌이 『세계 주항기(Voyage autour du monde)』를 발표한다.

1772년
노발리스가 태어난다.

들이 터진 날이다. 그는 마르세유에서 네 명의 매춘부와 라투르라는 하인을 거느리고 질펀한 향연을 벌이는 가운데, 동성과 이성을 넘나드는 비역질과 무자비한 채찍질 그리고 치명적인 최음제 복용 등 방탕의 극을 달린다. 결국 최음제의 과도한 효과에 놀란 여자들이 독살 시도를 의심했고, 곧장 경찰서로 달려가 고소장을 접수시킨다. 라코스트 성에 대한 경찰의 가택수색이 단행되고, 사드는 하인뿐 아니라 처제까지 대동한 채 이탈리아로 줄행랑친다. 같은 해 9월 3일 엑상프로방스 법원은 결석재판을 거행해 후작과 하인에게 사형선고를 내렸고, 며칠 뒤 프레쉬르 광장에서 그들을 대신한 허수아비 모형 두 개를 화형에 처한다. 훗날 작가 사드가 『소돔 120일』에 쓴 다음 구절들은 바로 이때 상황을 떠올린 것이다. "공개적으로 능욕을 당하는 순간에 발기하는 사람들을 본 적이 없단 말이오? 모(某) 후작에 관한 이야기는 다들 알고 있을 겁니다. 그는 자신의 허수아비로 대리 화형을 거행한다는 판결 소식을 접하자마자 바지 속에서 음경을 꺼내고는 이렇게 외쳤다는군요. '우라질! 드디어 내가 바라던 상황까지 왔군 그래. 수치와 불명예로 만신창이가 되어버렸어! 자, 자, 이제 나오려고 하니 제발 말리지나 말라구!' 그와 동시에 그는 진짜 사정을 했다고 합니다." 어쨌든 1768년 벌어진 사건과 마찬가지로 소문이 걷잡을 수 없게 불어난다. 대규모 무도회가 최음제 효과 때문에 강간과 죽음의 난장판으로 전락해 버렸다는 둥, 형부가 세속 수녀인 처제를 납치해 이탈리아까지 동행했다는 둥. 급기야 분노한 몽트뢰이 부인이 궁정 인맥을 동원해, 피에몬테사르데냐 왕국에 도피자 검거를 위한 공식 협조를 요청한다. 마장 백작이라 칭하면서 치암베리에 은신 중이던 후작은 결국 12월 8일 사르데냐 당국에 체포되어 사보이아의 미올란 요새에 투옥된다. 하지만 1773년 4월 30일 충실한 아내 르네펠라지의 도움에 힘입어 탈옥에 성공, 사드 후작은 다시 그르노블로 도피한다. 그는 추적을 따돌리기 위해 일부러 보르도 지방과 어쩌면 에스파냐까지 두루 돌아다닌 다음, 라코스트로 돌

1773년
디드로가 러시아를 여행하고, 『운명론자 자크(Jacques le fataliste et son maître)』를 쓴다. 19세기 7월혁명에서 '시민왕'으로 추대된 프랑스의 루이 필리프가 태어난다. 신대륙에서는 '보스턴 차 사건'이 발생했다.

아온다. 1774년 1월 경찰은 라코스트 성에 대한 대대적인 수색을 단행한다. 도망자를 체포하는 것은 물론이고 그의 범죄와 관련된 문서들까지 확보하기 위함이다. 군사작전을 방불케 하는 가택수색 앞에서 주인인 르네펠라지는 분노를 금치 못한다. "대형 사다리를 동원해서 성벽을 기어올라 왔어요. 권총과 검을 앞세우며 들이닥치더군요. (…) 사드 후작이라는 인간을 겨냥해 온갖 적의와 무례를 저지르려고 작정한 자들이었어요." 그러나 후작은 이미 성을 빠져나간 뒤였다. 같은 해 말, 그가 자신의 재산 관리를 전담하는 공증인 고프리디에게 보낸 편지에는 이런 구절이 등장한다. "여러 이유들 때문에 우리 부부는 올겨울 내내 사람을 별로 만나지 않을 작정이네." 어쩌면 그 "여러 이유들" 가운데엔 부부가 함께 리옹과 비엔을 돌며 하녀와 비서로 삼을 소녀 다섯 명과 소년 한 명을 물색하는 일이 포함되었을 수 있다. 자세한 내용이 알려진 건 아니지만 이들 여섯 명의 청소년들은 필시 사드 부부에게 유인되어, 11월 라코스트 성에서 벌어진 난교 파티에 동참했을 공산이 크다. 그중 소녀 한 명이 도망쳐 입을 놀리긴 했으나, 파티의 주인공인 후작의 표현을 빌자면 "능지처참이라도 유발할 사건"으로까지는 비화하지 않았다. 대신 그는 자신이 자기 영지에서 "늑대 인간 취급"을 당하고 있음을 인정한다. 어쨌든 1775년 2월 소녀들의 부모가 법적인 조치를 취해오자, 사드 후작은 다시금 마장 백작이라는 이름 뒤에 숨어 라죄네스인가 카르트롱인가 하는 하인을 대동한 채, 7월 17일 다시금 이탈리아행 도주길에 오른다. 이번에는 토리노, 피아첸차, 파르마, 모데나, 피렌체, 로마, 나폴리 등지를 실컷 돌아다닌다. 1776년 11월 사드는 그르노블을 거쳐 라코스트로 귀환한다. 그리고 『이탈리아 기행 혹은 피렌체, 로마, 나폴리에 관한 철학적, 역사적, 비평적 고찰. 1775-6년』의 원고 집필에 매달리는 한편, 또다시 하인, 하녀들을 새로 채용해 성안에서의 난교 파티를 즐긴다. 아내도 모자라 처제까지 유린하는 사위에게서 완전히 마음이 돌아선 몽트뢰이 부인은 궁정 인맥을 총동원한

177

1774년
괴테가 『젊은 베르테르의 슬픔(Die Leiden des jungen Werthers)』을 쓴다. 루이15세가 사망하고, 루이16세가 즉위하면서 모푸 국새 상서가 주도한 구체제의 개혁 정책이 모두 파기된다.

1775년
레티프 드 라 브르통이 『타락한 농부(Le Paysan perverti ou les Dangers de la ville)』를 발표한다. 피에르 오귀스탱 카롱 드 보마르셰의 「세빌리아의 이발사(Le Barbier de Séville ou la Précaution inutile)」가 공연된다. 대영제국을 상대로 한 미국독립전쟁이 발발한다.

1776년
루소가 『고독한 산책자의 몽상(Les Rêveries du promeneur solitaire)』을 쓰기 시작한다. 흄이 숨을 거둔다.

1777년
프랑스 최초의 일간지 『주르날 드
파리(Journal de Paris)』가 발행된다.
자크 네케르가 위기에 처한 루이16세
치하의 프랑스 국가 재정을 책임진다.
미라보 백작 역시 뱅센에 수감되고,
라파예트 후작이 미국독립전쟁에
참전한다.

끝에 왕명으로 무기한 사위의 인신 구속을 가능케 할 봉인장을
확보한다. 그러던 중, 1777년 1월 17일 하녀들 중 한 명의 아버지
가 찾아와 딸을 내놓으라며 사드를 향해 총을 쏘고 소란을 피
운다. 그 때문에 온 마을이 발칵 뒤집힌다. 그즈음 파리에서 편
지 한 통이 도착하는데, 후작의 모친이 아주 위독하다는 내용이
다. 사드는 어머니의 임종을 지키기 위해 곧장 라코스트를 떠난
다. 하지만 파리에 도착했을 땐 이미 모친이 사망한 뒤였고, 그
대신 매복하고 있던 경찰에게 체포된다. 2월 13일 사드 후작은
왕의 봉인장에 의거해 뱅센 요새의 망루에 감금된다. 그해 12월
31일, 삼촌인 사드 신부가 사망한다.

1778-84년: 38세에서 44세까지

1778년
볼테르와 루소가 숨을 거둔다.

1778년 엑상프로방스 법원의 판결에 대한 상고심이 진행된다.
피고는 재심 절차를 밟기 위해서 삼엄한 감시 속에 현지로 내
려온다. 독살 혐의가 입증되지 못해 사형선고는 파기되고, 50리
브르의 벌금형과 더불어 3년간 마르세유 출입 금지 처분을 받
는다. 벌금을 지불하고 출입 금지 처분에 응하는 것으로 자유의
몸이겠거니 믿었던 사드의 기대는 그러나 몽트뢰이 부인이 대
비해둔 왕의 봉인장 앞에서 여지없이 허물어진다. 후작을 파리
에 있는 감옥으로 압송할 책임을 맡은 자는 그를 오랜 기간 전
담 감시해온 마레 경감이다. 7월 16일 저녁, 파리로 돌아오는 도
중 발랑스 부근에서 후작은 또다시 탈주에 성공하지만, 도피 행
각 39일 만에 라코스트에서 붙잡히고 재차 뱅센에 수감된다. 후
작은 몽트뢰이 가문과 사드 가문이 작당하여 자신을 가두었다
고 확신한다. 그는 자연으로부터 부여받은 자기 같은 "육체적인
종자(種子)"에게 자유를 잃는다는 것은 생각할 수 있는 "가장 끔
찍한 고문"이라고 설명한다. 구금 상태를 하루빨리 중단시키기
위해서, 적어도 그 기간이 얼마나 될지를 알아내기 위해서, 그
는 무수한 편지를 쓰고 또 쓴다. 또한 일상생활이나 서신 교환
중 도출해낸 사소한 "징표들"을 일종의 암호화된 숫자로 해석함

으로써, 어떻게든 석방 날짜를 유추해내려고 애쓴다. 이때부터 수음 행위의 횟수와 독서량을 집요하게 기록해나가는 행태를 보인다. 아내에게는 인공 성기로 사용할 유리병이라든가 나무통을 "요술 도구"라 부르며 반입을 요청하거나, 소설과 철학 논문, 희곡, 여행기 따위를 긴 목록에 담아 주문하곤 한다. 1779년 2월 16일에서 17일로 넘어가는 밤, 그는 삼촌인 사드 신부가 쓴 『페트라르카의 생애』를 읽다가 잠이 들고, 꿈에서 로르의 모습을 본다. 감옥에 갇혀 지내는 내내 그는 장모와 아내, 감옥의 관장, 경찰 간부 등, 자신을 불행에 빠트린 장본인으로 의심되는 인물들을 겨냥해 극도의 울분을 표출한다. 1780년 마찬가지로 뱅센에 수감되어 있던 미라보와 마주쳐 언쟁을 벌인다. 1781년부터는 면회를 오는 아내를 향해 편집증적인 질투심을 드러낸다. 이를테면, 자기가 비서로 제공한 젊은 촌놈과 아내가 신나게 놀아났을 것으로 상상하는 것이다. 차츰 건강이 악화되고, 눈병이 그를 괴롭힌다. 가족이나 행정기관에 보내는 편지 말고도 그는 이제 사드 부인의 시중을 들고 있는 하인 카르트롱과 소싯적 친구나 다름없는 박색이지만 지적인 루세 양에게 편지를 쓰면서 밀려드는 권태를 견디려고 애쓴다. 특히 후자를 위해서는 1782년에 「철학적 신년 인사」라는 글을 작성한다. 그는 또 몇 편의 극작품(1781년 「바람둥이」를 위시한 희극들과 1783년에는 「잔 레네 혹은 보베 공략」과 같은 비극들)과 철학적 대화(1782년 「사제와 죽어가는 자의 대화」)를 집필한다. 또한 "세상이 존재한 이래 쓰인 가장 불순한 이야기이며, 옛날이나 지금이나 도무지 유례를 찾을 수 없는 책"이라고 스스로 정의한 『소돔 120일』의 집필에도 착수한다. 다음은 아내에게 보낸 편지의 일부로, 당시 후작의 내면을 짐작할 수 있다. "내 장담하건대, 당신은 필시 나를 육체의 죄에 대한 가혹한 단절 상태에 몰아넣음으로써 아주 대단한 일을 해치운 것으로 생각할 거요. 하지만 그건 당신 착각이야. 오히려 당신은 내 머리를 뜨겁게 달군 거니까. 당신은 내가 앞으로 실현해야 할 환영들을 머릿속에서 고

1780년
콩디야크가 숨을 거둔다. 장 오귀스트 도미니크 앵그르가 태어난다.

1781년
이마누엘 칸트가 『순수이성비판(Kritik der reinen Vernunft)』을 발표한다.

1782년
라클로가 『위험한 관계(Les Liaisons dangereuses)』를 발표한다. 루소의 『고백록(Les Confessions)』 사후 출간이 시작된다.

1783년
레티프 드 라 브르통의 『니콜라 씨(Monsieur Nicolas)』가 출간된다. 장 르 롱 달랑베르가 숨을 거두고, 스탕달이 태어난다. 파리조약과 베르사유조약으로 미합중국이 탄생한다.

179

안해내도록 부추긴 셈이라고."

1784-9년: 44세에서 49세까지

1784년 2월 29일 사드는 뱅센에서 바스티유로 이감된다. 그가
수감된 방은 '자유(Liberté)'라는 이름의 망루 3층에 위치한다.
수감되자마자 일상에 제약을 가하는 여러 규칙들에 대해 그는
불만을 토로한다. 수음 행위와 '요술 도구'를 활용한 비역질에
집요하리만치 몰두하고, 동시에 문학작품 창작에도 필사적으로
매달린다. 1785년 10월 22일부터 11월 28일까지 『소돔 120일』의
초고를 두루마리 종이에 정서한 다음, '요술 도구'로 쓰이는 나
무통 속에 은닉해둔다. 1786년부터 그는 서한체 소설인 『알린과
발쿠르』의 집필을 위해 참고할 문헌들을 아내에게 요청한다.
이 기간 중편소설을 여러 편 쓰는데, 그로부터 『사랑의 죄악』에
수록될 작품들이 엄선될 것이다. 1787년 6월 말에서 7월 초, 그
는 『쥐스틴』의 첫 번째 버전이 될 『미덕의 불운』을 집필한다.
1788년 10월 1일에는 그때까지 집필한 글들을 일목요연하게 목
록으로 정리한다. 극작품이 10여 편이고, 에세이와 콩트가 뒤섞
인 『어느 문인의 잡문집』이 두 권 분량이며, 서한체 소설인 『알
린과 발쿠르』 그리고 중편, 단편 소설이 30여 편에 달한다. 물론
여기엔 차마 드러내놓고 명시하기 어려운 『소돔 120일』의 두루
마리 원고는 포함되지 않는다. 다년간 구금 생활로 인해 사드
후작의 건강과 외모가 적잖은 수난을 당한다. 그는 수시로 두통
과 눈의 통증, 통풍을 호소한다. 그에 따라 외과와 내과 의사들
이 감옥으로 찾아와 진료를 한다. 살이 엄청나게 불어나면서도
그는 끊임없이 술과 쇼콜라, 케이크와 당과류를 주문한다. 음식
에 대한 강박관념이 병적인 증상으로 발전해간다.

1789-90년: 49세에서 50세까지

1789년 사드는 아내에게 『알린과 발쿠르』의 완성된 원고를 건
네며 일독을 권한다. 같은 해 7월 2일, 바스티유를 관장하는 사

령관 로네 후작은 요새를 에워싼 군중의 심상치 않은 움직임에 잔뜩 긴장한 채, 수인 사드의 동향을 다음과 같이 상부에 보고한다. "이자가 어제 정오 창가에 붙어 서서 목이 터져라 외쳐댔습니다. 그 고함 소리가 옆방 죄수들은 물론 거리의 행인들에게까지 다 들렸는데, 바스티유의 수인들을 지금 마구 목매달아 살해하고 있으니 어서 와서 구해달라는 것이었습니다." 그 결과 내려진 조치로, 사드는 7월 4일 샤랑통 정신병원으로 이감된다. 그때 자신의 소지품을 미처 챙기지 못하고 바스티유 감방을 나서는데, 그중에는『소돔 120일』의 두루마리 원고도 포함되어 있다. 그는 7월 9일 자 편지에 "이런 부당하고, 부적절하며, 야만적인 횡포"에 대해, "프랑스 왕정 체제를 노골적으로 유린하는 말도 안 되는 조치"라며 강한 불만을 표시한다. 그리고 언젠가 자유의 몸이 되면 무엇보다 먼저 "이번에 겪은 파렴치한 만행"을 만천하에 고발하겠노라고 으름장을 놓는다. 그로부터 닷새가 지난 7월 14일, 바스티유는 함락되고 로네 후작은 살해당한다. 그러고도 사드가 자유의 몸이 되기까지는 아직 여덟 달을 더 기다려야 한다. 1790년 3월 13일 입법의회는 마침내 왕의 봉인장을 파기하는 칙령을 공포한다. 그리고 4월 2일에 이르러 12년간 사드를 가두어온 구속의 문이 활짝 열린다. 그는 영어의 몸으로 살았던 지난 세월을 이렇게 정리한다. "나는 그로써 시력도 잃고 가슴도 잃었소. 대신 얻은 거라곤 운동 부족으로 인한 살덩이뿐이지. 너무 거대해서 움직이기도 여의치 않소. (…) 감옥 생활로 내 감각은 모조리 사그라졌소. 그 어떤 것에도 더 이상 감흥을 못 느껴. 내가 미련하게도 그토록 그리워했던 세상이 이젠 권태로워 보일 뿐이라니까… 그저 슬퍼 보인다오…!" 이런 남편을 아내는 받아들이길 거부한다. 그녀는 혁명과 더불어 제도화된 이혼을 정식으로 신청하고, 6월 9일 공식적으로 이혼 선고가 내려진다. 당시 자식들과의 관계도 상당히 소원하고 서먹했던 것으로 보인다. 이즈음 그의 상황은 고프리디에게 보낸 편지에 다음과 같이 암시되어 있다. "내 결혼 생활은 서로가

181

1790년
낭만주의 문학의 거장 알퐁스 드 라마르틴이 태어난다. 칸트가『판단력 비판(Kritik der Urteilskraft)』을 발표한다. 프랑스에서는 봉건법과 귀족 칭호가 공식적으로 파기되었다.

더는 얼굴 볼 일이 없을 정도로 망가졌다네. 현재 내 상황에 대해 조금 힌트를 주자면, 어느 뚱뚱하고 선량한 시골 신부가 사제관에 죽치고 있는 모습을 떠올려보면 될 것이야." 그 와중에도 사드는 자신의 극작품을 무대에 올리려고 백방으로 애쓴다. 이때 알게 된 배우 마리 콩스탕스 케네와는 생을 마감할 때까지 관계가 이어진다. 그해 말, 사드는 쇼세 당탱 지역에 정착해 그녀와 동거에 들어간다. 그가 옛 지인들의 소개를 통해 입헌군주제 지지자들과 활발히 교류한 것도 바로 이 시기다. 이제 그는 머지않아 피크 혁명 지구로 개편될 방돔 광장 지역의 적극적인 '시민동지(市民同志, citoyen)'로 행세한다.

1791-4년: 51세에서 54세까지

1791년 6월 20일 왕이 파리를 벗어나 도주한다. 사드는 『프랑스인의 왕을 향한 파리 시민의 발언』이라는 팸플릿을 유포하고, 왕은 닷새 후 붙잡혀 다시 파리로 압송된다. 같은 달 그는 4년 전에 쓴 『미덕의 불운』을 확장, 개작한 『쥐스틴 혹은 미덕의 불행』을 익명으로 출간한다. 이 책과 관련하여 어느 지인에게 보낸 편지에 그는 이렇게 쓴다. "지금 내 소설 하나가 인쇄 중입니다만, 당신처럼 점잖고 경건한 사람한테 보내기에는 너무나 부도덕한 내용이라오. 나는 돈이 필요했고, 출판업자는 나더러 이야기를 좀더 '외설적으로' 끌고 가달라고 부탁했던 거요. 결국 나는 그가 세상에 악마를 살포할 수 있도록 허락한 셈이죠." 『프티트 아피슈』지는 『쥐스틴』을 이렇게 평하고 있다. "가장 난삽한 상상력을 가지고 만들어낼 수 있는 온갖 추잡스럽고, 궤변적이며, 혐오스럽기까지 한 것들이 바로 이 괴상망측한 소설 속에 차곡차곡 쌓여 있는데, 그 제목만큼은 점잖고 예민한 영혼의 흥미를 끌어 자칫 혹하게 만들 수도 있을 것이다." 작가 사드의 부지런한 활동은 넉 달 뒤인 10월에도 소정의 성과를 거둔다. 「옥스티에른 혹은 방탕주의의 결과」를 몰리에르 극장 무대에 올리는 데 성공한 것이다. 당시 『르 모니퇴르』지에 실린 관런 기사는 이렇게 시작된다. "이 작품은 나름대로 흥미가 있고 에너지도 넘친다. 하지만 옥스티에른 역이 거부감 들 정도로 잔인하다. 그는 러브레이스보다 더 사악하고 야비할 뿐, 그만큼 매력적이지는 못하다." 그러는 가운데 사회 정세는 갈수록 혼돈의 소용돌이로 빠져든다. 12월 5일, 사드는 고프리디에게 다음과 같은 편지를 쓴다. "지금 내가 무엇이냐고? 귀족일까, 아니면 민주주의자일까? 글쎄, 공중인 양반, 나는 당최 모르겠으니, 어디 당신이 말 좀 해보시구려." 1792년 3월 5일에는 '테아트르 데 지탈리앵'에서 공연하던 연극 「유혹하는 자」가 군중의 떠들썩한 소란으로 막을 내리고, 귀족풍이라는 비난이 작가에게 쏟아진다. 8월 10일 급기야 튈르리 궁이 함락되고, 왕당파의 마지막 수습책이 파기된다. 파리에 있는 사드는 지방의 자기 재산을 지켜내려고 노력하지만, 9월에 이미 라코스트 성은 약탈당한 상태다. 작위가 박탈된 몰락 귀족은 영지였던 프로방스를 방문할 엄두조차 내지 못한다. 설상가상으로 그의 아들들은 국외 망명을 감행한다. 그래도 얼마 후 사드는 자신이 속한 피크 지구의 사무관이자, 나중에는 그곳 병원 시설을 관리하는 운영 위원이 된다. 이때 「법률의 비준 방식에 관한 견해」를 작성해 직접 낭독하기도 한다. 1793년에는 국민의회에 파견될 피크 지구 대표단의 일원이 되었을 뿐 아니라, 기소 담당 배심원의 자리에까지 오른다. 공교롭게도 이 시기에 피고의 처지로 법정에 선 몽트뢰이 부부가 그의 관용으로 목숨을 구하는데, 당시 일을 그는 이렇게 술회하고 있다. "내가 한 마디만 했다면 그들은 목이 달아났을 것이다. 하지만 나는 침묵을 지켰다. 그것이 원수를 갚는 나의 방식이었다." 공화제의 대표적인 수호자 두 명이 암살당하자 「르 펠티에와 마라의 명복을 기리는 연설문」을 집필하는가 하면, 파리의 도로명을 바꾸는 기획안을 작성하는 등 '시민' 사드는 나름 꾸준히 혁명 과업에 참여한다. 하지만 결국에는 그해 말 '온건파'로 분류, 검거되더니 마들로네트 감옥, 카름 감옥, 생라자르 감옥, 피크퓌스 정신 요양원을 두루 거쳐 해가 넘도

1792년
루제 드 릴이 「라 마르세예즈(La Marseillaise)」를 작곡한다. 프랑스에서 공식적으로 왕정이 폐지되고, 단두대에서 최초로 처형이 이루어진다. 혁명을 일으킨 프랑스에 대항하는 유럽 동맹이 결성되고, 전쟁이 선포된다.

1793년
다비드가 「마라의 죽음(La Mort de Marat)」을 그린다. 루브르 궁전이 시민을 위한 본격적인 박물관으로 문을 연다. 루이16세와 마리 앙투아네트가 처형된다. 모나코가 프랑스에 병합된다.

183

록 영어 생활을 벗어나지 못한다. 사드의 소설『알린과 발쿠르』
의 조판 작업을 진행하던 인쇄업자 지루아르도 12월에 체포되
어, 혹독하기로 악명 높은 검사 푸키에 탱빌에 의해 유죄판결을
받고는, 이듬해인 1794년 1월 8일 처형된다. 같은 해 7월 27일, 스
물여덟 명의 피고에 대한 푸키에 탱빌의 논고가 진행되는데, 그
가운데 포함되어야 할 사드는 행정상 혼선이 빚어지는 바람에
당일 재판에서 빠지고 아슬아슬하게 사형도 모면한다. 그리고
다음 날인 7월 28일(테르미도르 9일) 로베스피에르가 실각하여,
10월 15일 사드는 무사히 풀려난다.

1795-1801년: 55세에서 61세까지

감옥에서 나온 사드는 온 나라가 투기 열풍에 휩싸여 경제 위기
가 심각한 가운데 재정적으로 힘겨운 상황에 봉착한다. 1795년
그는 인쇄업자 지루아르의 뒤를 이어『알린과 발쿠르』의 출간
작업을 마무리한다. 한데 이 소설은 자신의 작품임을 명시하여
펴내는 반면,『규방 철학』은 "쥐스틴의 저자가 쓴 유작"이라는
표현으로 익명 출판한다. 1796년에는 라코스트 성을 무자비한
투기꾼이자 테르미도르 파(派) 국회의원인 조제프 스타니슬라
스 로베르에게 매각한다. 1797년 5월에서 9월까지 사드는 콩스
탕스 케네와 함께 프로방스를 여행한다. 하지만 몰락한 후작의
법적, 재정적 지위는 외국으로 망명한 아들들과 엮여 생각보다
훨씬 더 심각한 난관에 처한 상황이다. 즉, 행정적인 오류로 인
해 아버지인 사드 후작마저 망명자 명단에 이름이 올라 있는 것
이다. 사드는 콩스탕스 케네와 함께 궁핍에 허덕이면서도 기존
『쥐스틴』을 또다시 새롭게 확장, 개작하여『라 누벨 쥐스틴 혹
은 미덕의 불행. 그에 뒤이은 언니 쥘리에트 이야기 혹은 악덕
의 번영』을 역시 익명으로 세상에 내놓는다. 100장의 판화를 곁
들여 총 열 권 분량으로 펴낸 이 작품은, 서슬 퍼런 당국의 눈치
를 보느라 실제로는 1799년이나 1800년에 나온 것을 날짜를 앞
당겨 1797년으로 표기했다는 설이 있다. 1799년 생활고에 시달

184

리다 못해 사드는 결국 생활 지원금을 요청하는 편지를 써 보내는데, 자신을 "베르사유 극장에 고용된 직원(프롬프터)"으로 소개한다. 그 와중에도 행정 당국을 상대로, 자신이 결코 국외로 망명한 적이 없음을 증명하기 위한 싸움을 이어간다. 브뤼메르[霧月] 18일에 쿠데타가 발생한다. 보나파르트 장군이 권력을 장악하고 집정제를 실시하자, 비로소 수많은 망명자들이 외국에서 돌아온다. 고난 속에서도 연극에 대한 사드의 열정은 식을 줄 몰라 「옥스티에른」을 다시금 무대에 올리는가 하면, 1800년에는 그것을 '옥스티에른 혹은 방탕주의의 불행'이라는 제목의 희곡 작품으로 정식 출간한다. 그는 또 바스티유에 갇혀 있을 때 써둔 중편들을 모아 『사랑의 죄악』으로 묶고, 「소설에 대한 견해」를 일종의 소설론으로 덧붙여 출간한다. 이즈음부터 작가 사드에 대한 세간의 공격이 노골화되며, 『사랑의 죄악』의 저자는 사실상 『쥐스틴』의 저자와 동일 인물로 의심받는다. 사드는 이러한 비난과 위협에 적극적으로 대처하는데, 그 예 중 하나가 빌테르크라는 기자의 공격에 맞서 발표한 「『사랑의 죄악』의 저자가 사이비 기자 빌테르크에게 고함」이라는 글이다. 하지만 보나파르트 장군이 상징하는 새로운 공권력의 등장과 더불어 안정과 질서가 점차 회복되어가는 사회 분위기 속에서 사드 같은 작가의 입지는 갈수록 줄어들 수밖에 없는 추세다. 그 와중에 누가 봐도 보나파르트와 연인 조제핀을 심하게 풍자한 것이 분명한 팸플릿 『졸로에와 그 두 패거리』가 7월에 시중 유포된다. 비상이 걸린 경찰은 풍속을 저해하는 『라 누벨 쥐스틴』의 유통 차단을 구실로 내세우면서, 실제로는 팸플릿의 저자로 추정되는 인물의 추적에 나섰고, 급기야 1801년 3월 6일 작가 사드를 그의 소설을 펴낸 마세 출판사에서 검거한다.

1801-14년: 61세에서 74세 사망까지

1801년 검거되자마자 생트펠라지에 투옥된 사드는, 1803년 3월 14일 어린 수감자들을 집적대려고 몇 차례 시도한 일로 인해 비

1800년
스탈 부인의 『문학론(De la littérature considerée dans ses rapports avec les institutions sociales)』이 출간된다.
노발리스가 『밤의 찬가(Hymnen an die Nacht)』를 발표한다.

1801년
샤토브리앙이 『아탈라(Atala)』를 발표한다. 노발리스가 숨을 거둔다. 훗날 나폴레옹과 대결할 알렉산드르1세가 러시아의 차르로 등극한다.

1802년
샤토브리앙의 『기독교 정수(Le Génie du Christianisme)』와 『르네(René, ou les Effets des passions)』가 출간된다. 빅토르 위고가 태어난다.

1803년
엑토르 베를리오즈가 태어난다. 라클로가 숨을 거둔다. 프랑스는 1801년 에스파냐로부터 되찾았던 신대륙의 루이지애나를 미국에 매각한다.

세트르로, 4월 27일에는 다시 샤랑통 정신병원으로 강제 이감된다. 당시 사드를 목격한 샤를 노디에는 그 모습을 이렇게 묘사한다. "첫인상은 엄청나게 살이 쪘다는 게 전부였다. 그 때문에 움직이는 것조차 힘들어, 전체 태도에서 어렴풋이 느껴지는 우아함과 품위의 잔재조차 제대로 드러내기가 만만치 않아 보였다. 지친 눈빛 어딘가에 뭔지 모를 번득임과 예민한 기운이 마치 꺼져가는 잉걸불의 불티처럼 언뜻언뜻 살아 움직였다…." 콩스탕스와는 샤랑통 정신병원에 가서야 재회가 이루어진다. 1804년 사드는 꾸준히 글을 쓰고 있으며, 애석하게도 영원히 분실된 것으로 여긴 『소돔 120일』에 버금가는 규모와 수준을 목표로 「플로르벨의 나날들 혹은 폭로된 자연」이라는 대작을 집필한다. 하지만 이 작품은 집요한 감시의 눈길을 거두지 않고 있던 경찰에 의해 1807년 압수될 운명이다. 1805년부터 사드는, 합리적 지성을 갖춘 병원장 쿨미에 씨의 배려로, 환자들과 더불어 병원 내 극장에서 수많은 연극을 공연할 수 있었고, 이는 파리 사교계의 뜨거운 관심과 호응을 불러온다. 같은 해 그가 부활절 미사에 참례한 것이나, 1812년 파리 대주교의 병원 시찰을 기념해 시를 써 바친 것은 명민한 기회주의와 일상의 권태, 고도의 반어적 장난기가 한데 버무려진 처신으로 해석된다. 이때부터 그의 소설 창작은 범죄 역사물에 집중된다(1812년 『브라운슈바이크의 아델라이드, 작센의 공주』 집필, 1813년 『프랑스 왕비 바이에른의 이자벨, 은밀한 역사』 집필, 『강주 후작 부인』 출간). 1813년 그는 수발드는 16세 하녀와 생애 마지막 연애를 하면서 그 세밀한 기록을 남긴다. 한편, 『쥐스틴』의 저자에 대한 병원장의 과도한 배려와 그로 인한 문제점을 집요하게 문제 삼는 악의적 보고서가 행정 당국에 연이어 제출된다. 그 결과 사드의 또 다른 이감 조치가 결정되지만, 여러 사정으로 실행이 연기된다. 때마침 새로 부임한 한 의사는 그토록 말 많은 인물 사드의 당시 모습을 이렇게 적고 있다. "나는 그와 자주 마주쳤습니다. 혼자서 무거운 발걸음을 질질 끌며 자기 방 옆 복도를 아주 무심한 태도로 거닐곤 했지요. 그가 누군가와 잡담을 나누는 걸 나는 본 적이 없습니다. 옆을 지나치면서 내가 인사라도 건네면, 그는 대화할 생각을 싹 가시게 만들 만큼 차가운 태도로 예의상 반응을 보일 뿐이었습니다. (…) 나는 그에게서 『쥐스틴』과 『쥘리에트』의 저자를 떠올릴 만한 점을 전혀 발견하지 못했습니다. 그는 내게 오로지 도도하고 침울한 노신사의 인상만을 주었을 뿐입니다." 1814년 12월 2일 사드 사망. 유언에도 불구하고 종교의식에 따른 장례식이 거행된다. 단 그의 바람대로 무덤의 흔적은 완전히 사라지고, 7년 전 압수된 「플로르벨의 나날들 혹은 폭로된 자연」의 원고는 차남의 요구에 따라 전량 소각된다.

1814년
앵그르가 「라 그랑드 오달리스크(La Grande odalisque)」를 그린다. 베르나르댕 드 생피에르가 숨을 거둔다. 나폴레옹1세가 폐위되고, 1차 왕정복고와 더불어 루이13세가 프랑스 국왕으로 즉위한다.

작품 연보[1]

A. 생전 발표

1
쉬스틴 혹은 미덕의 불행
Justine ou les Malheurs de la vertu

1791년 출간. 사드가 살아 있는 동안 처음 세상에 내놓은 작품이다. 이 작품은 원래『미덕의 불운』이라는 작품에서 시작하여 확대, 증보한 두 번째 버전에 해당하며, 거의 10여 년에 걸쳐 다시 쓰기를 거듭한 끝에 마지막 버전인『라 누벨 쉬스틴 혹은 미덕의 불행』에 이르러 완성을 본 일생일대의 대작이다. 이 최종 버전을 빌미로 집정정부 체제하의 프랑스 당국은 그를 재판 없이 무단으로 구속하여 샤랑통 정신병원에 종신 수감 조처한다.[2] 책은 파리 지루아르(Girouard) 출판사에서 출간되었지만, 저자의 이름이 명기되지 않았고, 출판사 주소 역시 엉뚱하게 "네덜란드 연합 서점(les Librairies associés)"으로 표기했을 만큼 내용의 강도를 두고 출판사와 저자 모두 예민했다. 원고에는 1788년이라는 연도가 명기되어 있어 집필 시기를 추정케 해준다.

✱ 사드 전집 5권 수록 예정

2
알린과 발쿠르 혹은 철학소설
Aline et Valcour ou le Roman philosophique

1795년 출간. 1786년 시작해 대혁명이 발발하기 한 해 전까지 바스티유 감옥에서 집필한 서한체 소설이다. 사드가 처음으로 자기 이름을 명기하고 발표한 작품이다. 파리 지루아르 출판사에서 출간 준비 중이던 1793년 사드와 출판업자 지루아르 모두 구

[1]
사드의 정치 팸플릿이나 연설문, 소논문은 제외하고 문학작품만을 대상으로 한다. 생전과 사후의 출판으로 나누되, 초판본(éditions originales)만을 대상으로 시간순 정리한다.

[2]
사실은 한 해 전 출간한 팸플릿 『졸로에와 그 두 패거리』로 나폴레옹 황제와 황후 조제핀의 연애를 풍자한 것이 실질적인 구속 사유였다는 설이 유력하다.

[3]
구속 사유는 책의 출판이 아니라, 사드가 사형 제도에 반발하는 등 몇 가지 이유로 혁명 반동 세력의 혐의를 뒤집어썼기 때문이다.

속되었다.[3] 이듬해인 1794년 1월 출판업자는 단두대에서 처형되고 사드는 구사일생으로 풀려난 뒤, 출판업자의 부인과 협력해 가까스로 책을 펴낼 수 있었다.

★ 사드 전집 3권 수록 예정

3
규방 철학
La Philosophie dans le boudoir

1795년 출간. 파리에서 익명으로 발표했으며, 출판사 주소도 런던으로 표기했다. '어린 아가씨의 교육을 위한 대화'라는 부제가 붙어 있다. 내용 중에 「프랑스인이여, 공화국 시민이 되고 싶으면 조금만 더 노력을」이라는 정치 팸플릿이 포함되어 있다.

★ 사드 전집 8권 수록 예정

4
라 누벨[新] 쥐스틴 혹은 미덕의 불행
La Nouvelle Justine ou les Malheurs de la vertu

1799년 출간. 이른바 '쥐스틴'의 최종 버전이다. 사드는 처음 『미덕의 불운』에서 시작해 지속적으로 주인공이 겪는 불운의 에피소드를 늘려갔으며, 그 불운을 정당화하는 논지도 더욱 강력하게 보강해갔다.[4] 어휘 역시 앞에 두 버전에 비해 이 최종 버전은 그 외설적 측면이 현저하게 노골화되었으며, 무엇보다도 앞의 두 버전이 여자 주인공을 화자로 내세워 표현의 수위에 한계가 있었던 반면, 마지막 버전은 객관적 시점에서 서술이 이루어져 그 표현 수위의 경계가 무너져버렸다. 출판은 파리에서, 저자 이름은 물론 출판사 명칭도 명기하지 않은 채 이루어졌으며, "네덜란드, 1797년"으로 가짜 주소와 가짜 일자가 대신 표기되었다. 집필 시기는 1787년에서 1796년(?) 사이로 추정된다.

★ 사드 전집 6권 수록 예정

4 1995년 출간된 플레이아드판을 기준으로 각 버전의 분량을 살펴보면 『미덕의 불운』은 118쪽, 『쥐스틴 혹은 미덕의 불행』은 259쪽, 마지막 『라 누벨 쥐스틴 혹은 미덕의 불행』은 705쪽에 달한다.

5

언니 쥘리에트 이야기 혹은 악덕의 번영
L'Histoire de Juliette ou les Prospérités du vice

1801년 출간. 이 작품 역시 익명으로 가짜 출판사 주소(네덜란드)를 달고 세상에 나온다. 이 작품은 '쥐스틴'의 최종 버전인 『라 누벨 쥐스틴 혹은 미덕의 불행』에 속편으로 추가되어, 같은 해 '라 누벨 쥐스틴 혹은 미덕의 불행. 그에 뒤이은 언니 쥘리에트 이야기 혹은 악덕의 번영'이라는 제목으로 재출간되는데, 총 열 권 분량에 노골적인 음화 100여 장이 삽입되어 당대 최고의 포르노그래피로 악명을 떨친다. 이 작품의 출간과 더불어 사드는 1801년 3월 6일 출판업자 니콜라 마세(Nicolas Massé)의 사업장에서 체포되어 샤랑통 정신병원에 수감된다. 속편 집필 시기는 1792년(?)에서 1796년(?) 사이로 추정된다.[5]

❋ 사드 전집 7권 수록 예정

6

옥스티에른 혹은 방탕주의의 불행
Oxtiern ou les Malheurs du libertinage

베르사유, 블레조(Blaizot) 출판사에서 자신의 이름을 명기하여 1800년 출간. 산문으로 이루어진 3막짜리 희곡이며, 줄거리는 『사랑의 죄악』에 포함될 「에르네스틴」에서 따온 것이다. 1791년에 몰리에르 극장에서 이미 공연된 작품이며, 1799년 12월에는 베르사유의 소시에테 드라마티크 극장에서 다시 무대에 올려졌다. ❋ 사드 전집 12권 수록 예정

7

사랑의 죄악, 영웅적이고 비극적인 이야기
Les Crimes de l'amour, Nouvelles héroïques et tragiques

파리, 마세(Massé) 출판사에서 "『알린과 발쿠르』의 저자 D. A. F."라는 표기하에 1800년 출간. 서문 격으로 「소설에 관한 견

---

[5] 이 작품 하나만으로도 플레이아드판 1080쪽에 달한다. 즉, 당시 출간된 총 열 권 분량에서 『라 누벨 쥐스틴 혹은 미덕의 불행』이 네 권, 나머지 여섯 권이 그 속편인 이 작품으로 채워진 셈이다.

해」가 첨부되어 있다. 집필은 1788년부터 시작된 것으로 추정된다. ✱ 사드 전집 9권 수록 예정

8
『사랑의 죄악』을 쓴 저자가 사이비 기자 빌테르크에게
L'Auteur des «Crimes de l'amour» à Villeterque, folliculaire
파리, 마세 출판사에서 1801년 출간. ✱ 사드 전집 9권 수록 예정

9
강주 후작 부인
La Marquise de Gange
파리, 베세(Béchet) 출판사에서 익명으로 1813년 출간. 사드가 남긴 세 편의 장편 역사소설 중[6] 생전에 출판된 유일한 작품. 이 작품에 대해서 사드는 생전에 그 어떤 언급도 하지 않았으나, 그의 다른 소설들에서 보이는 이야기 진행 수법이라든지 여러 특징들의 일치점에 근거해, 사드의 것으로 판명된 작품이다. 집필 시기는 1807년에서 1812년 사이로 추정된다. ✱ 사드 전집 11권 수록 예정

192

10
도르시 혹은 운명의 기이함
Dorci ou la Bizarrerie du sort

파리, 샤라베 프레르(Charavay frères) 출판사에서 아나톨 프랑스의 편집으로 1881년 출간. 이후 『짧은 이야기, 콩트와 우화』 (1926)에 포함된다. 집필 시기는 1788년으로 추정된다.

✹ 사드 전집 10권 수록 예정

11
소돔 120일 혹은 방탕주의 학교
Les 120 journées de Sodome ou l'École du libertinage

파리에서 독일인 의사 오이겐 뒤렌 박사의 편집을 통해, '애서가 클럽' 주문 한정판으로 1904년 출간. 세상에 처음 공개된 이 판본은 원고 복원 상태가 매우 부실하여, 확인된 오류만 수천 건에 달했다. 그로부터 30여 년이 지나 최초의 사드 연구가인 모리스 엔이 정밀한 원고 복원 작업을 거쳐 이 작품의 명실상부한 고증본을 정식 소개하는데, 이를 진정한 초판본으로 인정하는 견해가 우세하다. ✹ 사드 전집 2권 수록

12
짧은 이야기, 콩트와 우화
Historiettes, contes et fabliaux

파리에서 모리스 엔의 편집을 통해, '철학소설 애호가' 회원 주문 한정판으로 1926년 출간. 집필 시기는 1788년으로 추정된다.

✹ 사드 전집 10권 수록 예정

13

사제와 죽어가는 자의 대화

Dialogue entre un prêtre et un moribond

파리, 스탕달 에 콩파니(Stendhal et Compagnie) 출판사에서 모리스 엔의 편집을 통해 1926년 출간. 대화체로 진행되는 이 짧은 작품에는 사드의 사상에서 핵심을 이룰 개념들이 초기 양상을 취한 채 등장하며, 집필 시기는 1782년으로 추정된다.

❋ 사드 전집 1권 수록

14

가족, 친지와 주고받은 사드 후작의 미공개 서한집

Correspondance inédite du marquis de Sade,
de ses proches et de ses familiers

파리, 리브레리 드 프랑스(Librairie de France) 출판사에서 폴 부르댕의 편집을 통해 1919년 출간. ❋ 사드 전집 14권 수록 예정

15

사드 후작. 미덕의 불운

Marquis de Sade. Les Infortunes de la vertu

파리, 푸르카드(Fourcade) 출판사에서 모리스 엔의 편집으로 1930년 출간. 집필 시기는 1787년이며, 착수 보름 만에 탈고했다. 이 원고의 존재는 1909년 기욤 아폴리네르에 의해 처음 세상에 알려졌다. 『미덕의 불운』을 시작으로 『쥐스틴 혹은 미덕의 불행』 그리고 『라 누벨 쥐스틴 혹은 미덕의 불행. 그에 뒤이은 언니 쥘리에트 이야기 혹은 악덕의 번영』까지 확대, 재생산 과정을 거쳐 이른바 '쥐스틴'의 모든 버전이 완성된다.

❋ 사드 전집 4권 수록 예정

16

소돔 120일 혹은 방탕주의 학교
Les 120 journées de Sodome ou l'École du libertinage

파리에서 모리스 엔의 편집을 통해, 주문 한정판으로 1931-5년 출간. 이 작품의 실질적인 초판본이다. 집필 시기는 1785년으로 추정된다. ❋ 사드 전집 2권 수록

17

사드 후작. 미공개 서한집 『마드무아젤, 독수리는 말이오』
Marquis de Sade. L'Aigle, Mademoiselle...

파리, 조르주 아르티그(Georges Artigues) 출판사에서 질베르 렐리의 편집을 통해 1949년 출간. 여기서 '독수리'는 사드 자신을 의미한다. ❋ 사드 전집 14권 수록 예정

18

사드 후작. 사드 부인에게 보낸 미공개 서한 「바닐라와 마닐라」
Marquis de Sade. La Vanille et la Manille, lettre inédite à Madame de Sade

파리, 콜렉시옹 드로즈라(Collection Derosera) 출판사에서 질베르 렐리의 편집을 통해 1950년 출간된 미공개 서한집. 뱅센 감옥 수감 시절(1783-4년) 사드가 아내에게 보낸 편지들을 모아 엮은 책으로, 수많은 은어와 암호가 득실거린다. 묘한 음운적 대구를 이룬 제목 '바닐라와 마닐라'에서 '마닐라'(마닐라산 여송연?)는 사드가 즐겨 사용하던 외설적인 은어 중 하나인데, 남근 모형을 가지고 스스로 비역질을 하는 행위를 일컫는다. '바닐라'는 최음제라든가, 혹은 비역질에 필요한 일종의 윤활제를 의미한다.

❋ 사드 전집 14권 수록 예정

19

사드 후작. 프랑스 왕비 바이에른의 이자벨, 은밀한 역사

Marquis de Sade. Histoire secrète d'Isabelle de Bavière

파리, 갈리마르 출판사에서 질베르 렐리의 편집으로 1953년 출간. 집필 시기는 1813년으로 추정된다. 당시까지 세상에 알려지지 않았던 희귀한 역사상 일화들이 독일어, 영어, 라틴어 문헌들의 꼼꼼한 고증을 통해 기술되어 있다. ✱ 사드 전집 11권 수록 예정

20

사드 후작. 뱅센의 주명종

Marquis de Sade. Le Carillon de Vincennes

파리, 아르칸(Arcanes) 출판사에서 질베르 렐리의 편집을 통해 1953년 출간된 미공개 서한집. ✱ 사드 전집 14권 수록 예정

21

사드 후작. 개인 노트(1803-4년)

Marquis de Sade. Cahiers personnels(1803-4)

파리, 코레아(Corrêa) 출판사에서 질베르 렐리의 편집을 통해 1953년 출간. 이 '개인 노트'에는 그 유명한 「플로르벨의 나날들 혹은 폭로된 자연」에 관한 메모가 수록되어 있다. 원제가 '플로르벨의 나날들 혹은 폭로된 자연, 그리고 모도르 신부의 회고록'인 이 작품은 『소돔 120일』이 영영 분실된 것으로 착각한 사드가 생애 말년 총력을 기울여 그에 버금갈 만한 대작을 만들기 위해 착수한 대작이다. 안타깝게도 이 작품은 완성되자마자 경찰에 의해 압수된 다음, 사드의 아들 도나시앵 클로드 아르망의 독단적인 결정으로 깡그리 불태워진다. 이 작품의 색깔을 대충이나마 파악하기 위해 당시 경찰 간부의 증언을 살펴보면 다음과 같다. "아무래도 사드는 『쥐스틴』과 『쥘리에트』의 끔찍함 이상으로 나아가려 했던 것 같습니다. 세상에 떠도는 가장 지독한 표현들만 골라 모아도 이 악마적인 생산물이 어떻다는 걸

196

적절히 묘사하기는 아마 어려울 것입니다. 온갖 신성모독과 간악한 짓거리와 잔혹한 행위들로 가득한 총 열 권 분량의 원고를 끝까지 읽어내기는 불가능합니다. 극단적인 방탕과 외설이 질펀하게 펼쳐지는 가운데 항상 기상천외한 논리가 만연하는데, 그나마 그런 지경까지 생각이 미칠 사람이 극히 드물 거라는 게 위안일 정도입니다." '「플로르벨의 나날들」을 위한 메모'는 사드가 작업 중인 원고를 다시 읽어나가면서 스스로에게 작업의 방향과 지침들을 주지시키듯 메모해간 내용이다. "빼라", "첨가하라", "강조하라", "줄여라", "기억하라" 등의 표현이 등장하며, 마무리까지 예상되는 분량을 미리 치밀하게 계산하기도 한다. 장면과 행위의 반복이라든지, 적재적소에 에피소드를 배치하는 문제에 그가 얼마나 고심했는지가 여실히 나타나 있다.

✸ 사드 전집 14권 수록 예정

22
사드 후작. 6번 선생의 미공개 서한집(1778-84년)
Marquis de Sade. Monsieur le 6. Lettres inédites(1778-84)
파리, 쥘리아르(Julliard) 출판사에서 조르주 도마와 질베르 렐리의 편집을 통해 1954년 출간. '6번 선생'은 뱅센의 6번 감방에 수감되어 붙여진 사드의 별명. ✸ 사드 전집 14권 수록 예정

23
사드 후작. 『라 누벨 쥐스틴』을 위한 111개의 메모
Marquis de Sade. Cent onze notes pour la Nouvelle Justine
파리, '르 테랭 바그(Le Terrain Vague)' 총서 제4호, 1956년 출간.
✸ 사드 전집 6권 수록 예정

24
사드 후작. 미공개 서한 「8월 26일 자 나에 대한 검거」,
「철학적 신년 인사」

197

Marquis de Sade. Mon arrestation du 26 août. Lettre inédite,
suivie des Étrennes philosophiques

파리, 장 위그(Jean Hugues) 출판사에서 질베르 렐리의 편집으로 1959년 출간. ✴ 사드 전집 1권 수록 ✴ 사드 전집 14권 수록 예정

25
사드 후작. 미공개 시편「진실」
Marquis de Sade. La Vérité. Poème inédit

파리, 장자크 포베르 출판사에서 질베르 렐리의 편집으로 1961년 출간. 집필 시기는 1787년으로 추정된다. ✴ 사드 전집 1권 수록

26
브라운슈바이크의 아델라이드, 작센의 공주
Adélaïde de Brunswick, princesse de Saxe

파리, 세르클 뒤 리브르 프레시외 출판사에서 질베르 렐리의 편집을 통해 1964년 출간. 집필 시기는 1812년으로 추정된다.
✴ 사드 전집 11권 수록 예정

27
이탈리아 기행
Voyage d'Italie

파리, 세르클 뒤 리브르 프레시외 출판사에서 질베르 렐리와 조르주 도마의 편집을 통해 1967년 부분 발췌 출간. 완전한 원고는 1995년 모리스 르베에 의해 갖춰져 파야르(Fayard) 출판사에서 출간된다. ✴ 사드 전집 13권 수록 예정

28
사드 희곡집
Le Théâtre de Sade

1970년 출간. 장자크 브로시에의 주도로 포베르 사에서 나온 이

198

책 속에는 「잔 레네」, 「쌍둥이 자매」, 「탕크레드」, 「불운의 방랑」, 「기술의 결합 혹은 사랑의 술책」, 「사랑이 만든 인간 혐오론자 혹은 소피와 데프랑」, 「이중의 시험 혹은 독직자(瀆職者)」 등 미발표 혹은 분실된 것으로 여겨진 다수의 극작품이 포함되어 있다. ✱ 사드 전집 12권 수록 예정

29
미발표 일기
Journal inédit

1970년 출간. 샤랑통 정신병원에 수감된 사드의 1807년과 1808년 그리고 1814년의 일기 원고를 조르주 도마가 발굴해 갈리마르 출판사에서 펴냈다. ✱ 사드 전집 14권 수록 예정

30
어느 문인의 잡문집
Le Portefeuille d'un homme de lettres

1986년 출간. 장자크 포베르와 아니 르 브룅의 주도하에 포베르판 『사드 후작 전집』 제1권에 수록되었다. ✱ 사드 전집 1권 수록

「사드와 그의 시대」 및 「작품 연보」 작성에 참고한 문헌들

D. A. F. 드 사드, 『사드 후작 전집, 결정판』, I-XVI, 세르클 뒤 리브르 프레시외, 1967.
D. A. F. 드 사드, 『사드 작품집』, 1-3권, '비블리오테크 드 라 플레이아드', 갈리마르, 1998.
D. A. F. 드 사드, 『미덕의 불운』, 갈리마르, 1970.
장자크 포베르(Jean-Jacques Pauvert), 『살아 있는 사드(Sade vivant)』, 1-3권, 로베르 라퐁(Robert Laffont), 1990.
장폴 브리겔리(Jean-Paul Brighelli), 『사드, 삶과 전설(Sade, La Vie la légende)』, 라루스(Larousse), 2000.
프랑수아즈 로가트로(Françoise Laugaa-Traut), 『사드 읽기(Lectures de Sade)』, 아르망 콜랭(Armand Colin), 1973.
장자크 포베르, 피에르 뵈쇼(Pierre Beuchot), 『사드 재판(Sade en procès)』, 밀 에 윈 뉘(Mille et une nuits), 1999.
『오블리크: 사드(OBLIQUE: Sade)』, 보르드리 출판사(Éditions Borderie), 1977
『유럽: 사드(Europe: Sade)』, 에디퇴르 프랑세 레위니(Éditeurs Français Réunis), 1972.
『마가진 리테레르: 사드(Magazine Littéraire: Sade)』, 114호, 1976.
『마가진 리테레르: 작가 사드(Magazine Littéraire: Sade, Écrivain)』, 284호, 1991.
『위대한 작가들: 사드(Les Grands Écrivains: Sade)』, 40호, EPI, 1991.

사드 전집 1

D. A. F. 드 사드
사제와 죽어가는 자의 대화

성귀수 옮김

초판 1쇄 발행. 2014년 12월 2일
3쇄 발행. 2024년 3월 31일

발행. 워크룸 프레스
편집. 김뉘연
표제 글자. 이용제
표지 그림. 월터 와튼(Walter Warton)
제작. 세걸음

ISBN 978-89-94207-49-0 04860
978-89-94207-48-3 (세트)
25,000원

워크룸 프레스
03035 서울시 종로구
자하문로19길 25, 3층
전화. 02-6013-3246
팩스. 02-725-3248
메일. wpress@wkrm.kr
www.workroompress.kr

옮긴이. 성귀수 — 시인, 번역가. 연세대학교 불어불문학과 졸업. 동 대학원에서 박사 학위를 받았다. 저서로 시집『정신의 무거운 실험과 무한히 가벼운 실험정신』과 '내면일기'『숭고한 노이로제』가 있고, 옮긴 책으로 아폴리네르의『일만 일천 번의 채찍질』, 가스통 르루의『오페라의 유령』, 아멜리 노통브의『적의 화장법』, 장 폴 브리겔리의『사드 — 불멸의 에로티스트』, '스피노자의 정신'의『세 명의 사기꾼』, 샤를 루이 바라의『조선기행』, 모리스 마테를링크의『꽃의 지혜』, 폴린 레아주의『O 이야기』, 장 퇼레의『자살가게』, 크리스티앙 자크의『모차르트』(4권), 모리스 르블랑의『아르센 뤼팽 전집』(20권), 수베스트르와 알랭의『팡토마스』선집(5권), 조르주 바타유의『불가능』등 100여 권이 있다. D. A. F. 드 사드 사후 200주년을 맞아 2014년부터 사드 전집을 번역하고 있다.